TORRES DE BABEL

IAN WHATES

PORTULA

Primera edición: Mayo, 2017

Ilustración y diseño de portada: Sportula

ISBN: 978-84-16637-25-6

SPORTULA
www.sportula.es
sportula@sportula.es

ÍNDICE

BREVE GUÍA DE IAN WHATES

IAN WATSON

Conocí a Ian Whates hará unos trece años, en un taller para escritores de ciencia ficción que yo dirigía en Northampton. Mi casa estaba a media hora de camino en dirección oeste e Ian Whates venía de un pueblo cercano a Cambridge a una hora de camino en dirección este. No tardó en convertirse en la figura más destacada del taller. Una vez al mes, quedábamos en un pub en la esquina del mercado junto a un restaurante chino y luego nos dirigíamos al lugar de reunión, que en aquel entonces era el club de la Asociación de la Real Fuerza Aérea, lugar que usábamos porque uno de los miembros del taller era el tesorero.

Éramos más o menos una docena y nos pasábamos el tiempo dándole a la cerveza y comentando en detalle los relatos que dos de los miembros, labor en la que nos íbamos turnando, nos habían pasado previamente a todos los demás por correo electrónico. Finalmente les entregábamos a los autores las copias impresas de sus relatos con nuestras anotaciones.

Sé que en algunos talleres los miembros se limitan a leer en voz alta durante diez minutos un fragmento de lo último que hayan escrito; algo que siempre me pareció bastante inútil, al menos como ayuda para mejorar como escritor. En realidad, ese tipo de talleres me parecen más terapia de grupo que verdadera crítica.

Por nuestra parte, nuestro objetivo era mejorar todo lo posible como escritores y conseguir publicar profesionalmente.

Tras un periodo en el que organizamos un par de mini encuentros, reunimos el valor suficiente para plantearnos organizar una ambiciosa convención de ciencia ficción en el hermoso ayuntamiento de Northampton, de estilo gótico. Lamentablemente, enfocamos nuestros esfuerzos publicitarios en la misma Northampton y, dado que es una ciudad sumamente apática, el grueso de los asistentes a nuestra convención estaba compuesto de fans del resto del país. No fueron suficientes y acabamos con una deuda de dos mil libras, que nos repartimos entre los tres organizadores.

Fue en ese momento cuando Ian Whates propuso que publicáramos una antología «benéfica» para cubrir esa deuda. Así nació NewCon Press, que con el tiempo se ha convertido en una editorial imprescindible en el Reino Unido. Podríamos decir que es una editorial pequeña con el perfil de una grande.

El nombre surgió del hecho de que habíamos decidido llamar NewCon a nuestra convención (por el sencillo motivo de era una «convención nueva») e Ian decidió usarlo como sello bajo el que imprimir la antología. Fueron numerosos los escritores británicos conocidos, muchos de ellos amigos y asistentes a la convención, que donaron relatos originales. La portada estuvo a cargo de Fangorn, cuyo verdadero nombre es Chris Baker y que ha trabajado con Kubrick y con Spielberg y realizado diseños para numerosas producciones de Hollywood. El resultado fue *Time Pieces: A Signed, Limited Edition of Original Stories*. Ian Whates no solo la publicó, sino que fue su coordinador y el libro obtuvo un enorme éxito. De hecho, liquidamos nuestra deuda.

(Con el tiempo, organizamos dos convenciones más, nos publicitamos de un modo un poco más ortodoxo y eficaz y no tuvimos pérdidas. Estas convenciones tuvieron lugar en el mercado del pescado, pero esa es otra historia…)

Time Pieces podría haber sido la única publicación de NewCon Press… de no ser porque a Ian le había picado el gusanillo de editar buenos libros de ciencia ficción y fantasía. De hecho, NewCon empezó a publicar enseguida en tapa dura, además de en rústica. Hoy en día ninguna convención de ciencia ficción que se precie en el Reino Unido está completa sin la presencia de las novedades de NewCon y son muchos los escritores de renombre ansiosos por publicar con Ian. Es más, en los últimos tiempos tiene la mira puesta en el extranjero, como demuestra su antología *Barcelona Tales*, con relatos de autores tanto españoles como extranjeros y que fue una de las novedades editoriales destacadas en la EuroCon 2016 de Barcelona.

Y, por supuesto, como demuestra esta recopilación de relatos, su primera publicación en español.

De niño en Londres, Ian ganó el «Premio Lord Mayor de Inglés» en el que participaban todos los colegios de la ciudad, y se gastó el dinero del premio en un álbum de *Yes*, como buen fan del rock y el folk que era. También fue campeón de natación y se desliza por el agua con la gracia de un delfín.

Fascinado por Asimov y Moorcock cuando tenía diez años, llegó a vender media docena de relatos a diversas revistas de pequeña tirada pasados los veinte, pero dejó de escribir en 1987, en parte debido a su trabajo, pero sobre todo por las circunstancias de la vida. Sin embargo, en 2004 se unió al taller de escritores de Northampton y el resto, como se suele decir, es historia.

Ha publicado una trilogía de fantasía urbana con trasfondo de ciencia ficción (*The City of a Hundred Rows*); un díptico de ciencia ficción, las dos novelas que componen *Noise*; la novela de *space opera* al estilo de FireFly *Pelquin's Comet*, muy bien recibida por la crítica, y su continuación *The Ion Raider*; y dos novelas de ciencia ficción militarista de gran éxito de ventas en colaboración con Tim C. Taylor. Hasta el momento ha publicado cuatro recopilaciones con sus relatos y presidió la British Science Fiction Association durante cinco años además de ser jurado del Premio Arthur C. Clarke. Por no mencionar que es un experto ornitólogo, capaz de identificar de un solo vistazo un Pico Menor en mitad de un jardín silvestre.

Como cualquiera que tenga la fortuna de haberlo conocido en persona puede atestiguar, Ian es jovial y muy sociable, además de un trabajador incansable, así que no es extraño que los caprichos y las idiosincrasias características del ser humano tiñan con intensidad su ficción. Pese a su evidente sociabilidad, buena parte de sus personajes son individuos solitarios llenos de defectos, tristemente marcados por las tensiones, celos y resentimientos que surgen a menudo entre las personas y que acaban siendo la causa de que acaben solos, o quieran estarlo. Quizá se encuentren en una relación a punto de romperse, o rememorando una ya rota. Sus personajes, sin la menor duda, son sumamente competentes, pero también enormemente frágiles. Están cortados del mismo patrón que la persona media y se convierten en los protagonistas perfectos de cualquier relato que explore una pequeña esquina de la realidad humana mientras las implicaciones «cósmicas» se alzan a lo lejos, lanzando así una mirada fresca y desconcertante sobre la realidad.

Su personajes tienden a hablar por los codos, por otro lado, pero lo hacen de un modo encantadoramente autodespectivo. No importa que uno sea un asesino profesional o el otro un manipulador sin escrúpulos, de algún modo acabamos empatizando con ellos, como si le estuvieran abriendo su alma al lector. Quizá esa es la característica más importante de los relatos de Ian Whates, la sensación de cercanía, incluso de intimidad, con los personajes, tanto que casi paladeamos sus percepciones: olores, sabores, lo que ven y lo que visten… todos esos detalles descriptivos que hacen plausible una pieza de ficción…

…O, yendo al extremo contrario, la ausencia de todo lo anteriormente dicho y el infierno que eso implica, como demuestra «Niñaoscura».

Y, hablando de infiernos bajo tierra, atención a «Los fantasmas de la máquina», obra maestra de lo grotesco en la que… pero mejor lo descubrís por vosotros mismos. No deis nada por sentado cuando leáis un relato de Ian Whates; cualquiera de ellos puede girar bruscamente desde la normalidad más prosaica hacia lo más siniestro y extraño. Y, al mismo tiempo, es capaz de sorprendernos con momentos que nada tienen de escalofriantes, sino que son cálidos, cotidianos y entrañables, como en «De tiendas», «El asistente» o «Dolores de crecimiento».

Siento especial predilección por «Muselina», dado que viví durante muchos años en la casa que allí se describe, tal como podéis leer en el *postscriptum* del relato. Estaba en un pueblecito difícil de encontrar, cuyo nombre podría revelar pero que prefiero dejar en el anonimato para añadirle una pizca de misterio.

Los relatos de Ian Whates se mueven en un rango muy amplio: desde historias bélicas de acción a sorprendentes cuentos rurales, desde peligrosas pesadillas urbanas a diversos mundos alternativos. Sea cual sea el relato, enseguida entraremos en él y nos veremos arrastrados como si fuéramos una canoa en los rápidos de un río vertiginoso.

Y es que Ian Whates es un narrador nato.

IAN WATSON
Noviembre, 2016

MONTPELLIER

Montpellier es un estercolero. No tenía el menor deseo de ir; nadie tenía el menor deseo de ir, de hecho, pero fui más lento que los demás y no encontré una buena disculpa a tiempo.

Son cuatro: Montpellier, Vizcaya, Siena y Detroit. Su nombre oficial es «Complejos Habitacionales», pero se los conoce mejor como Los Cuatro Jinetes. La Guerra aún no se ha presentado por allí, pero a los otros tres jinetes no les va nada mal. Y con el tiempo...

Los Cuatro Jinetes forman un diamante excéntrico en una zona del centro de Victoria, uno de esos lugares a los que nunca se lleva a los turistas. El aspecto de las zonas residenciales periféricas no puede ser más ecoequilibrado y elegante: frondosas avenidas con tiendas de escaparates deslumbrantes, parquecitos y arboledas ocultas en las que el agua de las fuentes repiquetea alegre y senderos sombreados rodeados de flores. Todo ello diseñado para que el agotado consumidor se relaje tras una mañana de compras. En el centro de la ciudad todo es muy distinto. Cualquier cosa que creciera ha sido devorada, fumada o convertida en leña hace tiempo.

Tomé el metro; no quería arriesgarme a llevar mi propio coche cerca de ese lugar. Un sistema de seguridad último modelo no desanima a un ladrón con recursos; al contrario, le sirve de acicate, lo sé bien. Veréis, mi desagrado hacia los Jinetes no nace de un prejuicio cultural ni de la clásica ignorancia estimulada por los medios de comunicación. Al contrario. Nací allí, en Montpellier. Por eso cuando la tarea pasó a mi lado se me quedó pegada después de haber esquivado a varios colegas más listos que yo. Se supone que mi condición de nativo debería otorgarme alguna ventaja. Y una mierda. Cualquiera que haya nacido en los Jinetes pasa toda su vida soñando con irse y odiando al mismo tiempo a aquellos que lo han conseguido.

Llovía de la que salí del metro. Una llovizna monótona, más cansina que fuerte, como si estuviera decidida someter el mundo por puro desgaste. A mi alrededor se extendía un paisaje de casitas de tejados con goteras en cuyo porche se estancaba el agua. Varios ceños fruncidos me siguieron de la que pasaba: viejas cotillas asomadas a las ventanas y gamberros encorvados en algunos porches. No encajaba allí, mis ropas me señalaban como un forastero. Sí, claro que había intentado vestirme discretamente, pero incluso mi peor y más raído traje me hacía parecer un pijo de la parte alta que se había bajado en la parada equivocada.

El diamante que forman los Jinetes está sin pulir, lleno de protuberancias no cortadas. Lo componen las torres que empujan hacia lo alto desde las calles bajas, como dientes rotos y desparejos caídos de la mandíbula de algún leviatán muerto hace siglos. A su alrededor y entre ellos, la miseria se filtra hacia el exterior y unifica todo el vecindario en una combinación de pobreza y mugre. Al menos así lo he visto siempre. Lo cierto es que este ya era un lugar de poca monta antes de que se construyeran los Jinetes, siguió siéndolo mientras los edificaban y no dejó de serlo cuando estuvieron acabados. Las cosas son como son. Se suponía que los complejos habitaciones iban a cambiar la situación: iban a ser comunidades autónomas con apartamentos espaciosos, escuelas, parques, tiendas, centros de salud y todo lo necesario para asegurar un nivel de vida decente. No creo que nadie de aquí se creyera la publicidad ni por un momento. Como no podía ser menos, el dinero se terminó antes de tiempo y el supuesto apoyo municipal se esfumó. Después de la ceremonia de inauguración, repleta de palmaditas en la espalda y satisfechos apretones de manos a pesar del año de retraso, las autoridades se olvidaron del lugar y se dedicaron a otra cosa. Lógicamente, ese vacío se llenó.

Las nuevas comunidades, mal diseñadas y siempre sin dinero suficiente, fracasaron incluso antes de empezar. Ganó el entorno. En vez de subir el nivel de vida del distrito y sacarlo de la miseria, tal como habían predicho los idealistas, los complejos fueron arrastrados a ella. Así nacieron los Jinetes. Se convirtieron en el símbolo de todo lo que tenía el centro de desagradable y miserable, tanto a los ojos de los demás como en la realidad.

¿Os extraña que no tuviera el menor deseo de volver?

La dentada silueta de los Jinetes se recortaba frente a mí; Montpellier era el más cercano, en el vértice meridional del diamante. Por un sorprendente instante, el sol luchó por abrirse camino; un orbe acuoso que descendía con desgana sobre la ciudad como si él también fuera víctima de la pereza general y careciera de la energía necesaria para subir más alto. Seguro que había un arcoíris por alguna parte, pero no aquí. Eché a andar con las manos en los bolsillos, con cuidado de no pisar los charcos ni mirar a nadie a los ojos. No es que esperase grandes problemas, nada que no pudiera manejar, pero era mejor no correr riesgos. Los tipos con los que me cruzaba no eran más que pececillos, traficantes de poca monta y pandilleros de lo más bajo. Pero hasta un pececillo puede morder y no era descabellado que alguno de ellos, ansioso de crearse una reputación o simplemente aburrido, quisiera vapulear a un forastero por simple placer. Así que mantuve la cabeza gacha; no tenía tiempo que perder ni paciencia.

Seguramente me desafiarían en cuanto llegase a Montpellier, pero contaba con ello. Mis jefes tenían respaldo de los mundos exteriores y los jefecillos de las bandas que merodeaban por las avenidas y pasillos de los Jinetes no se iban a arriesgar a un enfrentamiento con ellos. Si a un lugarteniente ambicioso se le metía en la cabeza tomarla conmigo, peor para él. No hacía tanto que había estado donde estaban ellos; la diferencia es que yo era mejor y había conseguido irme.

Lo gracioso de ser un vigilante es que tiene que parecer que estás remoloneando por ahí sin que realmente lo estés. Divisé a tres de ellos cuando crucé la entrada, aunque no la principal, Montpellier no tiene nada de eso. Habían arrancado la placa que la identificaba, pero no me hacía falta para saber que era la SE3-Rojo. Lo del color indicaba a qué cuadrante del complejo daba, así que no tenía mucho sentido que además recalcaran que era la Sureste. Tenía que ver a nueve clientes y cuatro de ellos vivían en Rojo, así que era un buen punto por el que entrar. Las visitas personales no eran frecuentes, pero tampoco lo era que nueve clientes dejaran de usar nuestros servicios la misma semana.

No fue ninguna sorpresa ver a tres chavales en la entrada, pero sí me sorprendieron sus avatares.

Un escorpión agazapado parpadeaba, ahora lo ves, ahora no, alrededor de un chaval delgado y larguirucho. La cola le sobrepasaba la cabeza y el aguijón apuntaba hacia adelante. Me resultaba familiar; los Escorpiones siempre han sido una banda numerosa en Rojo, ya en mis tiempos. Los otros me eran totalmente desconocidos. Uno era un vórtice de viento aullante que envolvía a la chica de piel morena y el otro, lucido por el chaval rechoncho y nervioso, era un simio de pelaje negro y gesto amenazante. Las bandas vienen y se van tan rápido en los Jinetes que es difícil seguirles la pista. Lo malo de no reconocer la afiliación de alguien es que es difícil asignarle un nombre a su banda. Estaba claro que aquellos dos pertenecían a algo que tenía que ver con tornados y gorilas respectivamente, pero decidí llamarlos Ventosa y Babuino.

Lo más curioso de todo era la variedad. Las entradas son los lugares más codiciados y la seguridad estaba a cargo normalmente de la banda dominante, que allí siempre habían sido los Escorpiones. No era raro que los miembros de las bandas se relacionasen entre sí, pero no en una entrada.

La chica llevaba la voz cantante, así que abandonó el saliente bajo el que se refugiaba y me encaró. Los otros dos la flanqueaban, el Escorpión a la izquierda y el Babuino a la derecha.

—¿'Tas perdío?

La lluvia goteaba de la punta de su empapada gorra. A pesar de su actitud no parecía demasiado amenazadora.

—No —le dije—. Asuntos oficiales.

Activé mi propio avatar. No suelo llevarlo encendido, no resulta demasiado apropiado en los círculos que frecuento, pero ahí estaba por si lo necesitaba. Al contrario que el suyo, el mío era una proyección estable. No parpadeaba de modo que pudieras ver un emblema estilizado un momento y a la persona tras él al siguiente. Lo que aquellos chavales veían ahora era una figura totalmente sólida encapuchada de blanco, con la cara oculta bajo la capucha y ambas manos alrededor del pomo de un mandoble cuya punta se apoyaba en suelo.

—¡Saflik! —siseó la chica.

Significa «pureza». Para mis jefes, seguidores del idealismo, el nombre tenía un significado simbólico que a mí se me escapaba. Aunque no el impacto que causaba. Los tres chavales se crisparon y habría jurado que el babuino dio un paso atrás.

Apagué el avatar y sonreí.

La chica tardó un instante en hacerse a un lado. Estaba seguro de que alguien le había susurrado al oído que lo hiciera. Sin más palabras seguí mi camino. Los tres parecieron aliviados, dos a mi izquierda, uno a la derecha, de verme pasar.

No había una verdadera puerta, ni siquiera un arco. Los Jinetes no se concibieron para ser comunidades cerradas, solamente autónomas. Sus diseñadores no tenían la menor intención de mantener al mundo encerrado fuera o a sus habitantes dentro.

Una vez en el interior dejé la farsa. Nada de escurrir el bulto ni andarme con tonterías. Aquel era mi sitio. Me pertenecía. Se suponía que el líder de los Escorpiones era un tal Baxter. No lo conocía, se había hecho con el liderazgo tras mi marcha. Seguramente ya estaba al tanto de mi presencia allí, igual que lo estarían otros. El asunto de la naturaleza mixta del comité de recepción seguía intrigándome. Muchas cosas habían cambiado en Montpellier, al parecer.

Una puerta se cerró de un portazo a mi izquierda mientras cruzaba la arcada y salía a un patio abierto. No había nadie a la vista, ni un alma. El tiempo parecía más inclemente, quizá canalizado por las moles de los edificios que rodeaban el patio. Empujada por el viento, la lluvia repiqueteaba contra el pavimento y los adoquines con un murmullo sordo, poco más audible que un suspiro pero siempre presente. La naturaleza me hacía de heraldo. Oí risas y gritos infantiles a varios pisos sobre mí; sin duda niños jugando, convertidos por la lluvia en algo plano y apagado. Una mujer les gritó que se callaran. Eran todo ruidos aislados y, aparte de ellos, no había más que el golpeteo de la lluvia. Extraño. Si aquello era una comunidad, ¿dónde se había metido todo el mundo? ¿Se habían largado al enterarse de mi llegada?

Quizá simplemente estaban en casa, resguardándose de la lluvia.

Tomé la pasarela de la derecha, sorprendido de que todavía funcionase. Cuando era niño no siempre lo hacía. No había escaleras ni ascensores en los Jinetes, tan solo largos y serpenteantes senderos y viajesores como este, que trasladaban a la gente de abajo a arriba por una suave pendiente. La accesibilidad lo era todo.

El mural que adornaba las paredes tras de mí había sido pirateado años atrás. Originalmente representaba una idealizada escena pastoral en 3D (campos de cereales que se mecían al son de una suave brisa, un bosquecillo, los pájaros revoloteando por los setos) en la que la luz iba cambiando a lo largo del día dependiendo de la hora y las condiciones atmosféricas. Sin duda había sido diseñada para animarnos, pero nadie le había prestado nunca la menor atención. Ahora mi viaje hacia arriba era amenizado por una escena erótica en un primer plano excesivo poblado de nalgas gigantescas que se estremecían a mi paso. No estaba seguro de si pretendía ser cómica, pero lo resultaba. Seguramente en una hora o dos la imagen habría cambiado, dependiendo de lo que le apeteciera al pirata.

Me bajé en el tercer nivel, lo que me causó un inesperado ataque de nostalgia. Había crecido no muy lejos de allí. Enfrente, en un pasillo cubierto, había alguien sentado en una vieja silla de madera. Era la primera persona que veía desde que había entrado en Montpellier. Se inclinaba hacia adelante y estaba ocupado en algo, lo que de nuevo me trajo algunas cosas a la memoria. Lo conocía: era Case. Sentado a la puerta de casa, viendo el mundo pasar a su alrededor, como siempre. De la que me acercaba me di cuenta de que estaba arrancando virutas de un trozo de madera con un cortaplumas. Quizá tallando algo.

Había cambiado. Su rostro se había convertido en el sueño de un cartógrafo, un tapiz de profundas grietas y misteriosos contornos. Pero aún permanecía alerta, atento. Seguía siendo Case. Alzó la vista de la que me acercaba y sus agudos ojos me contemplaron como dos ascuas de obsidiana en medio del curtido rostro.

—Héctor —dijo, la voz tan firme como de costumbre—. Bienvenido a casa.

—Case —le respondí—. ¿Cómo va todo?

Case había sido un pez gordo en sus días. Sin pertenecer a ninguna banda ni rendir pleitesía a ninguno de los jefecillos que aparecían y se desvanecían con más frecuencia de la que mea un gato, se las apañaba para ser respetado por todo el mundo. No necesitaba moverse del sitio, el mundo iba a donde él estaba. También las mujeres. Una de ellas en concreto solía ponerme palote en la adolescencia. Se llamaba Lizzie y no era lo que podríamos llamar una belleza clásica, pero sí una hembra que merecía la pena: pelo rubio teñido, dos melones que parecían siempre a punto de romperle la ceñida cazadora de cuero y una sonrisa que te hacía pensar que tenías una oportunidad con ella por más que en el fondo supieras que ni de coña. Me preguntaba si Lizzie andaría aún por allí, si todavía estaría con Case, y me imaginé el aspecto que tendría ahora, los dientes amarillentos de tanto fumar y las enormes tetas flácidas y penduleantes o tal vez marchitas y arrugadas como uvas pasas. Pero estaba seguro de que su sonrisa aún podría ponerme verraco.

—Como siempre —respondió Case—. ¿Vienes por negocios?

—Sí.

—¿Negocios de Saflik?

Sí que estaba bien relacionado, el cabrón.

—Sí.

—Pues que tengas suerte.

Siguió cortando el palo. Me fui de allí, preguntándome qué habría querido decir. Estaba seguro de que no nos habíamos visto por casualidad; de algún modo las noticias de mi llegada habían alcanzado su puerta y Case había querido hacerme ver que sabía por qué estaba allí. Pero, ¿para qué? ¿Para advertirme, para espantarme o simplemente para ponerme sobre aviso? ¿Y en nombre de quién hablaba? Estaba claro que en Montpellier pasaba mucho más de lo que sabían en Saflik.

De la que daba la vuelta a la esquina un demonio rugiente saltó de la pared y me atacó. No le hice el menor caso y seguí mi camino. Los grafitis cada vez eran más sofisticados, desde luego, y este en concreto me había dejado impresionado. Hasta me sentí un poco orgulloso. Era reconfortante saber que la inventiva y el ingenio seguían vivos y coleando en Montpellier.

La primera de mi lista era una tal Eleanor Drew, «Ellie», en el 73 del Paseo Escarlata. Para llegar allí tendría que salir al exterior otra vez. La lluvia dificultaba la vista de del bloque de apartamentos de enfrente, que eran parte del cuadrante azul, y el sol ya se había largado del todo, seguramente había dado por terminado el día e intentaba ahorrar sus fuerzas para el siguiente. Bien hecho.

Repasé los detalles sobre Eleanor, que no eran muchos. Veintiséis años, dos hijos de padres desconocidos, uno de tres y otro de cinco; arrestada tres veces por prostitución, la más reciente hacía dos años; sin medios aparentes de vida y sin grandes motivos para que le gustase el mundo real. Resumiendo, el cliente perfecto.

Los intereses de mis jefes eran muy variados. Uno de los más lucrativos eran los narcóticos, concretamente las e-drogas. Nada de tragar pastillas o pincharse con agujas; los estupefacientes químicos estaban tan extintos como los dinosaurios. Todo el negocio se producía online, y los e-picos se vendían por lotes; chorros de datos que, una vez activados, estimulaban directamente determinadas áreas del cerebro. Rápido, limpio, sin transacciones absurdas. Los pringados de los Jinetes compraban la mierda pura, sin depurar, mucho menos refinada que los picos que se metían los abogados, los políticos, las mujeres de negocios y los burócratas que componían el grueso de nuestra clientela en los barrios altos. En esos casos los picos se personalizaban, se adaptaban a la firma genética de cada individuo. Pero de un modo u otro el resultado era una adicción superior a la de cualquier mierda química. Y ese era el meollo del asunto.

Perder un cliente podía atribuirse a la mala suerte: la gente se muere, la meten en la cárcel, o se las apañan para dejar el hábito. Pero perder nueve en el mismo barrio al mismo tiempo no podía ser una coincidencia. Era algo más. Teníamos competencia. Alguien estaba intentando echar a Saflik del negocio.

Llamé a la puerta.

Era alta, delgada hasta lo esquelético, con los ojos tan vacíos como su futuro, resignada ante cualquier mierda que la vida le pusiera por delante.

—¿Ellie Drew? Me llamo Héctor. Soy de Saflik.

—Claro. Lo esperaba.

Seguro. No estaba sola, de lo que me di cuenta en cuanto me llevó a la sala de estar. Un tipo se repantigaba en el sofá. No me lo presentó y no parecía ni que conociera su nombre. Negro, grande y acorazado como un carro de combate. El brazo izquierdo estaba sobre el respaldo e iba de un lado a otro del sofá. La lata de cerveza de la mano izquierda parecía un dedal en su enorme puño. Un cabrón correoso, por más que intentara parecer relajado y tranquilo.

El holo de un Escorpión titilaba a su alrededor.

No vi rastro de los niños.

El espacio estaba despejado, preparado para una pelea.

No tenía sentido alargar las cosas. Sabía lo que iba a pasar, pero tenía que representar mi papel.

—Estábamos preocupados por ti, Ellie —dije—. No has renovado tu dosis y pensamos que a lo mejor…

—Ya no os necesita. Ni vuestra mierda —dijo el gigantón sin mirarme. Tenía la vista clavada al frente, como si estuviera en medio de una simulación RV, pero no llevaba visor y no vi ninguna lente.

—Si este mes las cosas han ido mal y no puedes afrontar el pago —añadí, pasando de él y dirigiéndome a ella—, no es ningún problema. Ya pensaremos algo.

—Nope —dijo Gigantón—. No quiere la mierda que vendéis.

Seguía sin mirarme.

¿Podría con él? Seguro, pero no sería fácil ni rápido.

Miré a Ellie y vi una pizca de emoción asomar a sus ojos por primera vez: desesperación. No quería que destrozáramos su casa. Me tenía miedo, quizá a Gigantón también, y desde luego tenía miedo de lo que estaba a punto de pasar entre los dos.

Me dio pena. Estaba seguro de que mis otros clientes perdidos también tendrían carabina y no me cabía la menor duda de que en algún momento iba a haber una pelea, pero no tenía por qué ser allí. Ellie no era muy diferente de mi madre, descanse en paz, o de los miles de otras personas como ella en los Jinetes. Lo único que quería era vivir tranquila. No necesitaba aquello.

—Reflexiona sobre lo que te he dicho, Ellie. Te llamaré luego.

De la que salía, Gigantón largó algo. No pillé lo que decía, pero no me hizo falta, el tono daba información más que suficiente. Desdeñoso, despectivo, con la implicación de que yo era un cobarde. Estuvo a punto de conseguir lo que quería, casi mando mis buenas intenciones a paseo y me doy la vuelta para machacarle la cara... Pero me las apañé para seguir mi camino.

En el exterior, a seis puertas de distancia, había dos chavales, un Escorpión y un Gato Montés, otra de las más longevas bandas, ya en mis tiempos. ¿Os acordáis de lo que dije acerca de remolonear? Pues eso era lo que hacían.

Estaba a punto de ir a la derecha, rumbo a la próxima dirección en la lista, cuando cambié de idea. Me dirigí a la izquierda, hacia ellos. Si iba a haber una confrontación, que por lo menos fuera a cielo abierto en vez de en el interior de una casa. No es que hubiera mucho espacio para pelear con comodidad, y menos con una caída a pico a un lado y una pared de ladrillos al otro, pero qué demonios.

La Escorpión era una chavala flacucha y el Gato Montés un crío alto que aún no había alcanzado toda su envergadura, pero de los dos parecía el más amenazador. Fui directo hacia ellos antes de que pudieran hacer gran cosa, aparte de dejar de remolonear.

—Llevadme a ver a Baxter, o a quien cojones mande aquí —dije.

El Gato Montés hizo una mueca que fue más cómica que otra cosa.

—¿A cuento de qué iba Baxter a...?

Lo aticé. Se vino abajo, hecho un ovillo, fuera de combate de un solo golpe. Supuse que con él neutralizado la chica sería fácil. Me equivoqué. Me dio de patadas. No era gran cosa, demasiado delgada para hacer daño de verdad, pero apuntaba bien y las soltaba como una profesional. Giraba, golpeaba, se alejaba de un giro, se apoyaba en las puntas de los pies y se preparaba para el siguiente golpe. Finté en su dirección y me atacó de nuevo, una patada giratoria que me dio en toda la cadera mientras bailaba hasta ponerse fuera de mi alcance. Dolió. Mierda, y tanto que dolió. Reconocí lo que hacía; Kix, un arte marcial mixta que había evolucionado en los barrios y que unía elementos diversos de diferentes disciplinas clásicas. Y la condenada era buena.

Pero tuve suerte. De la que yo fintaba de nuevo y ella volvía a atacar fui lo bastante rápido para agarrarle el pie y sujetarle el tobillo, sin que ella pudiera soltarse. Ya dije que no era gran cosa. Antes de que hubiera podido librarse tenía ambas manos firmemente alrededor de su pie y la balanceaba de un lado a otro con idea de estamparla contra la pared. El golpe fue duro, pero eso no hizo que dejara de maldecirme, revolverse y lanzarme patadas con la otra pierna. Tiré y empujé y la lancé de nuevo contra la pared. Esta vez la cosa funcionó.

Cuando vi que ya no le quedaban ganas de pelea, la puse en pie y la agarré del cuello.

—A ver, ¿dónde está Baxter?

—Aquí mismo.

Era una voz femenina y venía de mi espalda.

Me giré para ver la terraza abarrotada por una docena de pandilleros, todos con pinta de morirse de ganas de hacerme trizas. Había Escorpiones, Gatos Monteses, Dragones, Piratas, Babuinos y unos cuantos más que no reconocí, las avatares parpadeando como si fueran espectros en un banquete.

Como si fueran uno solo, la primera fila se hizo a un lado y una mujer pasó al frente. Figura de reloj de arena, bien proporcionada, con una abundante mata de pelo rubio. Mayor que los otros... De pronto la reconocí.

—¿Lizzie?

Ni tetas colgantes ni dientes amarillentos ni papada caída. De hecho, estaba de miedo.

—Llámame Baxter. —Sonrió, encantada con mi desconcierto—. Vaya, vaya, Erhéctor. —Era el nombre con el que solía burlarse de mí—. ¿Esperabas a alguien con colgajo? Deja a Asa en paz, anda. Hablemos.

Dio media vuelta y se fue mientras los pandilleros se hacían a un lado como si fuera de la realeza. Solté a Pataditas y fui tras ella.

Me llevó a un apartamento no muy distinto de los demás, salvo por el detalle de que un León y un Escorpión montaban guardia a la puerta.

—¿Una birra? —me preguntó, ya en el interior.

Nadie más nos había acompañado; la abigarrada escolta que venía tras nosotros se había detenido en el umbral.

—Claro.

Por dentro el lugar parecía tan normal como por fuera. Nada llamativo, nada fuera de lo común, nada que indicase que allí vivía la regente de Montpellier. Nos sentamos en un sofá, encarados el uno contra al otro, casi rodilla contra rodilla. Dos viejos amigos poniéndose al día. En su postura no había el menor atisbo de tensión, ni la menor señal de que no estuviera totalmente relajada y segura. Me habría gustado poder decir lo mismo.

Allí estaba la mujer con la que había fantaseado de chaval, más impresionante que nunca, y estábamos solos. Y, a la vez, era la persona con la que tenía que tratar, a la que tenía que meter en vereda y asegurarme de que no se salía del tiesto. No sabía por dónde empezar. Por suerte, ella sí.

—Queremos que nos ayudes, Erhéctor —dijo—. Estamos consiguiendo algo importante, pero lleva su tiempo, y necesito que nos dejen tranquilos y que Saflik no interfiera. Esas e-drogas de tus jefes nos están jodiendo a base de bien. Están diseñadas para ser adictivas, estimulan el cerebro para que produzca un chorro de dopamina y controlan la interacción con otros neurotransmisores, como el glutamato. ¿Sabes algo de la dopamina? Es la leche, poderosa de narices. No solo te da placer o euforia, sino que fija la memoria en ese placer y recablea el cerebro para desearla una y otra vez.

»Saflik ha dado con una mina de oro. El único coste que tienen es el del desarrollo inicial y el de la programación. Conseguidos estos, se puede producir y distribuir con solo pulsar un botón, por eso Saflik se permite el lujo de inundar el mercado con droga barata de baja calidad. Dinero fácil. Pero, dime, ¿merece la pena el mercado en los Jinetes, comparado con lo que ganan con los pijos y mandamases de la parte alta?

No, no gran cosa, en realidad, pero eso no importaba. Saflik no veía el asunto de ese modo. No importaba lo pequeño que fuera el mercado; era su mercado y no permitirían que nada los hiciera parecer débiles.

—Ya sabes cómo son las cosas aquí —siguió Lizzie—. ¿Es raro que los nuestros se agarren a algo que los ayude a escapar si pueden permitírselo? Al cebarse en sus debilidades, Saflik está acabando con este lugar. ¿Cómo vamos a progresar si todo el mundo es un montón de chatarra y su mente está nublada por esa mierda? Así que he hecho algo al respecto.

—Has unido a las bandas —dije.

Fue una afirmación en tono indiferente que ni de lejos reflejaba lo impresionado que me sentía. Habría jurado que unir las bandas era imposible, que las enemistades y las rivalidades mezquinas estaban demasiado arraigadas. Sin embargo, Lizzie lo había logrado.

—De momento —respondió—. No tienes ni idea de cuánto me ha llevado ni de lo mucho que ha costado. Con la ayuda de Case he estado trabajando en el asunto desde antes de que te fueras. Pero no es más que el principio. Queremos seguir adelante, crear algo, ayudar a que los complejos se quiten de encima el estigma de ser Los Cuatro Jinetes y se conviertan en lo que siempre debieron haber sido. Un lugar en el que la gente pueda prosperar, no simplemente sobrevivir.

»Nuestros programadores han dado con una forma de contrarrestar vuestras e-drogas, de frenar el flujo de dopamina y recablear el cerebro para que no siga recordando cada pico como un éxtasis desgarrador sino como algo simplemente placentero. No está mal que la gente se divierta de vez en cuando, mientras no se hunda en ello.

Me la quedé mirando. No había oído nada como aquello en mi vida.

—¿Hablas en serio?

—Claro. Ya te lo dije, queremos hacer negocios.

Ajá.

—Lo que necesitamos es alguien que convenza a Saflik de que frenen un poco.

No, no me gustaba lo más mínimo hacia dónde iba aquello, ni de coña.

—Un momento...

—Tenemos una oportunidad, Erhéctor —insistió—. Una oportunidad para hacer algo que merezca la pena con este sitio. Eres uno de los afortunados, te has pirado, pero ¿qué pasa con todos los que no pueden y nunca podrán?

Solo Dios sabe lo pillado que me tenía en ese momento.

—Sobrestimas mi importancia —dije.

—Creo que no. Saflik te envió aquí para que les contaras lo que ocurría. Por lógica, escucharán lo que tengas que decirles. Eso te da poder.

—Joder, Lizzie, no conoces a esa peña. Saflik no tiene el menor interés en crear un futuro mejor ni para Montpellier ni para nadie. Todo es cuestión de mercados y margen de beneficios y estás jodiéndoles ambas cosas. Por más que intente pintarles el asunto de color de rosa lo único que verán es que eres una amenaza. —Menos, en realidad, poco más que una molestia—. Te usarían para dar un escarmiento. A menos que...

—¿Qué?

—A menos que puedas persuadirlos de que merece la pena no seguir con el negocio, a menos que puedas ofrecerles algo a cambio, algo más valioso de que lo que les estás pidiendo que dejen.

Los mandamases de Saflik no se distinguían por su altruismo pero eran lo bastante inteligentes para comprender todas las implicaciones y ver el panorama completo.

—Sigue.

Estaba improvisando mientras hablaba, pero me di cuenta de que, en efecto, aquello podía significar una oportunidad, la única para que no se fuera al traste la visión de Lizzie de un futuro mejor para Montpellier y su gente. Mi gente, al fin y al cabo.

—Los programadores, los empalmadores, los piratas y los frisurferos. Los chavales que han creado las contramedidas para las e-drogas, los que piratean los murales y pueden diseñar grafitis que se saltan los cortafuegos más potentes. Eso es lo que tienes para ofrecer...

—No entiendo...

—Piénsalo. No es una traición. Tú misma lo dijiste: yo pude irme. Ellos también y será en beneficio de todos. Pueden seguir trabajando para ti y la comunidad, pero estarán también en la nómina de Saflik.

Saflik mataría por poner las manos sobre un talento bruto como aquel. Valía la pena rescindir unos cuantos contratos de droga de poca monta a cambio y podían hacerlo sin parecer débiles, pues ganarían un importante recurso en el proceso.

—¿Lo harían?

—Puedo conseguir que lo hagan. Vendérselo de un modo que no puedan decir que no, convencerlos de que es el único modo en que los tuyos trabajarán para ellos. Tenéis habilidades, esa es vuestra fuerza. Usadlas. Puedes convertirte en agente reclutador de Saflik. Los Jinetes, empezando por Montpellier, se convertirán en una especie de proyecto piloto para producir talento y eso te dará el tiempo suficiente para terminar lo que has empezado y la autoridad necesaria para seguir con ello. Demonios, hasta es posible que Saflik invierta su dinero en lo que haces a cambio de lo que pueden conseguir. —Me detuve de pronto—. Aunque hay algo...

—¿El qué?

—Si hago esto, voy a correr un riesgo de cojones. Existe la posibilidad de que Saflik rechace totalmente la idea y deje de confiar en mí, incluso de que me acusen de haberme vuelto nativo. Podría perderlo todo. Así que, ¿qué gano?

—¿Quieres una parte de...?

—No exactamente.

Alargué la mano y rocé su rodilla. Ella se echó a reír; era una risa profunda, apasionada.

—¿En serio, Erhéctor? ¿Después de tanto tiempo? ¿Aunque sea una vieja?.

—No, nada de vieja... y sí, en serio.

Se inclinó hacia adelante y me plantó un beso en la mejilla mientras quitaba mi mano de la rodilla.

—Es muy halagador, pero veamos antes cómo sale todo esto y ya hablaremos entonces. ¿Te parece?

Así que me fui de allí sin nada concreto, pero me llevé el recuerdo de sus labios en la mejilla y la esperanza de conseguir algo, que con Lizzie es mucho más de lo que jamás habría soñado.

Y con esperanzas para Montpellier, algo que nunca hasta entonces había sentido.

POSTSCRIPTUM

Escribí «Montpellier» poco después de terminar mi novela Pelquin's Comet. *En el libro aparece brevemente una siniestra organización criminal llamada Saflik. A medida que progresaba la serie de los Ángeles Oscuros, la importancia de esa organización fue creciendo y no dejaba de preguntarme cómo serían sus operaciones locales, cómo afectarían a las vidas de la gente común que viviese en la miseria y cayera bajo su influencia, sabiendo además que las autoridades nunca darían un paso para ayudarlos.*

DOLORES DE CRECIMIENTO

Aquel sábado me levanté temprano, más todavía de lo habitual. El motivo para despertar tan pronto tenía mucho que ver con que Rachel y su familia estuvieran con nosotros. Llevaba en vilo desde el viernes por la tarde, cuando su mercury plateado asomó cautelosamente por el estrecho sendero que da a la casa. No me malinterpretéis, quiero a mi hermana y también a Geoff; podría haber elegido a alguien mucho peor. De hecho, si pienso en ello, llegó a hacerlo; recordemos su primer marido.

Ni siquiera es porque sea una mujer cien por cien urbanita. Vale, es cierto que me tomó por loco cuando le di la espalda a esa maldita carrera de ratas y compré esta granja en el culo del mundo, pero tampoco puedo culparla por ello. Yo mismo lo pensaba a veces.

No, el problema era el momento elegido para la visita. Si lo pienso ahora supongo que debería haberme mostrado más firme, pero les había dicho que no tantas veces que empezaba a parecerles mal. Supongo que es lo que pasa con los secretos; crean tensión allí donde no hay ninguna y arrojan una sombra de ansiedad sobre las cosas más normales del mundo, incluida la familia. Lo que más me preocupaba era David. Ahora parece mentira, con todo lo que ocurrió luego, pero entonces no era más que un crío. ¿Podía confiar en que estuviera todo el fin de semana callado, sin que se le escapara nada y nos delatara?

A día de hoy, Rachel piensa que realmente estaba loco. He preferido dejarlo así.

Y estaba mi sobrina, Jude, que se negaba a responder por Judith. Era ocho meses mayor que David y en teoría tener otro niño cerca de una edad similar debería haber sido algo positivo. En la práctica el fino barniz de sus intereses en apariencia comunes ocultaba un abismo de diferencias. A ambos les gustaba la música: a ella le iban las cosas con partitura y a él subgéneros de los que nunca he oído hablar pero que sonaban como una mezcla entre el grunge y el neo metal. A ambos les encantaban los vídeo juegos: ella lo pasaba pipa creando familias virtuales y diseñando sus casas virtuales mientras que él disfrutaba haciendo saltar cosas por los aires. A ambos les apasionaba la ropa: a ella le encantaba vestirse y a él desvestirse. Y a ambos les gustaba pasar tiempo fuera, pero mientras que él era inquieto y nunca estaba feliz del todo a menos que estuviera cubierto de mugre y revolcándose por el suelo, ella prefería un paisaje campestre limpio y bucólico, a ser posible contemplado desde la grupa de un caballo… solo que no teníamos caballo.

También estaba la pasión de David por todo lo mecánico, especialmente cualquier cosa que se pareciera vagamente a un arma. Era raro verlo sin una pistola de juguete en la mano, a menudo apuntando a alguien. Aquel fin de semana en concreto el «alguien» era siempre Jude. Rachel ya había hecho un par de comentarios acerca de la necesidad de una «influencia femenina» y de la «preocupante tendencia a la violencia» de mi hijo. Mi rechazo de tales preocupaciones con un sencillo «solo está jugando» no contribuyó mucho a mejorar la situación y yo difícilmente podía explicarle que, de hecho, lo alentaba a que jugara a esas cosas. Ni, desde luego, podía contarle por qué.

Añadamos a la mezcla que uno era un chico y la otra una chica y acabaremos con dos chavales malencarados que apenas reconocen la existencia del otro a menos que los fuerces a ello. Nada de eso contribuyó a que el fin de semana fuera tranquilo.

Aún no había amanecido del todo cuando bajé de puntillas a la cocina y me preparé una taza de té. El suelo de piedra, inclemente, helaba mis pies desnudos y agradecí el tacto algo más cálido de la alfombra del salón.

El despertador de David estaba programado para despertarlo en cosa de una hora. Con suerte, nos iríamos de casa antes de que nadie se diera cuenta.

Me senté en mi sillón favorito, encendí la lámpara e intenté leer. No tuve mucho éxito y mi pensamiento vagó por otros terrenos. Cuando me llegó un torpe ruido de la parte de arriba no había avanzado más que un par de páginas y seguramente tendría que releerlas.

Me incorporé y volví a la cocina sin molestarme en comprobar la hora. De pronto, algo me hizo detenerme y escuchar con atención.

Con los años me he acostumbrado al ritmo de las pisadas de David y al ruido que hace cuando deambula por la casa; aquello no sonaba ni parecido. De hecho, la figura que apareció segundos después estaba muy lejos de ser la de mi hijo.

Era Geoff, cuyo cuerpo alto de anchos hombros parecía llenar por completo el hueco de la escalera. Al cuerno lo de irse sin que nos vieran.

—Buenos días. Sí que madrugas.

Hice una mueca ante su voz atronadora y me pregunté si los Geoffs se manufacturarían sin control de volumen. Debió de notárseme la desaprobación, porque agitó la mano como quitándole importancia y dijo:

—No te preocupes por Rach. No se despertará en varias horas. En cuanto a Jude, haría falta una bomba para despertarla.

Al parecer, molestar a David no era ningún problema.

Aunque en realidad no importaba. Ya podía oírlo arriba: la protesta chirriante de los muelles de la cama, como el aviso de una tormenta distante, y el crujido del entarimado cuando lo pisaba. Poco después, una maraña despeinada de energía preadolescente descendía por las escaleras y se desvanecía en el vestidor tras un rápido «Hola, papá» de la que pasaba.

Geoff contempló el paso del tifón en miniatura con una sonrisa burlona y después demostró que sí que podía controlar el tono de voz cuando le apetecía al decir:

—Deberías estar orgulloso, sabes. No debe de haber sido fácil desde que se fue Susan.

Respondí alguna tontería trivial. Odio hablar de Susan casi tanto como odio pensar en ella.

Los tres nos sentamos a desayunar en la cocina. David estaba sorprendentemente silencioso. Evidentemente se daba cuenta de que la presencia del tío Geoff no era parte del plan y no dejaba de mirar en mi dirección como si me pidiera que hiciese algo. Jugué mentalmente con varias posibilidades mientras la pila irregular de tostadas, que empezaba a parecer un fuerte de caballería del viejo Oeste construido a la buena de Dios, era demolida concienzudamente, tronco a tronco, y los boles de cereales se vaciaban. Al terminar, las miradas furtivas de David tenían un toque claramente desesperado.

—Muy bien —dije mientras echaba la silla hacia atrás y me ponía en pie—. ¿Estás preparado, David? —Sin esperar respuesta me volví hacia Geoff—. No te molestes en lavar los platos. Ya lo haremos a la vuelta.

—¿Dónde vais?

—Un par de cosillas de las que hay que ocuparse. No tardaremos.

—¿Vais a trabajar? Pero si es sábado.

Sonreí, tratando de no parecer demasiado condescendiente.

—Esto es el campo, Geoff. La cosecha no deja de crecer el viernes por la noche y espera al lunes. Sigue haciéndolo durante todo el fin de semana.

—Sí, claro, pero creí que estando nosotros... Quiero decir, no has visto a Rachel y Jude en, ¿cuánto? ¿seis meses?

—Por lo menos. Pero esto es una granja. David y yo vivimos así y estamos en un momento decisivo del año. Las fresas están casi a punto y estarán listas para ser cosechadas el próximo fin de semana. No podemos descuidarlas ahora.

Durante unos instantes, pareció asimilar lo que le decía.

—Vale, tienes razón. Iré con vosotros.

¡No! De algún modo me las apañé para no protestar en voz alta, aunque la mirada de terror en el rostro de David fue más que suficiente. Por suerte, Geoff ni se dio cuenta.

—No hace falta —dije, como sin darle importancia—. Es una tarea bastante rutinaria y aburrida.

—No, está bien. Rachel siempre dice que debería interesarme más por lo que hacéis.

Estaba claramente decidido y no había nada que pudiera detenerlo, aparte de mostrarme grosero o atarlo a una silla. Así que tendríamos que cargar con él y rezar porque no pasara nada especial esa mañana. David había sacado una pistola de alguna parte y estaba haciendo como que disparaba al tío Geoff desde todos los ángulos posibles.

Sí, sabía exactamente cómo se sentía.

Íbamos bastante encajonados en la ranchera (ni Geoff ni yo somos pequeños) y encima aquel día parecía empeñada en dar con todos los baches y pedruscos de la pista polvorienta que pretendía ser un camino rural. Los tres nos sacudíamos y meneábamos a la vez, como si fuéramos un trío de monos de plástico pegados por los lados y decantados del mismo molde. Por suerte no íbamos muy lejos.

—¿Por qué no vamos caminando? —quiso saber Geoff—. Creí que de eso se trataba esto de la vida sana. Ni se me ocurrió que fuerais en coche a trabajar como el resto de los mortales.

—Es una ranchera, no un coche —soltó David de mal humor de la que parábamos.

Hacía una hermosa mañana; justo el tipo de mañana perfecta para que cualquiera entendiera por qué habíamos abandonado la ciudad. Mejor que mil argumentos por mi parte. La verdad es que no sé si Geoff se dio cuenta o no.

De la que me bajaba lo primero que oí fue el canto de una alondra. El hecho de que ya estuviera volando a aquellas horas era una prueba clara del calor que hacía. Alcé la vista, tratando de localizarla y, curiosamente, lo conseguí. Generalmente el sonido sube y baja como si fuera la canción de algún ángel invisible y te hace pasar varios minutos frustrantes tratando de ver de dónde viene, pero aquel día di con ella a la primera. Una pequeña mota alada, cantando sin parar.

Más que una voz aislada, la alondra parecía un solista, como si su canción se contrapuntara con el coro de fondo de otros pájaros que proclamaban su presencia y reclamaban su territorio. Hasta Geoff se quedó quieto y prestó atención y me dije que, nacido y criado en la insipidez de un barrio, seguramente nunca había oído un auténtico coro matutino.

El halo del sol empezaba a aclarar los setos de alrededor y me di cuenta de que estaba cada vez más nervioso. Recé para que la ansiedad no se le contagiara a Geoff. Si iba a pasar algo, sería en los próximos minutos.

Con la facilidad que da la práctica, David y yo nos ayudamos a ponernos los arneses. Geoff nos miraba perplejo.

—¿Para qué es eso? —preguntó mientras señalaba los aparatosos contenedores de plástico que nos estábamos poniendo a la espalda, llenos de agua y bastante pesados.

—Para humedecer la fruta —expliqué.

Chequeé la pistola a presión que se alimentaba del tanque. Satisfecho, alcé la vista y descubrí a David varias hileras más allá, ansioso por empezar. Una señal mía y nos pusimos a ello. Geoff iba conmigo mientras caminábamos entre las hileras de fresas, altivas en sus montículos cubiertos de paja, retazos de rojo entre el verde, amarillo y pardo.

—Rachel me ha dicho que estás llevando un paso más allá lo de plantar tu propia comida.

—Sí. Además de la fruta, como las frambuesas, las grosellas negras y las dos variedades de fresas, lo hemos intentado con algunas verduras. —Hablaba con el piloto automático puesto, la atención centrada en vigilar el borde del campo. Sin necesidad de mirar sabía que David hacía lo mismo algunas filas más allá—. Así que tenemos guisantes, judías, tirabeques, coliflores y repollo.

—¿Y por qué dos variedades de fresa?

Ya se lo había explicado antes, y me di cuenta por su expresión vidriosa de que lo que le contara ahora le entraría por un oído y le saldría por el otro.

—Una es una variedad que madura en junio. Da la mejor cosecha, pero solo da fruta una vez al año, a finales de primavera o principios del verano.

—Ahora, vamos.

—En efecto. La otra es una variedad de producción continua, que vuelve a dar fruta en el otoño, cosa que les viene muy bien a los amantes de las fresas. Es cierto que hay menos demanda en esa época, pero también menos competencia, así que una cosecha más reducida nos viene de perlas.

La conversación lo distraía lo suficiente para que no hiciera preguntas raras, como por qué David y yo aún no habíamos lanzado un solo chorro de agua de los aparatosos tanques que habíamos insistido en traer.

Capté un resplandor cegador más allá del hombro de Geoff, como si el sol se hubiera reflejado en un espejo y me hubiera dado en los ojos. Me sentí desfallecer. ¿Por qué precisamente hoy? David también lo vio y ya correteaba hacia allí. Dirigí a Geoff en aquella dirección, tratando de que pareciera casual. Una tontería, lo sé, iba a darse cuenta enseguida, pero mantener el secreto ya se había convertido en un hábito arraigado y me aferraba a él con todas mis fuerzas.

Hubo otro resplandor, ahora justo a mi lado. Geoff dio un saltito hacia atrás y, en otras circunstancias, hasta habría parecido cómico cuando dejó escapar un «¿Qué coj…?».

No le hice el menor caso y me concentré en el flash. Estaba justo al inicio de una hilera, tal como suelen hacer, y luego trazó un arco, saltó hacia otra planta dos o tres más allá y luego volvió a saltar hacia la siguiente hilera. Fue menos de una fracción de segundo, como un fugaz puente de luz, más una imagen residual que algo que se viera realmente. Reaccioné al instante, alcé la pistola y envié un chorro de agua tras él. Demasiado lento. El flash ya había vuelto a saltar y seguía bailando de hilera en hilera. Donde quiera que se posaba las plantas permanecían indemnes pero la fruta desaparecía.

Un segundo chorro de agua se interpuso en el camino del flash. Se oyó un quejido agudo, como un petardo que se apagase de repente, y se produjo una cegadora llamarada de luz, acompañada de un triunfal «¡Sí!» que sonó como un rugido. El flash desapareció. Gracias a Dios por David. Tengo buenos reflejos, pero los de mi hijo son un pelo más rápidos, supongo que porque es bastante más joven. Cuando las cosas pasan tan rápido, «un pelo» puede marcar la diferencia.

—¿Qué coño era eso?

El miedo hizo que la pregunta de Geoff sonara malhumorada y demasiado alta. Alcé una mano mientras avanzaba hacia el borde del campo.

—No pases entre las hileras. Te aseguro que no quieres que te toquen esas cosas y ya has visto lo rápido que se mueven.

No hacía falta explicarle por qué David y yo estábamos entre las hileras. Ambos podíamos defendernos.

Antes de que terminase de hablar volvió a pasar. Esta vez eran varios, pero no me paré a contarlos. Disparé por puro instinto… y fallé. Un crujido, un destello y una exclamación a mi izquierda me informaron de que David había tenido más suerte. Uno saltó desde la hilera en mi dirección, como un malicioso diablillo luminoso. Traté de apuntar al lugar donde iba a estar en lugar de donde estaba, solté un chorro y tuve suerte, pero enseguida apareció otro tras él.

Lo que siguió fue un breve periodo de caos: chispazos de luz que aparecían por el rabillo del ojo, chorros de agua que fallaban, otros que daban en el blanco, destellos y pequeñas explosiones, gritos de alegría infantil, manchas que bailaban frente a mis ojos y, hacia el final, los pantalones empapados. Como siempre, tuve la sensación de que había vida y propósito tras las acciones de aquellos pequeños destellos autocontenidos de energía, pero seguía sin tener ni idea de si eran conscientes de nuestra presencia o no.

Se terminó de repente y me dejó con la vaga sensación de haber dejado las cosas a medias. Me detuve, jadeante pero aún lleno de adrenalina, esperando la siguiente oleada, pero no pasó nada.

David dio un grito de júbilo cuando comprendió que se había acabado y no se trataba tan solo de una pausa.

—Les di a doce —afirmó, orgulloso—. ¿Cuántos pillaste, papá?

—Cinco. —Bueno, estaba seguro de cuatro y había otro al que le habíamos dado ambos a la vez.

Miré a mi alrededor y experimenté el alivio que solo da la victoria. A nuestro alrededor la cosecha de fresas había desaparecido, las plantas no tenían fruto, pero por suerte era un área muy pequeña. Habíamos tenido éxito y habíamos mantenido los flashes contenidos en el rincón del que habían salido. De no haberlo hecho, una incursión como aquella habría despojado de frutos todo el campo de fresas en cuestión de minutos. Con que un solo flash hubiera logrado pasar habría sido un desastre. Pero ninguno lo hizo.

—¿Qué narices ha pasado?

No pude evitarlo, me eché a reír. La liberación de la tensión y lo mundano de la pregunta de Geoff fueron demasiado.

—Lo siento, Geoff.

—Flashes —dijo David mientras yo intentaba tranquilizarme—. Como en un relámpago o en una cámara de fotos.

—Esas cosas no eran relámpagos —dijo Geoff muy convencido.

—No, es verdad —reconocí, ya más calmado—, pero así los llamamos, flashes.

No sabía nada de ellos cuando compré la granja; no creo que nadie de fuera de la comarca lo supiera. Una especie secreto profesional, por así decir.

Geoff se agachó para examinar una de las plantas cuya fruta había sido cosechada durante la incursión.

—Creí que estarían quemadas —murmuró—, pero no tienen ni una marca.

—Lo sé. Son condenadamente listos, los cabrones, ¿eh?

—Pero, ¿qué son?

—Paquetes de energía animados y autocontenidos —expliqué—. Son de naturaleza eléctrica y les encanta la fruta.

Aquellas dos frases incluían absolutamente todo lo que sabíamos con certeza de los flashes.

—¿Autocontenidos? Parecían como mini relámpagos, anclados entre las plantas, doblándose hacia... No, mierda, es imposible.

—Me dieron las mismas clases de física que a ti —le aseguré—. Y tienes razón, deberían ser imposibles, pero...

—Salieron de ninguna parte. —Se sentía realmente conmocionado, incapaz de aceptar lo que sus ojos le habían mostrado—. Tienen que venir de algún sitio.

—Pero no de aquí.

—¿Qué quieres decir?

—Aliens —intervino David alegremente.

—¡Venga, hombre!

—Piénsalo —dije—. Contravienen cualquier ley científica que conocemos y, pese a todo, existen. Así que en el lugar de donde vienen no son una imposibilidad, sino un hecho. Y ese lugar no es este.

—Pero... ¿aliens? ¿Y su nave espacial?

—No creo que la necesiten. No me parece que vengan de «allá arriba» precisamente. —Señalé vagamente al cielo.

—¿Qué quieres decir?

Ahora era cuando las cosas se ponían un poco peliagudas. Tomé aire.

—La hipótesis de la membrana —dije.

Soy granjero, pero eso no significa que no esté al día. Él me miró sin comprender y meneó la cabeza.

—Es una hipótesis que sostiene que esta es simplemente una más de un número infinito de realidades múltiples, todas simultáneas y paralelas entre sí. Creo que los flashes vienen de alguna de esas otras realidades, o quizá existan inter-realidades y crucen a la que les interesa en busca de comida.

Me imaginé vastos enjambres de flashes flotando en los huecos entre universos, criaturas del vacío atraídas a cualquier lugar donde sintieran la presencia de alimento, capaces de cruzar entre distintas realidades cuando las condiciones lo permitían.

—Vamos, hombre, no puedes creer esa tontería.

—Tú mismo has visto los flashes. ¿Alguna idea?

Hubo un largo rato de silencio mientras lo rumiaba. Casi se podían ver los engranajes girando bajo su ceño fruncido.

—Y cuando los rocías con agua...

—No estamos seguros. —Me encogí de hombros—. Hay una descarga de energía y se desvanecen. Quizá los matamos...

—Claro que los matamos —me interrumpió David.

—O a lo mejor el agua cortocircuita algo y sencillamente los manda de vuelta al lugar del que vienen, sea el que sea —seguí—. La verdad es que nadie lo sabe con certeza. ¿Y sabes qué?

—¿Qué?

—No me importa lo más mínimo.

—Pero...

Alcé una mano para que no siguiera hablando. Empezaba a perder la paciencia.

—Mira, Geoff, ni siquiera estamos seguros de que estén vivos. Podrían ser algún tipo de dispositivo, quién sabe, máquinas enviadas por sus amos a cosechar la fruta. O a lo mejor son criaturas sin mente a las que les encanta el dulce y que han desarrollado instintivamente un modo de cruzar las dimensiones para alimentarse. Si están vivas, nunca han mostrado el menor indicio de que sean sentientes. Lo único que hemos visto es un impulso instintivo de devorar la fruta y, a veces, un intento de evitar el agua. Alimentación y autopreservación, los dos instintos más básicos de todos. Pero te aseguro que sé exactamente lo que son.

—¿El qué? —preguntó, en vilo.

—Una plaga. Una plaga interdimensional de la fruta. Y sabemos muy bien cómo defendernos de una plaga, ¿verdad, David?

—¡La pulverizamos! —gritó con tal entusiasmo que Geoff quedó conmocionado. No pude evitar una sonrisa por más que lo intenté. Geoff podía ser a veces un completo capullo y era agradable ver como su mundo se tambaleaba un poco.

Volvimos a la ranchera mientras David realizaba un último pase por el campo, no fuera a ser. Si mantenían su pauta habitual era poco probable que volvieran aquella mañana, pero a David le vendría bien para quemar el exceso de energía y tranquilizarse un poco tras la batida.

—Tienes que informar de lo que ha pasado —dijo Geoff cuando entramos en la ranchera.

Meneé la cabeza.

—Ni hablar. Ya se intentó. Un granjero informó del asunto en los ochenta, al parecer.

—¿Lleva pasando tanto tiempo?

Asentí.

—Eso me han dicho.

—¿Y qué pasó?

—Se rieron de él y dijeron que era un chalado. Supongo que de aquella el timo aquel de los círculos de las cosechas estaba aún muy reciente.

—No es raro si fue un solo individuo, pero si hubieran sido más... si hubierais sido todos vosotros... alguien os habría hecho caso.

—¿Estás seguro? Otros granjeros lo intentaron. El caso más reciente que conozco fue hace un par de años, no muy lejos de aquí. Seaforth es un productor industrial, mucho más grande que nosotros. Y a él sí que lo tomaron en serio. Vinieron científicos con un montón de maquinitas y se quedaron una semana.

—¿Y?

—Nada. Los flashes no aparecieron. Después de algo más de una semana de patearse los campos en vano, los expertos recogieron el instrumental y se largaron. Dijeron que todo había sido cosa del viejo Seaforth, que quería algún tipo de subsidio del gobierno.

—Así que son lo bastante listos para saber cuándo no aparecer.

—No lo creo. Simplemente, no hay manera de saber cuándo aparecen. El año pasado nos atacaron tres veces en una sola semana, poco antes de la temporada de cosecha, y luego nos dejaron en paz la mayor parte del mes. Siempre aparecen justo después de amanecer, pero por lo demás no siguen ninguna pauta.

Geoff parecía estar aceptando el asunto, aunque no me quedó claro si eso era fruto de la emoción y la rabia o una consecuencia de la conmoción experimentada.

—Por el amor de Dios, me da igual ese Seaforth o lo que haya pasado antes. No puedes negarte a informar de esto. Es demasiado importante. Es el primer contacto con aliens o con seres interdimensionales, o como quieras llamarlo, da igual, hay que hacer que se sepa.

—Seguro que se sabrá, pero no será por mí.

—Venga, hombre, ¿qué pasa? ¿Fuiste avestruz en una vida anterior? No puedes meter la cabeza en la tierra y esperar que esto desaparezca. No puedes dejar que sea otro quien haga lo correcto solo porque para ti resulta un pelín inconveniente.

—¿Que no puedo? Ya lo verás.

—Tienes la responsabilidad de...

—Sí, claro que tengo una responsabilidad —lo interrumpí. Si él estaba indignado, yo no lo estaba menos—. Una responsabilidad hacia mi hijo David. Y punto —añadí medio gritando.

Por suerte no respondió. Intenté calmarme con todas mis fuerzas.

—Mira, está claro que se van a enterar de lo de los flashes y seguro que descubrirán todos los misterios que los rodean, pero no hasta que el mundo esté preparado para ello. Y los cojones si lo está ahora. No, no voy a dejar que me cuelguen la etiqueta de estafador como le pasó al viejo Seaforth. O peor, de pirado. ¿Te imaginas lo que eso implicaría para David? Seguro que recuerdas cómo era la escuela, ¿no? Sabes bien lo crueles que pueden ser los chavales cuando tienen un blanco contra el que disparar.

—Mira, sí, entiendo que quieras protegerlo, especialmente después de lo de Susan.

—A la mierda Susan, esto no tiene nada que ver con ella —estallé, a punto de perder por completo la calma y empeñado en no seguir por ahí la conversación.

En ese momento David llegó corriendo hasta la ranchera, lo que terminó la conversación por completo y relajó la tensión. David estaba demasiado emocionado para prestarnos atención, mucho menos para darse cuenta de que el tío Geoff no decía ni palabra en el corto viaje de regreso. Yo sí que me di cuenta, claro, y supuse que tenía bastante en qué pensar.

—No estoy de acuerdo con tu decisión de mantener esto en secreto, pero respetaré tus deseos y mantendré la boca cerrada de momento —me dijo Geoff mientras tomábamos una cerveza.

—Gracias. —No era un juramento solemne, pero era mejor que nada.

Era domingo. Para asombro y alivio de todos, los dos primos habían declarado una tregua temporal y habían encontrado en el ordenador algo a lo que podían jugar y divertirse juntos. Rachel había ido arriba a echarse un rato a ver si se le pasaba la migraña. Así que Geoff y yo estábamos más o menos solos.

David y yo habíamos vuelto a salir aquella mañana. Los flashes no aparecieron, cosa que lo decepcionó pero que me alegró. Teníamos bastante de qué ocuparnos en la granja, así que no hubo problema en llenar aquellas dos horas con otras actividades.

Hasta el momento Geoff no había dicho nada sobre lo ocurrido el día anterior y yo estaba ansioso por ver dónde nos llevaba la conversación. De pronto, sonrió.

—Es raro de narices, ¿no te parece?

—¿El qué?

—El primer contacto con aliens no lo tienen ni astronautas ni científicos ni políticos, sino granjeros.

De pronto los dos nos echamos a reír.

—¡El hombre de a pie se apunta un tanto!

—¡Brindo por eso!

Aquel breve instante de camaradería fue lo más cerca que nunca me he sentido de Geoff. ¿Se mantendría en su decisión de no decir nada o cambiaría de idea una vez volviera a su rutina diaria urbanita? No hay manera de saberlo; supongo que el tiempo lo dirá. Me basta con que aguante hasta que David haya acabado en la escuela. Entonces a lo mejor hasta yo voceo desde el tejado lo ocurrido, pero no mientras mi hijo sea vulnerable.

Lo que quedó claro durante aquel fin de semana fue la distancia cada vez mayor entre Rachel y yo. Si lo pienso, el peso del secreto quizá me hizo especialmente reticente y sin duda fue un factor importante. No fue realmente incómodo, pero nos pasamos el fin de semana rodeándonos el uno al otro como si fuéramos amables desconocidos. Su preocupación por el comportamiento de David no contribuyó a mejorar la situación. Era un asunto que hacía tiempo que yo tenía claro y, por más que entendía sus motivos, me fastidiaba su inquietud. La verdad es que estoy bastante orgulloso de mi hijo y del modo en que se ha adaptado a la vida, especialmente después de que su madre nos dejara. Sus intereses son variados, ayuda de buen grado en la granja, no suele meterse en líos, tiene un montón de amigos y sus notas son buenas. ¿Qué más podría pedir un padre?

No es ningún psicópata en ciernes, por más que su tía tenga ese temor. Simplemente le gusta disparar, algo que ha demostrado ser de lo más útil en las actuales circunstancias y que no creo que le cause el menor daño a largo plazo.

Quizá debería haber sido más comprensivo. Creo que cuando vino Rachel deseaba de verdad conocer a su sobrino un poco mejor, pero nunca ha sido del tipo maternal y criar a Jude no parece que le haya dado muchas pistas sobre como conectar con un adolescente. Al menos con este adolescente. Lo intentaba, pero cuanto más lo hacía más paternalista parecía.

Hizo un último intento cuando se despedían, mientras Geoff y yo metíamos el equipaje en el coche. La cosa pasó en medio de la típica conversación de «¿qué vas a hacer cuando seas mayor?».

—Me parece que sé lo que vas a ser —dijo Rachel con una sonrisa mientras le alborotaba el pelo justo del modo que David más odia—¡Soldado!

—Qué va —respondió mi hermoso hijo con una amplia sonrisa plagada de dientes—. Quiero ser granjero, como papá.

—¿De verdad? —Creo que era lo último que Rachel esperaba oír.

—Pues claro. Un granjero mata mucho más.

PostScriptum

No estoy seguro de dónde salió este relato, salvo del impulso de explorar una situación de Primer Contacto en la que no intervinieran políticos, científicos o militares, sino gente normal que no viviera en la ciudad y no estuviera sometida a intereses corporativos. Escribí «Dolores de crecimiento» casi tres años antes de que fuera publicado. El relato fue aceptado, en realidad, en el primer lugar al que lo envié y debería haber sido mi primera «publicación profesional», pero pasaron dieciocho meses sin que me llegaran ni el contrato prometido ni el pago… hasta que descubrí que la revista había cerrado. Al final el relato encontró acomodo en Hub, *que pagaba menos y tardó bastante en publicarlo, pero para entonces ya me conformaba con que la historia viera la luz.*

EL ASISTENTE

Como de costumbre, el aparcamiento subterráneo era un desierto de asfalto cuando llegamos, mal iluminado y con las rayas medio despintadas. Solo se veían nuestras furgonetas, cuyos faros parecían perseguir sombras fugaces entre las hileras de pilares de cemento.

Los peces gordos corporativos se habían largado hacía un buen rato ya fuese a casa, ya a algún restaurante elegante (o a un bar o un club) a gozar de la compañía de sus mujeres, maridos, novios o amantes, según fuera el caso. Así que nos habían dejado los codiciados puestos de aparcamiento para nosotros, los Técnicos de Sanidad y Limpieza. Los Limpias, como nos llaman.

Siempre aparco en el mismo sitio, el que tiene una placa en la pared en la que se lee «RESERVADO» justo encima de «DIRECTOR GENERAL». Como de costumbre, la placa fue lo último que miré antes de apagar las luces.

Salimos al unísono de las furgonetas, una marea humana en monos de color azul grisáceo que convergía en la entrada de servicio a las instalaciones.

Todo el mundo se detuvo allí, como si no estuvieran seguros de qué hacer. En realidad, estaban esperándome. La tarjeta en mi pecho dice «Asistente» pero todo el mundo sabe quién es el jefe. A menos que Gus ande por ahí, en cuyo caso sí que soy simplemente su asistente.

Saludé a la cámara; o, para ser exactos, al centro de control de seguridad al otro lado de la cámara.

—Hola, Joe —sonó en el altavoz sobre la puerta.

—Hola —respondí con un nuevo saludo y una sonrisa.

La estática del sistema de sonido hacía que la voz sonara irreconocible, así que no tenía la menor idea de quién estaba en el control aquella noche y no quise arriesgarme a ofenderlo diciendo un nombre equivocado.

Las puertas se abrieron con un siseo y entramos. Yo me quedé a un lado, marcando la entrada de todo el mundo de la que pasaba... casi un centenar de personas en total.

Una miríada de diferentes acentos, tonos y timbres dijeron «Hola, Joe» o simplemente «Joe» mientras iban pasando por el cuello de botella de la entrada. El registrador que llevaba en la mano identificó a cada uno de la que pasaba gracias al chip de sus tarjetas de identificación. En unos minutos la riada se convirtió en un chorrito y luego cesó por completo. Comprobé el registrador. Estaban todos los que se suponía que debían estar. Kelly y Trev estaban de baja por enfermedad y Muskrat e Yvonne, de vacaciones. La otra ausencia era Wes, y todos sabíamos qué le había pasado. Ya estaba fuera de peligro, a Dios gracias.

Bien, la primera tarea de la noche estaba lista. Lo siguiente era echar un vistazo al piso veintidós, que en aquel momento era una de nuestras mayores prioridades. Compartí el ascensor con Mac, Josh y una rubia tímida cuyo nombre siempre se me olvidaba. Miré el nombre en su tarjeta, por supuesto, pero ya ni me acuerdo qué ponía.

Mac estaba con ganas de palique y Josh parecía más interesado en que la rubia se fijara en él. Dado que ella no dejaba de mirar al suelo, la cosa era más bien difícil.

—Supongo que tendremos una noche menos movidita que la de ayer —especuló Mac.

—Eso espero.

La noche anterior nos había invadido un enjambre de mini bots, cada uno del tamaño del meñique. Eran espantosos, como un cruce entre una cochinilla y un ciempiés, llenos de segmentos articulados y patitas escurridizas. Rosa los había visto salir del sistema de ventilación. Lo llamamos así por la franja rosada que le cruza, de la frente a la nunca, la descolorida cabeza rapada. Él afirma que es un neopunk posmoderno, pero dado que jamás he oído hablar de esa tribu sospecho que se lo ha inventado, por más que jure y perjure que no.

En cualquier caso, los bots habían entrado por el sistema de ventilación. Se supone que todo el puñetero sistema está lleno de una maraña de sensores capaces de detectar cualquier cosa, pero de algún modo se las apañaron para burlar la mayoría de ellos. No todos, por suerte.

Rosa se encarga de los conductos y los pozos, es su área, y los detectamos gracias a él. Hice cerrar todas las salidas de ventilación del edificio con la intención de llevarlos hasta la sala de reuniones de la planta once, pero algo fue mal y en vez de tener abierta una sola habitación, la mayoría de las salidas del piso quedaron sin cerrar. Antes de que nos diéramos cuenta ya estaban por todas parte. Por suerte no hay nada delicado en la planta once, solo el comedor y un par de salas de entrevistas, pero las pasamos canutas controlando a los malditos bichos. Tenían caparazones de algún extraño polímero no metálico; de hecho, lo único metálico que tenían era la capa que, suponíamos, protegía su fuente de energía, que Rosa insistía, quién sabe por qué, en que no llamásemos «batería». Así que era difícil verlos en los monitores, hasta que alguien se dio cuenta de que sus fuentes de energía, fueran lo que fueran, irradiaban una debilísima señal energética. Una vez pudimos detectarlas, el trabajo fue considerablemente más fácil, pero así y todo los cabritos eran duros de pelar. Si veías a uno correteando por la pared y le dabas un golpe, se limitaba a caer al suelo y escabullirse. Tenías que darles bien fuerte para causarles daño, al parecer gracias a la «extraordinaria elasticidad del polímero de sus caparazones». La cita es de Mikey, uno de los jefes técnicos del equipo, y lo dijo después de haber examinado los restos de uno de los bichos.

No había consenso sobre qué pretendían los bots. Mikey y alguno más se hicieron con algunos restos e intentaron descubrirlo en su tiempo libre, pero la suposición más popular era que pretendían introducir algo en sistema informático: un tecnospía, un troyano de última generación o quizá simplemente un virus que desencadenase el caos. Con su agilidad, su resistencia y el camuflaje que los ocultaba de la mayor parte de nuestros sistemas de seguridad, habían estado bastante cerca de conseguirlo. ¡Demos gracias a Dios por Rosa!

—¿Se sabe algo de Wes? —preguntó Mac.

Wes fue quien descubrió que los bots contaban con un mecanismo de defensa. De algún modo eran capaces de soltar una potente descarga eléctrica a través de sus caparazones, no importaba que no fueran metálicos.

Después de que abatieran a Wes no intentamos tocarlos con las manos desnudas.

Estaba orgulloso de la reacción de mi gente. El equipo de intervención rápida llegó en menos que canta un gallo y pusieron en marcha su corazón en un suspiro. Pese a todo, fue un momento terrible, especialmente la primera vez que alguien se volvió a mí y me dijo: «Está muerto.»

Por suerte, el diagnóstico resultó ser prematuro y Wes no tardó en ser llevado al hospital. Me aseguré de comprobar cómo estaba antes de incorporarme al turno; me habían confirmado que se encontraba fuera de peligro, sin signo alguno de daño cerebral.

—Saldrá de está —fue lo que respondí.

—No sabes cómo me alegra oírlo. Me habría gustado ver a esos condenados bichos —añadió—. Me han hablado de ellos, claro, pero habría estado bien poder aplastar dos o tres.

—No te has perdido gran cosa —le aseguré.

Los ojos de la rubia se alzaron en mi dirección de la que hablaba y luego volvió a bajar la vista sin mirar hacia Josh ni una sola vez. Contuve una sonrisa ante su evidente decepción.

Salí el primero tras una amistosa despedida de los dos hombres e incluso una fugaz sonrisa de doña Ratoncita Recatada, lo que seguro que fastidió a Josh más aún.

En el piso veintidós el ascensor da directamente a una enorme oficina sin paredes interiores. Hilary ya estaba allí distribuyendo ropa, bolsas de basura limpias y aerosoles de cera y desinfectante entre su equipo, mientras a un lado Sissy se estaba preparando para el chequeo de rutina en busca de dispositivos electrónicos ajenos.

—¿De vuelta al inodoro, Joe? —soltó Hilary de la que pasaba.

—Ya me conoces, no me puedo apartar de ellos.

No se equivocaba en cuanto a mi destino. Para ser más específico, iba al lavabo de mujeres. Unas noches atrás se había divisado una especie de moho verdinegro en una esquina tras el inodoro del último cubículo. Solo que no era moho. Se trataba de una creación artificial compuesta de unidades casi microscópicas que se autorreplicaban y crecían a una velocidad alarmante. Una vez descubierta la... «infección», se la eliminó con facilidad y se limpió y desinfectó toda la zona.

Había vuelto a la noche siguiente; exactamente lo mismo en el mismo lugar. De nuevo nos deshicimos de ella y usamos desinfectantes y limpiadores más potentes y agresivos y hasta sellamos el cubículo por «motivos de mantenimiento» para proteger a los chupatintas de cualquier rastro de toxinas que pudiera haber al día siguiente. Nada de todo eso impidió que la maldita cosa volviera a aparecer.

Era ya la cuarta noche y quería asegurarme de que por fin tenían el asunto bajo control antes de seguir con mis actividades habituales.

—¿Ha habido suerte? —le pregunté a Steve, el capataz del equipo de recogida.

La expresión de su rostro fue toda la respuesta que necesitaba.

—¿Qué hacemos ahora?

Suspiró.

—El mismo cóctel de toxinas que usamos ayer, más o menos, con alguna que otra variación. Las muestras que tomé de la cosa esa no se apañan muy bien con un pulso eléctrico o con un campo magnético intenso. Así que voy a darles con todo: químico, magnético y eléctrico.

—¿Y si no funciona?

—Hmmm, supongo que no podremos usar nucleares, ¿no?

—Déjate de bromas.

—Bueno, ¿te acuerdas de los masticadores que fabriqué el verano pasado?

Al principio no supe de qué hablaba, pero no tardó en venirme a la memoria, que por una vez me sirvió para algo.

—¿Aquellos escarabajos negros que se cargaron a las hormigas eléctricas de las plantas cinco y seis?

—Esos mismos. Creo que podría adaptarlos para que desarrollaran el gusto por la porquería esta y se la comieran. —Señaló hacia el cubículo infectado.

Sonreí en señal de aprobación.

—Buena idea, sí, me gusta cómo suena.

Steve aún tenía la vista clavada en el cubículo.

—¿Qué crees que pretende conseguir el maldito moho?

—Ni puñetera idea.

Supongo que infiltrarse de alguna manera, pero ¿para qué? Lo cierto es que nunca fuimos capaces de averiguar cómo había entrado en el edificio. Tanto las alcantarillas como el sistema de ventilación o incluso un portador humano eran buenas posibilidades. No es que fuera asunto nuestro, en realidad; estaba fuera de nuestras competencias. Después de todo no somos detectives, solo limpias.

No tenía ningún sentido seguir por allí, así que dejé que Steve y su equipo siguieran con su guerra contra el tecno moho y tomé nota mental de ponerme al día después. Mi siguiente parada era la sexta planta; ya era hora de ver a Jet. Sabía que me habría llamado de haber ocurrido algo fuera de lo normal, pero me gustaba pasarme por allí y que me viera la jeta.

Hablando de lo cual, nunca me canso de mirar la de Jet. Y no porque sea espectacularmente guapa, aunque bien podría serlo. Es difícil saberlo bajo todo ese maquillaje. Jet es gótica por los cuatro costados, algo que salta a la vista incluso con el mono de trabajo reglamentario. Jet no lleva los colores de la tribu en las ropas, sino en la cara. Su maquillaje es espectacular, desde las mejillas pálidas a las espesas cejas pasando por la sombra de ojos en degradado o el lápiz de labios en varias capas. El resultado es asombroso y debe de llevarle siglos aplicárselo. Se lo comenté una vez, al poco de que se uniera al equipo.

Me miró sorprendida, y no estaba fingiendo.

—Pero si esto no es nada, una cosa rápida de andar por casa. Deberías verme cuando me maquillo de verdad. —Y era totalmente sincera.

Cuando llegué, estaba en su terminal habitual, los ojos pegados a la pantalla, y no levanto la vista para mirarme. Ya sabía que era yo.

—¿Algo?

—Nop, de momento todo tranquilo. Eh... —Sus ojos brillaron.

—¿Qué pasa?

—Nada preocupante, pero el Fantasma lo ha intentado otra vez. —Sus dedos volaban sobre el teclado.

El Fantasma era el más reciente de una caterva de piratas que habían intentado colarse en los sistemas de la empresa. El que Jet lo llamase el Fantasma decía mucho de sus habilidades. Sus anteriores contrincantes habían sido bautizados como Apisonadora, Mierdaespesa, Empollón, Colgado y Mediotonto, aunque de hecho la parte de «tonto» era cosa mía, Jet había usado un término bastante más insultante.

Sus manos se quedaron quietas varios segundos mientras escrutaba la pantalla; luego sonrió.

—Ajá, ya veo lo que intentas. Sí, muy listo... pero no lo suficiente. —De nuevo sus dedos bailaron mientras el aire resonaba con el metralleo de las teclas.

—Te dejo con tus cosas —le dije.

—Vale.

—Pásalo bien.

—Claro.

Ni siquiera entonces me miró, pero es cierto que estaba realmente liada. El Fantasma parecía condenado a una nueva noche de fracaso y frustración. Sabía bien lo buena que era.

Seguí con la ronda. Habría pasado más de una hora cuando me llamó Rosa. Cualquiera de mis supervisores puede contactarme a voluntad. En teoría podría tirarme la noche bebiendo café con los pies apoyados en la mesa, parloteando con los de seguridad en la sala de control, totalmente confiado en que si ocurría algo digno de mención me llamarían. Pero no me gusta. Prefiero controlar las cosas de cerca, y si no lo hiciera acabaría obsesionado con lo que pudiera ocurrir durante mi turno. Así que me paso las noches yendo de un lado a otro del edificio como una gallina clueca, comprobando esto y lo otro, coordinando recursos y ayudando allí donde me necesitaran.

—Joe —sonó la voz de Rosa en mi auricular—. Mejor que pases por aquí.

—¿Qué pasa?

—No estoy seguro, pero no pinta nada bien.

Rosa estaba en la quinta planta, justo bajo Jet. Cuando ella se incorporó al equipo la puse con Rosa y sus muchachos, pero los dos se odiaron en cuanto se pusieron la vista encima. El tira y afloja entre ellos creó tan mal ambiente que distraía a los demás y el trabajo se resentía; estuvieron a punto de dejar pasar una invasión que habría podido ser desastrosa. Así que saqué a Jet de allí y la puse en la sexta planta a cargo de una estación individual. Me parece que le gusta.

Cuando llegué, Rosa y Simon se arracimaban alrededor de Del, que parecía bastante ocupado en su terminal. Los tres miraban la pantalla, que yo no podía ver por culpa del corrillo que formaban.

—¿Qué pasa?

Rosa se echó hacia atrás y me hizo una seña de que me acercara.

—Échale un vistazo.

En la pantalla se veía la simulación en 3D de...

—¿La cocina?

—Ajá. Del ha captado una firma energética muy extraña. Es algo muy débil, casi parece más una fuga que una señal emitida adrede.

Eso me llevó a pensar en la noche anterior. La cocina estaba junto al comedor de la planta once, lógicamente.

—Parece que algo se nos pasó por alto en la limpieza de ayer.

—A lo mejor.

—No pareces muy convencido.

Se encogió de hombros.

—Bueno.... —Rosa palmeó a Del en el hombro, quien lo dejó ocupar su lugar frente a la pantalla—. No es la misma frecuencia. Muy parecida, pero no idéntica.

—A lo mejor la batería, digo, la fuente de energía está dañada.

Rosa no dijo nada. La perspectiva de la pantalla empezó a cambiar, guiada hábilmente por él. Amplió una de las encimeras, cubierta de tarros. Una forma nebulosa pareció moverse entre ellos.

—¡Mira! —exclamó Rosa.

La imagen no era nada detallada ni definida, poco más que una impresión borrosa de algo que se movía.

—No es que la imagen sea muy buena —me quejé.

—No es que la señal sea muy clara.

—Tiene que ser uno de los bots de anoche. Demasiada coincidencia si no. —Suspiré—. Vale, echaré un vistazo.

—¿Te ayudamos?

—Si no es más que un bot averiado no tiene sentido trastocar el turno, precisamente cuando están terminando lo que deberíamos haber acabado ayer. Y si es otra cosa, ya os aviso. —Me detuve junto a la puerta—. ¿Puedes guiarme hacia donde esté y seguirle la pista a ese bicho si se mueve?

—Claro.

Eché a andar.

—Joe, deja que te acompañe.

Di media vuelta.

—¿Qué pasa, Rosa, necesitas hacer gimnasia?

—No... —Nunca lo había visto tan nervioso—. Pero me da mal rollo todo esto. Los bots, lo que le pasó a Wes, esto de ahora, sea lo que sea... No sé, algo no me cuadra.

Me eché a reír y negué con la cabeza mientras me preguntaba si Rosa no estaría trabajando demasiado.

—Me las apañaré. Tú dime dónde está ese maldito bicho, ¿vale?

—Vale. —Pero no estaba nada contento.

La planta once estaba totalmente vacía; sin duda los muchachos habían terminado la limpieza y se habían ido. De la que pasaba inspeccioné aprobadoramente el suelo bien barrido y le eché un vistazo a un par de salas de reuniones; una pequeña inspección al azar para confirmar que las papeleras se habían vaciado y las mesas estaban limpias. Todo parecía en su sitio.

Curioso, pero el comedor (restaurante es nombre oficial) es el único lugar en todo el edificio que me pone los pelos de punta. Debo de haber estado en cada habitación de cada piso más de mil veces, tanto cuando hay gente como cuando no. Las estaciones de trabajo abandonadas, las salas vacías que retumbaban con el quejido de las tuberías, los pasillos silenciosos en los que cada paso resonaba atronador... nada de eso me causaba problemas. Pero el comedor siempre me ha dado escalofríos. Es una zona grande, llena de filas y filas de mesas y sillas vacías... y totalmente en silencio.

Sospecho que se trata simplemente de la ausencia del ruido, el bullicio, las conversaciones, la actividad o los cubiertos amontonados que son la marca de fábrica de cualquier cantina, pero siempre he tenido la sensación de que puedo notar algo justo más allá del umbral de percepción; sonidos, movimiento, personas....

Así que no me hice el remolón. Fui directo y la crucé con rapidez, los ojos clavados en la puerta batiente que da a la cocina.

Los malos presentimientos de Rosa pasaron por mi mente, pero los deseché enseguida. Estaba seguro de que era simplemente un bot averiado y la noche anterior me había enseñado como lidiar con él.

—Rosa, ¿me recibes?

—Alto y claro.

—¿Se ha movido?

—Un poco, pero sigue más o menos donde estaba. Tranquilo, te guiaré al sitio exacto.

Al encender la luz, lo primero que noté fue un cubo de agua sucia y una fregona apoyada junto a un mostrador. Ambos podían verse desde la puerta y estaba claro que habían sido pasados por alto por mis muchachos mientras limpiaban. Hmmm, demasiado descuidados. Ya me ocuparía de ellos después de tener unas palabritas con su supervisor.

—Vale, Rosa, dime dónde.

—Está en el estante a tu izquierda, el que está a la altura de tu cabeza.

Vi el estante al que se refería.

—Cuando me lo enseñaste no estaba ahí, ¿verdad? ¿No estaba debajo, en la encimera?

—Sí.

—Así que sea lo que sea puede trepar como un bot.

—Aunque algo más lento.

Lo cual tenía todo el sentido del mundo si se trataba de un bot averiado, tal como sospechaba. Eché a andar por el hueco entre los hornos y la encimera, la vista clavada en el estante de marras.

—Casi —dijo Rosa tras una docena de pasos.

Aún no había el menor rastro de nada raro en el estante. Alcé la mano y aparté un cuenco de acero inoxidable que a primera vista parecía el obstáculo más obvio. ¿Vi que algo se moviera? Nada directamente, pero por el rabillo del ojo me pareció ver asomar una sombra. Tomé un nuevo cuenco... y de pronto me encontré mirando cara a cara al hermano mayor de los bots. Era tres o cuatro veces más grande y no tenía la misma forma que los de la noche anterior, pero sin duda venía de la misma estirpe.

Me gustaría decir que lo que pasó después se debió a mis reflejos de felino o a un incierto sexto sentido, pero en realidad no fue más que una mezcla de susto y sorpresa a partes iguales. La cosa apuntaba con la roma nariz en mi dirección y lo que vi me pareció sin ninguna duda el extremo del cañón de un arma. Retrocedí y me agaché por puro instinto justo cuando una lanza de energía salía del bot y partía en dos el aire allí donde mi cabeza había estado un picosegundo antes.

Estoy seguro de haber sentido el calor de la que pasaba el rayo, aunque los demás dicen que fue producto de mi imaginación. Quién sabe; en aquel momento estaba demasiado ocupado para pararme a considerar el asunto mientras retrocedía a cuatro patas hasta que logré que mi culo girara la esquina de los hornos.

—¡Joe! ¿Estás bien? ¿Qué pasa?

—¡El puñetero bicho acaba de dispararme! Un arma de energía o algo parecido. ¿Dónde está?

—Ni idea. —Rosa parecía tan frenético como yo mismo—. No tenemos nada, ni visual, ni virtual, se nos ha perdido todo. Ah, espera, ya vuelve la señal. Cinco coma dos segundos. Recuérdalo. Si te dispara de nuevo voy a estar ciego por lo menos cinco segundos.

—Vale, lo tendré en cuenta.

—Te envío apoyo.

—¡No!

Recordé lo que le había pasado a Wes y vi mentalmente a un pelotón entrando a toda prisa y siendo abatidos. No era algo que quisiera explicarle a Gus, no digamos ya sus familias. «Mis más sentidas condolencias por la pérdida de su hijo... Muerto en cumplimiento de su deber... Sí, solo era un limpia... Es un negocio peligroso.»

—Dejádmelo a mí.

—Joe, no seas idiota. ¿Qué vas a hacer, hablar con él hasta que se muera de aburrimiento? Está armado y tú no.

—Tampoco los demás. Enviar un equipo solo le proporcionaría más blancos.

—Vale, pero ¿qué vas a hacer?

—Ya se me ocurrirá algo.

—Pues que sea rápido, porque se está moviendo entre los estantes en tu dirección. El condenado te tendrá a tiro en cualquier momento.

Antes de que Rosa terminase de hablar vi como asomaba aquella característica nariz roma por el borde de un estante. Gateé hacia atrás y me las arreglé de nuevo para esquivar por un pelo su segundo disparo, que dio en la base de la pared. Parte de mi mente tomó nota de la marca carbonizada que dejaba y se dio cuenta de lo difícil que iba a ser acabar el turno a su hora.

Pero el resto de mi cabeza estaba enfocada en los cinco segundos. Rosa guardaba silencio; hasta los comunicadores habían caído ahora. Así que durante los siguientes cinco segundos estuve completamente aislado, dejado a mis propios medios. Solo yo y el cabrón de papá bot. ¿Necesitaba tiempo para recargarse entre disparo y disparo? Lo que yo necesitaba, y ya, era un arma. Mis ojos se centraron en la fregona, al otro lado del pasillo. Recé para que aquella cosa no estuviera todavía lista para disparar, crucé la distancia de un salto, agarré la fregona y me puse en pie.

Si hago memoria, me parece que estaba gritando o chillando, Dios sabe por qué, mientras me abría camino con la fregona y barría los estantes con aquel arma improvisada, lanzando por los aires en todas direcciones los diversos utensilios. Y dejando el terreno libre a mi mecánico adversario.

En aquel momento debieron de terminar los cinco segundos, porque de pronto Rosa estaba gritándome al oído, totalmente fuera de sí.

—¡Joe! ¿Qué ha pas…?

Justo en ese momento el bot se lanzó sobre el cubo de agua. No tengo la menor idea de si intentaba disparar otra vez o simplemente buscaba un atajo. Como fuera, se produjo un fogonazo ensordecedor y Rosa desapareció de nuevo a mitad de una frase, expulsado otra vez durante cinco segundos.

Jadeante, me limité a quedarme quieto, con los ojos fijos en el caldero. Decidí que no sería tan duro con el supervisor después de todo. De hecho, no me parecía mala idea establecer la norma de dejar olvidados unos cuantos cubos de agua sucia al final de cada turno.

Me di cuenta de que me temblaban las manos, aún agarradas a la fregona, incapaces de soltarla. Me acerqué al caldero con precaución, medio esperando ver una nariz chata y fea asomando por el borde. No pasó nada. El fogonazo había sido el final de bot. La tensión pudo conmigo y me derrumbé hasta quedar sentado en el suelo, la espalda contra el mostrador y la fregona cruzada en el regazo.

—¡Joe! ¿Joe?

Me eché a reír, no podía evitarlo.

—Hola, Rosa, bienvenido, hombre.

Algunos han sugerido luego que la invasión de los mini bots de la noche anterior no fue más que un señuelo, una diversión que permitió al cabronazo de su primo mayor infiltrarse sin que nadie lo notara. No lo tengo tan claro. Lo que creo es que fue un ataque en dos frentes. Los bots más pequeños ya eran bastante complicados de detectar y eran lo bastante numerosos para haber tenido éxito por su cuenta. Por si no era así, su pariente más grande se escabulló cubierto por la invasión de los otros, encontró algún lugar donde esconderse y se apagó durante veinticuatro horas. Fue gracias a la vigilancia de Rosa y su equipo que ninguno de los planes tuvo éxito.

Esperé hasta que llegó la caballería y me aseguré de que lo limpiaban todo a conciencia y que se ponía patas arriba toda la planta y se la peinaba con el peine más fino posible, no fuera a haber alguna otra desagradable sorpresa agazapada por allí. Luego fui a tomarme una bien merecida taza de café. A mitad de camino hacia el ascensor se me ocurrió una idea mejor y llamé a Mac.

—Mac, ¿aún guardas esa botella de malta en la alacena?

—Sí —reconoció a desgana—. Es para ocasiones especiales.

—Voy para allá. Y créeme, es una ocasión especial.

—¿Qué ha pasado?

—Te lo cuento entre copa y copa.

—Vale.

Tuve que entregar un informe de lo ocurrido, claro está, lo que hizo que el Jefe viniera algo más temprano de lo normal. Este es solo uno de los tres edificios de los que se ocupa Gus, y suele pasar la mayor parte del tiempo en el Trans-Global. Creo que le tiene echado el ojo a la asistente de allí, Jocelyn. Bastante bonita, aunque un poco demasiado amplia de caderas para mi gusto.

Gus es un tipo grandote y el contorno de su cintura se ha ensanchado un tanto desde que fue ascendido a Técnico Senior de Sanidad y Limpieza hace un tiempo. Gracias a eso ascendí yo también, pues Gus tenía antes mi trabajo actual. Sigue quedándose conmigo diciendo cosas como «algún día este trabajo será tuyo, Joe». Ah, no, muchas gracias. Eso de ir revoloteando de un lado a otro no es para mí. Estoy mucho mejor en mi propio terruño como Asistente.

Que Gus se dejara caer un poco antes de lo habitual no era raro, pero sí el par de trajeados que lo acompañaban.

Eso significaba que estaba pasando algo importante. Entraron en tromba, recogieron los restos del cabrón de papá bot y desaparecieron tan rápido que llegué a preguntarme si de verdad habían estado aquí.

—¿Qué narices pasa, Gus? —pregunté en cuanto estuvimos solos.

Sonrió de ese modo afable y jovial tan suyo.

—No es asunto nuestro, Joe. Ya sabes cómo va esto.

Suspiré.

—Vale. No somos más que los limpias.

Claro que tenía razón, pero aquello era distinto. Aquella cosa casi me mata, así que era algo personal.

Estuve dándole vueltas al asunto mucho después de que Gus se hubiera ido. En aquellos cinco años habíamos visto cosas bastante raras, desde dispositivos astutos a mecanismos ingeniosos, pero nada de todo aquello había causado una intervención de los trajeados. Hasta ahora.

El turno casi llegaba a su fin; los míos estaban ocupados empacando las cosas y preparándose para irse. Dejaríamos el edificio justo antes de que llegaran los primeros chupatintas: ambiciosos, deseosos de impresionar y desesperados por anotarse un tanto con la dirección.

Decidí visitar a Rosa de nuevo.

No nos quedaba mucho tiempo. En menos de una hora el lugar sería un hormiguero. Las mesas estarían ocupadas, las líneas telefónicas echarían humo y las pantallas de ordenador chispas mientras los machacas de nueve a cinco se afanaban en lo suyo sin preguntarse jamás quién vaciaba las papeleras o fregaba el suelo, sin tener la menor idea de lo que pasaba tras las puertas cerradas cuando ellos no estaban. Que es como debe ser y como siempre ha sido, por otro lado. Así que había que largarse enseguida; pero, así y todo, necesitaba saber.

Simon y Del alzaron la vista con gesto culpable cuando entré, como dos críos pillados con la mano en la bolsa de caramelos. Mikey, el jefe de técnicos que había examinado los restos de algunos bots la mañana anterior, estaba encaramado en una esquina de la mesa de Rosa.

A lo mejor era una simple coincidencia que los dos miembros de mi equipo que más sabían sobre aquellos condenados bots estuvieran el uno junto al otro en aquel preciso momento, pero lo dudaba.

Les dije a Del y Simon que se fueran antes de que acabara el turno. Apagaron sus consolas y se largaron agradecidos. Entonces centré mi atención en Rosa y Mikey.

—Venga, largad.

Se intercambiaron una mirada nerviosa antes de que Rosa dijera:

—En realidad no sabemos nada con seguridad.

—Vale, pues decidme lo que sabéis sin seguridad.

—Bueno —empezó Rosa—, ya sabes que no me sentía muy cómodo con la firma energética que detectamos en los bots. —Asentí—. Las lecturas no tenían sentido, no eran consistentes con ningún tipo de fuente energética. Sé de qué hablo. Era casi como si los bots estuvieran chupando energía en lugar de soltándola.

—¿Cómo?

—Eso encaja con lo que encontré en los fragmentos que me llevé —dijo Mikey, tomando la palabra—. No hay nada en ninguno de ellos que señale una fuente de energía, pero sí hay cosas que sugieren que pueden recibirla.

—¿De dónde?

Hubo una pausa incómoda mientras Mikey respiraba hondo antes de continuar.

—Vale, escucha. Todo el mundo genera energía con tan solo moverse. Nos movemos por el aire y eso crea fricción, por no mencionar cualquier superficie por la que andemos.

—Venga, hombre —le interrumpí—. No estarás sugiriendo que así es como se alimentan los bots, ¿verdad? La energía producida es mínima, mucho menos de la que se consume con el movimiento que la crea. —Recordaba de aquello de la escuela, más o menos.

—Cierto.

Rosa se rio entre dientes y se echó atrás en la silla mientras se echaba las manos a la nuca.

—Ahora es cuando se pone interesante de verdad.

—¿Has oído hablar de los ordenadores cuánticos? —preguntó Mikey.

—Claro. —No mentía. Había oído hablar de ellos.

—Bien. Entonces sabrás que los chinos han construido un ordenador que contiene más qubits de lo que la mayoría de los expertos del mundo creían posible.

Asentí. Ahí sí que mentía. Puedo haber oído hablar de «ordenadores cuánticos», pero ni idea de lo que son, no digamos ya un «qubit».

—Lo han hecho combinando la memoria cuántica con clusters de computación. La cosa aún está en pañales, pero parece que han dado con algo que puede de dejar como un juguete a pedales al súper ordenador más rápido y potente construido de modo convencional.

—¿Clusters de computación? Refréscame la memoria.

Mike alzó una ceja pero respondió de todos modos.

—Es un tipo de arquitectura de almacenamiento que previene que los entrelazamientos demasiado frágiles colapsen durante la computación.

—Ajá, claro. —No había entendido ni una palabra, pero no iba a admitir mi ignorancia una vez más.

—El problema, por supuesto, es que el universo conocido no tiene recursos suficientes para hacer funcionar un ordenador cuántico que opere a esa capacidad. Y sin embargo, se ha podido construir uno y parece que funciona.

Me lo quedé mirando con cara de tonto. Pero Mikey iba a toda mecha a aquellas alturas, fascinado por su propias palabras, y ni reparó en mi expresión de desconcierto.

—Solo hay un modo de que eso sea posible. Y es que el ordenador acceda a un universo paralelo del que drena los recursos suplementarios que necesita y no encuentra en este. Los ordenadores cuánticos no son simplemente una nueva generación de ordenadores, sino una especie enteramente nueva, un salto evolutivo.

»Apostaría a que estos bots trabajan bajo principios cuánticos; de algún modo se conectan al otro lado y absorben las cantidades infinitesimales de la energía que ellos mismo producen con la fricción resultante de su movimiento en infinitas realidades. Cada fracción es insignificante por sí misma, pero la suma de todas ellas… eso es lo que les da energía para moverse y para lanzar esa especie de descarga que dejó frito a Wes, o incluso para el cañoncito energético que casi te deja tieso.

Quizá la teoría estaba fuera de mi comprensión, pero no sus implicaciones.

—Vale, eso explicaría por qué los trajeados aparecieron casi antes de que enviara mi informe —asentí.

—Y tanto. Ayer estábamos tan fuera de sí que redujimos a añicos los bots, pero el que tú encontraste hoy es más grande y está entero, no tiene ni un rasguño. Como salido de fábrica. —Mike me sonrió—. Es muy posible que les hayas dado a los trajeados el secreto de una nueva fuente de energía.

Hacía tiempo que había llegado la hora de irse, así que nos despedimos y nos fuimos a casa. No dejaba de preguntarme si Mikey estaría en lo cierto. La verdad era que, si les había dado la clave para una nueva forma de energía, alguien más tenía que tenerla. Y si estaban dispuestos a correr el riesgo de que su secreto se revelase, ¿qué más tenían?

No me quitaba de la cabeza lo que Mikey había dicho de los chinos y su ordenador cuántico.

En los próximos meses voy a prestar atención a las noticias. No me sorprendería que se anunciara un día de estos que se ha producido un avance extraordinario en el desarrollo y producción de energía.

Será interesante ver quién lo anuncia. No es que sea asunto mío, claro, a menos que pretenda albergar sus nuevos diseños en este edificio y sus instalaciones.

Después de todo, no soy más que un limpia; y, como dice en ni tarjeta, tan solo un asistente.

POSTSCRIPTUM

La idea de los oficinistas que llegan a primera hora y ni piensan en la deuda que tienen con aquellos a los que ven como «inferiores» (limpiadoras y personal de mantenimiento que trabaja en el turno de noche) siempre me fascinó, y eso me llevó a escribir «El asistente». El resultado me satisfizo y se lo mandé a George Mann para su serie Solaris Book of New SF.

Me dijo que le encantaba el relato pero que le parecía que necesitaba un último giro para rematarlo como se merecía. Después de darle unas cuantas vueltas, reescribí el final e incorporé una idea relacionada con la mecánica cuántica que tenía para otro relato y que había estado rondando por mi mente desde de la lectura de un par de artículos recientes en New Scientist *y de una entrevista con el astrónomo y divulgador Marcus Brown.*

Incluso tras la aceptación y publicación del relato, no quedé del todo satisfecho con el nuevo final y, de hecho, algunas de las primeras reseñas justificaron mis temores al comentar que la «ciencia dura» de la parte final parecía fuera de lugar en un «relato tan divertido e ingenioso».

Sin embargo, el relato fue preseleccionado para el premio de la BSFA y obtuvo una «mención de honor» en la antología de Gardner Dozois Year's Best.

Así pues, ¿qué puedo decir?

ROSA DEL SEGADOR

¿Desagradable? No, no diría eso. Más bien al contrario. ¿Nunca ha olido maría? Claro que sí, es policía... No, no, no quería implicar nada de... Solo que seguro que se la ha encontrado más de una vez a causa de su trabajo. Nada más. Lo que quería decir es que huele un poco como la maría pero sin ese espantoso dulzor; ya sabe, es una especie de aroma aceitoso, como de hierbas, menos ácido y más floral, más agradable que el de la maría. Sí, lo sé, lo siento, estoy describiéndolo fatal, pero no sé hacerlo mejor. La verdad es que no se parece a nada que haya olido antes.

Sí, más o menos toda mi vida. Al menos hasta donde recuerdo. La primera vez creí que me había cruzado con alguien que se había puesto un perfume caro, el perfume más increíble del mundo. Recuerdo que miré a todas partes, tratando de localizarla, de ver si estaba tras de mí o enfrente. Estaba decidido a no dejar que se fuera sin al menos ver quién era la portadora de un aroma tan apabullante. Tenía que ser hermosa. Solo una mujer hermosa puede llevar un perfume como ese. Pero el andén estaba lleno de gente, todos iban con prisa, y ni siquiera sabía en qué dirección mirar. Y luego pasó lo que pasó, ya sabe.

Ajá, Moorgate, Londres. Eran las ocho y treinta y ocho. Lo sé porque recuerdo haber mirado el reloj de la estación y haber pensado que el tren venía con tres minutos de retraso. Ya sabe, esas cosas curiosas que le quedan a uno en la memoria, las nimiedades; supongo que así evitas pensar en lo importante.

Sí, claro, trece años, todos éramos de esa edad. Íbamos juntos a la escuela todos los días los cinco, siempre en el mismo tren. Tim y yo éramos los primeros en subir, Mick se nos unía dos paradas después y luego Alan y John en la siguiente.

¿Sabe lo peor, lo que siempre me ha hecho sentir fatal? Justo después de que pasase no podía pensar más que en la mujer del perfume, en si habría sobrevivido. No en mis amigos. No en la gente que veía todos pasar los días de un lado a otro, solo en aquella mujer a la que nunca había visto, solo olido, alguien que a lo mejor ni existía. Me acuerdo de ello a menudo, de lo capullo e insensible que era de niño.

No, claro que no hubo nada que nos avisase. Aparte del olor, evidentemente, pero entonces no sabía lo que era. Todo pasó muy rápido. No se crea una palabra de toda esa cháchara de que el tiempo se estira y las cosas pasan a cámara lenta, de que la gente ve su vida pasar delante de los ojos. Nada de eso, por lo menos conmigo. Solo una explosión brutal, asombrosamente alta, y luego un chirrido que me hizo rechinar los dientes, como uñas sobre una pizarra o mil gatos aullando dentro de una lata de metal. Nadie se dio cuenta al principio de lo que pasaba, no sabíamos nada del descarrilamiento, solo que algo malo había pasado. Lo primero en lo que pensé fue en una bomba; no de ISIS o Al-Qaeda, entonces aquello ni existía, lo que nos preocupaba a todos era el IRA. Todo el mundo se paralizó por un segundo y luego pasaron en menos de un parpadeo de la inmovilidad y el shock a un estado pánico salvaje. La gente empezó a correr y dar empujones. Perdí de vista a los demás, salvo a John. Recuerdo haberlo visto justo antes de que el vagón junto a nosotros saltara por los aires, primero la parte de atrás, y cayera donde estábamos.

No podía moverme, no podía escapar. Tenía gente encima, montones de gente, y no se movían. Era totalmente claustrofóbico y los oídos me pitaban. Oí gritos y llantos, pero parecían muy lejos, sonaban apagados, como la televisión en la habitación de al lado con la puerta cerrada. Empujé, pataleé y grité, intentando abrirme camino, y por fin lo conseguí por en medio de los cuerpos, los restos del vagón y los trozos de cristal. Alguien me ayudó a ponerme en pie, una mujer con una chaqueta crema; la sangre le arroyaba por el brazo izquierdo. Nunca he sabido su nombre.

Un campo de batalla, es lo único que se me ocurre para describirlo, como una imagen del bombardeo de Londres en una peli antigua de la II Guerra Mundial, ya sabe, justo después de los ataques aéreos. Cuerpos, montones de cuerpos y gente de pie, inmóviles, totalmente desconcertados. Restos de los dos trenes, una pared que se había venido abajo y humo y polvo por todas partes... No vi fuego, aunque luego leí que había habido algunos incendios...

No, para nada. Qué va. El olor se había ido. Solo lo huelo justo antes de las muertes, nunca después.

Tuve mucha suerte, es verdad, ni un arañazo. Tres de mis mejores amigos muertos y Tim hospitalizado durante un mes y allí estaba yo con la camisa sucia y un pitido en los oídos.

Puede ser. Siempre he pensado que Moorgate fue la primera vez porque es la primera de la que estoy completamente seguro, pero recuerdo que en ese momento me pareció familiar, como si lo hubiera olido antes en otra parte... No sabía cómo llamarlo, ni lo supe hasta la siguiente ocasión, en Duxford. Creo que Rosa del Segador le va bien, ¿no le parece? Quién nos iba a decir que la muerte tendría un olor tan agradable.

Sí, sí, Duxford, el espectáculo aéreo. Me llevó la tía Anne y fuimos con mi primo Robert. La tía preparó bollos rellenos de salchichas y huevos cocidos. En toda mi vida he comido tantos huevos. Hacía un día estupendo, cálido, soleado, sin una nube. Nos quedamos mirando cómo los viejos cazas de la II Guerra Mundial simulaban un ataque, los motores gruñendo en lo alto... y de pronto sentí de nuevo aquel olor rico, denso, evocador.

Aquella vez fue distinto de Moorgate porque podía ver lo que ocurría mientras estaba pasando, no trozos sueltos que luego tuve que ensamblar mentalmente. Uno de los aviones sonó como si tuviera hipo y de pronto hizo un giro extraño; menos de un segundo después se oyó cómo se paraba el motor. Entonces empezó a caer, el morro apuntando hacia abajo, cada vez más cerca del suelo... No estaba directamente sobre nosotros, pero cerca. A la gente le dio tiempo a reaccionar, a intentar irse, pero no a escapar. La tía Anne me cogió de la mano y empezó a tirar de los dos, yo a un lado de ella y Robert al otro, pero no habíamos dado más que unos pocos pasos cuando se produjo la explosión. Increíble lo enorme que fue, teniendo en cuenta lo pequeño que era el avión. Supongo que por la velocidad... y el combustible, claro.

Trozos de fuselaje y de tierra volaban sobre nosotros y luego algo me golpeó por la espalda. Creo que fue la onda de choque. Me lanzó hacia arriba. Me quedé sin aliento un momento, incapaz de moverme, tratando de asegurarme de que seguía con vida, sin creérmelo del todo. Luego me senté poco a poco, magullado pero ileso.

Seguía sosteniendo la mano de la tía Anne... pero su brazo terminaba a la altura del codo.

Claro que me conmocionó. ¡Quedé horrorizado! Solté su mano y empecé a gritar. Perdí la noción del tiempo, pero debo de haber estado gritando hasta que me encontraron. A veces, sí, incluso ahora, me despierto por la mañana y aún siento sus dedos en la palma de la mano.

¿Sabe que han subido parte del metraje del accidente a YouTube? Cosa de un minuto o así, las mejores partes... No debería sorprenderme, la verdad. Al fin y al cabo era un espectáculo aéreo y mucha gente debió de llevar cámaras. No había móviles de aquella, claro. Vi una vez el clip. Había algo casi artístico en el modo en que los restos trazaban arcos en todas direcciones a partir de aquella flor de fuego. No sentí nada cuando lo vi, como si no tuviera nada que ver conmigo, como si nunca hubiera estado allí y solo me hubiera enterado de lo que pasó porque me lo hubiesen contado luego.

Fue justo tras Duxford, mientras me daba cuenta de que el olor me había llegado inmediatamente antes de dos catástrofes, aquella y la de Moorgate, cuando lo bauticé como Rosa del Segador.

Claro que nunca se lo he contado a nadie. ¿Para qué? ¿Quién me iba a creer? Además, nadie ha relacionado nunca antes todo lo ocurrido, ni me ha conectado a mí con los desastres, nadie se ha dado cuenta de que he sobrevivido a todos y me he ido luego sin un rasguño.

Alguna otra vez, sí. Ninguna tan espectacular como esas dos, al menos hasta ayer.

Claro que lo he intentado. Hasta he ido a clases de yoga una temporada a ver si me servía de algo. Me he sentado y despejado la cabeza y he hecho todo lo que he podido para conjurar el maldito olor, para recordarlo con exactitud, pero no puedo. Solo viene a mí justo antes de una muerte. Por eso me costó tanto describírselo antes. No lo recuerdo del todo, no hasta que vuelvo a olerlo. Una vez que lo huelo es inconfundible, claro.

Sí, tiene razón, no es solo la muerte, es algo más. Por ejemplo, cuando papá estaba en el hospital y se fue muriendo pacíficamente, poco a poco, no olí nada. Bueno, olí lo que se huele en los hospitales, desinfectante, antibiótico y esas cosas, pero no Rosa del Segador. Es la muerte violenta lo que atrae el olor. Muerte violenta e inminente.

Ajá, como la pasada noche.

Claro que no me lo esperaba. Nunca me lo espero. No habría ido de ser así.

No sé. ¿Una explosión de gas, terroristas? Usted sabrá, que es el inspector. No soy más que una víctima, no lo causé. Visitaba a mi madre que acaba de operarse, nada más. Por lo menos ella está bien, no tiene ni idea cuánto me alegro.

Claro que me enteré de lo de la doctora con la que estaba hablando cuando ocurrió. La doctora Singh. Horrible. Parecía muy buena gente y explicaba las cosas de maravilla... Sé que a mamá le caía muy bien. Dicen que estoy vivo gracias a ella, que su cuerpo absorbió el impacto de la explosión y me escudó. No vi gran cosa, solo un destello brillante que venía de detrás de la doctora Singh y luego un crujido ensordecedor y una ola de calor que me golpeaba... Al parecer me desmayé unos minutos. Nunca me había pasado. Cuando me desperté estaba tirado entre los restos; había un cuerpo cerca, un brazo que salía de entre los escombros. Quizá era la doctora Singh, no sabía decirle. No quise mirar. No había más que polvo y devastación por todas partes, igual que en Moorgate o en Duxford.

¿Cómo? Claro que no. ¿Qué podía haber dicho? ¿«Doctora Singh, corra como si le fuera la vida en ello si empiezo a oler rosas»? No me llega precisamente con mucha antelación, así que no sé cómo habría podido avisar al hospital de que lo evacuaran o algo así. Eso suponiendo que alguien me hubiera hecho caso, que sé bien que no.

Unos segundos, no más. Ni un minuto. Me viene un fuerte ramalazo de Rosa del Segador y entonces me doy cuenta de que aquellos que me rodean en ese preciso instante están a punto de morir. Ni siquiera sé qué va a matarlos, solo que va a ser horrible... y violento. ¿Cómo voy a convencer a nadie de algo como eso en unos segundos? Dígamelo, de verdad, dígamelo, me gustaría saberlo. ¿Qué puedo decirle a nadie para que no crea que estoy loco y de verdad comprenda que le quedan segundos de vida?

Que sí, de verdad que huele a rosas, pero es más potente, quizá con un toque de lavanda. Pero no, es otra cosa. Imagine el ramalazo más poderoso del aroma más excitante que haya olido jamás, destilado y concentrado en su pura esencia. Un frenesí de feromonas, el olor más sensual del mundo, mareante e intoxicante. Entra en la nariz y se expande hasta inflamar todas las células, las llena de anticipación, de emoción, de... Extraño, sí, pero me siento más alerta, más vivo cada vez que lo huelo. Es el olor que todo perfumista ha intentado perfeccionar durante siglos sin alcanzarlo ni de lejos. A veces me pregunto si Coco Chanel podía oler el Rosa del Segador también, si sería eso lo que la inspiraba y la llevaba a crear,

¿Cómo? Sí, supongo que esta descripción es mucho más acertada que la que le di cuando empezamos a hablar, pero no es sorprendente, ¿verdad? En ese momento no podía olerlo.

POSTSCRIPTUM

De adolescente, realmente era capaz de recordar con precisión un aroma, el aroma más maravilloso del mundo. Nunca he estado seguro de si se trataba del recuerdo de algo que había olido antes o surgió directamente de mi imaginación. Lo que sé es que nunca he encontrado un olor que se le pudiera comparar. Siempre he sabido que algún día el recuerdo de ese aroma enloquecedor me daría un relato y a lo largo de los años he intentado escribirlo sin éxito varias veces.

«Rosa del Segador» es el primer intento que funciona. Lo escribí en 2015, usando recuerdos de mi propia adolescencia e incorporando también el viaje en tren de camino a la escuela y los amigos con los que lo compartía. Ha sido el cuento que más ha tardado en germinar de todos los que he escrito.

Quedé satisfecho con el resultado y más aún cuando John Joseph Adams lo aceptó para la revista Nightmare.

EN EL CANDELERO

Las estadísticas mostraban un claro descenso y aquello era un desastre. Las cifras en la esquina izquierda de su campo visual seguían cayendo en picado como una cuenta atrás hacia el olvido. Taylor no lo comprendía. Su aspecto era atractivo, estaba segura de ello.

Para asegurarse, comprobó de nuevo la señal de su canal personal: seis mini cámaras enlazadas como satélites a su alrededor que seguían cada uno de sus movimientos y los emitían en tiempo real a los ansiosos espectadores. Al instante su visión del mundo se solapó con media docena de imágenes, agrupadas de tres en tres, que la mostraban en diferentes ángulos paseando por Hudson, una calle famosa por su ecléctica mezcla de vistosos escaparates. Aunque las tiendas no eran la principal atracción, claro. Dos de las cámaras iban de un lado a otro y otras dos enfocaban continuamente su rostro, una a cada lado para captar su perfil, mientras la quinta la tomaba desde el frente, ligeramente elevaba para mostrar un tentador atisbo del escote (aquello ya debería proporcionarle al menos cien seguidores más) y la última la seguía al nivel del suelo a cierta distancia desde atrás, tomando un plano inmejorable de su espléndido y torneado trasero y de lo que era su marca de fábrica, el ligero y preciso contoneo de las caderas. ¡Y tanto que estaba bien, de auténtico vicio!

Pero el contador seguía descendiendo.

Necesitaba interaccionar con alguien, y rápido. Quizá había llegado el momento de alquilar otro acosador. En su momento, aquella secuencia había generado niveles de audiencia espectaculares...

No, habría sido repetirse.

El sexo en directo tenía el mismo problema, por no mencionar que aquella maldita zorra de Janice Silver había acaparado ese nicho del mercado después de su trío con el mu-cantante AllyN8, que estaba demasiado sorprendido, o era demasiado tonto, para bloquear la señal y que ni siquiera pareció darse cuenta de que Janice era una bloguera en directo. A menos, claro, que hubiera estado en el ajo.

No, tenía que ser algo nuevo, fresco. La especialidad de Taylor era la novedad, no la repetición.

De pronto uno de sus sabuesos captó algo: una celebridad a menos de una manzana de distancia. Era la actriz (es decir, estrella porno) KayZ Jay. No es que fuese de primera fila, pero seguía siendo una oportunidad y Taylor estaba dispuesta a agarrarse a lo que fuera.

Cambió uno de sus canales a la imagen de una cámara pública frente a la cafetería de la que salía KayZ y marcó a la actriz de modo que Taylor pudiera ver por dónde iba, siguiéndola a través de diferentes cámaras. Estaba en su camino. Perfecto. Taylor dedicó otro de los canales a monitorizar la entrada de la cafetería, por si KayZ había quedado con alguien interesante.

Apretó el paso.

—Me encanta pasear por Hudson —entonó para beneficio de sus seguidores—. Siempre está pasando algo y nunca sabes con quién te vas a encontrar. —Era importante hacerlo sin que pareciera cháchara vacía.

Taylor aminoró el paso cuando llegó a la intersección. La sincronización era fundamental y tenía que asegurarse de que llegaba a la vez que su presa.

—¡KayZ! ¡Qué sorpresa!

Taylor se dio cuenta de que la actriz dudaba, como si no estuviera segura de conocerla. Aunque habían coincidido más de una vez, no se podía decir que fueran amigas. De pronto dio un paso adelante y le dio un abrazo fraternal antes de que la situación se volviera embarazosa.

Más tarde Taylor juraría que no había sido premeditado.

Siempre llevaba una plastivaja cuya hoja no metálica pasaba inadvertida por los sistemas de seguridad habituales en tiendas y oficinas. Nadie salía a la calle sin un mínimo de protección, al fin y al cabo. Casi sin darse cuenta, agarró el cuchillo y lo hundió en aquel cuerpo blando y delicioso.

La expresión de KayZ mientras retrocedía no tenía precio y Taylor se dio cuenta, complacida, de que dos de sus canales la habían captado con toda nitidez. Al principio la actriz no parecía entender qué había ocurrido, hasta que se llevó la mano a la mancha roja que florecía rápidamente sobre la blanca camisa de seda y su expresión de asombro se transformó en terror. Gimió y cayó al suelo, aún agarrándose el vientre.

Se oyeron gritos y una sirena ululó en la distancia. Taylor no hizo el menor intento de huir; no habría tenido sentido. Media docena de cámaras públicas estaban transmitiendo la escena, además de sus propios canales. Para su deleite, el catastrófico bajón de seguidores se había revertido y las cifras de la esquina ascendían a un ritmo vertiginoso. La gente se estaba conectando a ella en tropel. En pocos segundos sobrepasaría su índice de audiencia más alto hasta entonces, más alto aún que el polvo casual o que el acosador. Y aquellas cifras eran solo de los que se conectaban en directo. En cuanto empezaran las descargas...

Chúpate esa, Janice Silver.

Taylor se arregló un poco, eligió el mejor ángulo posible y miró a la cámara con una sonrisa radiante.

PostScriptum

No suelo escribir ultracortos muy a menudo, pero de vez en cuando surge una historia que es poco más que una viñeta y a la que le viene bien una narración rápida y no muy detallada. En esos casos el formato es ideal.

Como muchas otras cosas en la ciencia ficción, el relato surgió de la observación de ciertos aspectos de nuestra sociedad actual y su extrapolación posterior, llevándolos a los extremos. «En el candelero» es mi modo de hablar sobre el culto a las celebridades y los extremos a los que ciertos «blogueros en directo» están dispuestos a llegar para adquirir notoriedad y «popularidad».

CUÁN PRESTO SE VA EL PLACER

Conrad entró despacio en el bar de Lacey y ocupó su sitio habitual en uno de los altos taburetes, que se ajustó a su peso con un desconcertante bamboleo. Se movió a un lado y al otro, tratando de encontrar una base más estable, y el pie del taburete raspó el suelo de imitación de madera con un ruido que le hizo rechinar los dientes. Roach alzó la vista y le regaló una mirada amarga a medio camino entre una sonrisa y una mueca. Era su forma habitual de saludar.

Roach era cliente habitual de Lacey. Comía allí, cenaba allí y trabajaba allí. Por lo que Conrad sabía, tal vez durmiese allí.

—Otro día de mierda —señaló.

—¿No lo son todos? —respondió Conrad, completando el ritual que ambos habían establecido tiempo atrás.

My-Ling apareció de pronto al otro lado del mostrador, armada con una sonrisa tímida y un vaso de cerveza fría y espumosa. De tímida no tenía nada, como bien sabía Conrad; no era más que parte del disfraz que usaba en el trabajo. Soltó un gruñido y exploró el bolsillo en busca de monedas, obligando a sus dedos a que cruzaran el apretado pliegue de los pantalones y deseando haber echado mano al dinero antes de sentarse.

Una vez pagada la cerveza, se concentró en el televisor. Estaba sobre el bar y mostraba lo que parecía el noticiario. La imagen de un reportero rígido y enterizo dio paso a un primer plano del Presidente Kelly. Estaban cubriendo su más reciente discurso, al parecer. Los ojos azul grisáceos miraron directamente a la cámara por un instante y la integridad pareció rezumar de cada poro de su curtido y casi hermoso rostro. El volumen estaba muy bajo para pillar bien lo que decía, lo que Conrad agradeció. La imagen pasó a un largo plano del mismo acontecimiento, con el presidente estrechando las manos de un dignatario u otro.

—¿Tienes que tener encendida la cosa esa? —se quejó Conrad. Tenía sus propias razones para no querer ver al presidente más a menudo de lo necesario.

My-Ling se encogió de hombros. No tenía la menor intención de apagar el televisor, algo totalmente deliberado, pues sabía cuánto le molestaba a Conrad ver a aquel tipo y por qué.

—Odio esta puñetera ciudad —dijo Roach sin dirigirse a nadie en concreto.

No era cierto, sino puro teatro. Pizarra no era un lugar al que uno fuera contra su propia voluntad y Roach llevaba allí tanto tiempo que nadie recordaba desde cuándo. Era un comentario puramente retórico, así que Conrad no le hizo el menor caso.

Según se contaba, los fundadores de la ciudad habían llamado Pizarra el nuevo asentamiento porque representaba un nuevo comienzo, una oportunidad para empezar desde cero, para «limpiar la pizarra». Conrad tenía otra opinión. Pensaba que lo habían llamado Pizarra porque era frío, duro y gris. Evidentemente, no todo el mundo compartía aquella perspectiva cargada de resentimiento. Era una cuestión de punto de vista y el suyo era el de alguien que miraba hacia arriba desde el mismísimo fondo.

Como cualquier otro lugar lo bastante viejo, Pizarra había desarrollado sus propios distritos y sus estratos sociales. Estaban aquellos a los que les había ido bien, gente opulenta que vivía en agradables barrios en las afueras. Si lo único que se conocía eran esas zonas se podía pensar que Pizarra era un buen sitio para vivir. Pero aquello era solo el escarchado del pastel: bastaba rasparlo para encontrar las capas medio desmoronadas de bizcocho rancio que se ocultaban debajo.

Conrad no era nativo de Pizarra; había llegado hacía varios años y había comprendido al primer golpe de vista que sería un buen sitio donde quedarse. No tardó en encontrar acomodo cerca de la base del pilar, donde la gente no se metía en los asuntos de los demás y no solía hacer muchas preguntas. No es que tuviera el menor problema con las preguntas; eran las respuestas las que lo ponían nervioso.

La mujer que ahora entraba en Lacey y se detenía indecisa junto a la puerta claramente pertenecía al extremo opuesto de la escala social, al escarchado. Alta, rubia, con piel de porcelana, maquillaje perfecto y zapatos hechos a medida que casaban perfectamente con un bolso totalmente carente de propósito práctico: demasiado pequeño para meter nada en él. Completaba el conjunto un largo y elegante abrigo hecho a medida imposible de comprar por allí, salvo que llegase en la parte de atrás de algún vehículo anónimo. Conrad estaba dispuesto a concederle el beneficio de la duda.

Apartó la vista, aunque seguía viéndola por el rabillo del ojo. A su lado, Roach comprendió lo que pasaba e hizo lo mismo. Ambos sopesaban las diferentes posibilidades. La mujer parecía tan fuera de lugar como una sirena en el desierto y los posibles motivos de su presencia allí no podían ser muchos. Conrad supuso que, o bien se había perdido o bien buscaba a alguien. Si era lo segundo, o quería alguna de las sensaciones ilícitas que podía proporcionarle Roach o buscaba los inimitables servicios de Conrad.

Indecisa, echó a andar hacia la barra. Tanto él como Roach siguieron con su pose de indiferencia.

Por si hacía falta alguna prueba más de que estaba fuera de su elemento, pidió un carísimo cóctel imposible de preparar en un antro como aquel. My-Ling lo hizo lo mejor que pudo y hasta lo presentó en una copa alta en la que había una convincente imitación de lo que ella había pedido, o eso le pareció a Conrad, que no era ningún experto.

Tras eso, la mujer intentó pagar electrónicamente y quedó totalmente estupefacta cuando My-Ling meneó la cabeza. Escudriñó luego en el bolso en busca de monedas, como si hubiera olvidado para qué servía el dinero de verdad.

—Busco a... —Tanto Roach como Conrad se pusieron en alerta—. Quiero decir, me han dicho que una persona llamada Conrad para por aquí a veces...

Roach se encogió imperceptiblemente. Los ojos de My-Ling destellaron en dirección a Conrad un instante antes de que este se volviera y mostrara su sonrisa más irresistible.

—Entonces no la informaron correctamente, señora. Siempre paro por aquí.

—Oh. —Su risa nerviosa era una delicia.

Le indicó una mesa en la esquina, donde podrían hablar con más discreción. Mientras retiraban las bebidas de la barra se dio cuenta de que My-Ling lo miraba con rostro impenetrable.

—Me llamo Joy —dijo aquella mujer de ensueño.

Joy. «Placer». De lo más apropiado.

—Me lo recomendó mi amiga Anna.

Conrad sonrió y asintió, como si eso lo explicara todo. Lo cierto era que conocía a tres mujeres diferentes que se llamaban así y cualquier de ellas podría haber sido la Anna a la que ella se refería. Bueno, dos de ellas, se corrigió, mientras eliminaba de la lista a la yonqui menor de edad del vecino salón de masajes de Sandra.

—Me dijeron.... Anna me dijo que...

La dejó luchando consigo misma un rato y se dedicó a examinarla a placer. Era una auténtica belleza, más joven aún de lo que había pensado al verla. La ropa hecha a medida y el maquillaje profesional creaban una falsa impresión de madurez y sofisticación, ausentes en la realidad. No es que fuera tonta del todo; al menos se había librado de las joyas antes de aventurarse en aquella parte de la ciudad. Con una sola excepción.

—Está usted casada.

El uso del anillo de boda había vuelto a ponerse de moda en los últimos años.

—Sí, ¿y qué? —preguntó mientras enrojecía.

La pregunta era pertinente y no había sido más que un simple comentario, pero la involuntaria brusquedad de su tono había hecho que sonara como una acusación, lo cual era un error. La chica empezaba a dudar de lo que hacía, podía verlo en su rostro. Seguro que le había costado un montón reunir el valor suficiente para ir allá y ahora su resolución empezaba a desvanecerse. Se maldijo a sí mismo por haberse comportado como un idiota y empezó a reparar el daño causado a base de sonrisas cálidas y palabras suaves y tranquilizadores, hasta que ella volvió a relajarse.

Era el momento de hablar del precio. Había estado sopesándola cuidadosamente, contrapesando sus evidentes nervios y reservas con su aparente riqueza y el hecho de que hubiera ido hasta allá. Al final decidió subir cincuenta su tarifa habitual y dijo despreocupadamente:

—Doscientos cincuenta.

Ella vaciló mientras abría mucho los ojos. ¿Se habría pasado? ¿Era más de lo que le había cobrado a Anna, más de lo que su amiga le había dicho que debía pagar? Tal vez, pero Conrad confiaba en sus instintos.

Pensara lo que pensara, la chica se lo guardó para su coleto y acabó por responder con un simple asentimiento; un gesto rápido y furtivo de la cabeza.

—En metálico —recalcó él, convencido de que era mejor dejarlo aclarado, vista la reacción de ella en la barra.

—Pues claro. Lo saqué para la ocasión. —Echó mano al bolso.

—Aquí no —dijo Conrad, mientras ponía su mano en la de ella—. Mejor esperar a que haya menos público.

—Claro. —Volvió a poner la mano en el regazo.

Cuando él decidió que estaba preparada sugirió que se fueran. De la que salían, hizo un esfuerzo para no mirar en dirección a My-Ling en ningún momento.

Su casa estaba a la vuelta de la esquina y en menos de cinco minutos habían llegado. Pocas veces una cliente lo había hecho ser tan consciente de las deficiencias del lugar; al salir aquella mañana no parecía tan lamentable. Además, estaba helado.

—Lo siento, hace un poco de frío.

Encendió la estufa, consciente de lo pintoresco que aquello le parecería a ella. Sin duda en su casa la calefacción estaba totalmente automatizada; a lo mejor hasta tenía unos de esos sistemas integrados que mantenían temperatura y humedad a un nivel constante en consonancia con la hora y el momento del año.

Dio la vuelta y vio que Joy contemplaba la cama. En momentos como aquellos era el elemento del mobiliario que siempre dominada la habitación, como si hubiera crecido de repente para la ocasión.

—¿Una copa?

Ella meneó la cabeza. Lástima, la habría calmado un poco. Apenas había tocado su bebida en Lacey, aunque no era de extrañar; My-Ling no era una experta en cócteles. Estaba claro que su nerviosismo había ido en aumento desde que dejaron el bar, pero Conrad no tenía la menor intención de dejarla escapar, no con doscientos cincuenta en juego.

Se sirvió un whisky.

—¿Seguro que no quiere?

Ella rechazó de nuevo la invitación.

—¿Le pago ahora?

Siempre era un alivio cuando la cliente sacaba el tema por sí misma. Aceptó el dinero y lo hizo desaparecer tan rápido que pareció un pase de manos.

La habitación no era muy grande y la estufa empezaba a hacer efecto y a eliminar lo peor del frío.

La ayudó a quitarse el abrigo y sus dedos se demoraron un poco más de lo debido; tan solo un breve toque en los hombros y la parte de arriba del brazo. Sin duda ella se dio cuenta de lo deliberado de la caricia, pero no se encogió, lo cual era una buena señal.

—Ahora, Joy —dijo él, con una sonrisa tranquilizadora—, ¿hay algo en concreto que quieras? —Aunque sabía perfectamente lo que iba a ser.

—En realidad… —Se le entrecortó la respiración como resultado de los nervios o la anticipación… probablemente de ambos. Él esperó a que siguiera, pero al parecer la frase se iba a quedar a mitad de camino eternamente.

—Nunca has hecho esto antes, ¿verdad? —No hacía falta ser un genio para verlo.

Ella meneó la cabeza.

—Relájate. —Alzó la mano y le acarició la mejilla—. Se supone que vienes aquí a pasarlo bien.

Ella se echó a reír, una risa nerviosa con la que descargó la tensión.

—Lo siento. Es que… Quiero decir, ahora que estoy aquí de verdad…

Puso las manos sobre los hombros de ella.

—No pasa nada. Tómate tu tiempo.

Ella enterró la cabeza en el pecho de Conrad y permanecieron abrazados un momento. Él se dejó empapar de su aroma, delicado y evocador, pero no abrumador; una sutil sugerencia de flores silvestres sin llegar a ser del todo floral. La abrazó hasta que ella misma se soltó y luego dio un paso atrás.

—Asumo que tu amiga Anna te contó mi especialidad. —Recibió un asentimiento como respuesta, breve y furtivo como antes, como un pajarito picoteando semillas—. Y dado que viniste a verme, asumo que quieres algo concreto.

—Sí. —Volvió a dudar, pero era evidente que había encontrado el valor necesario para terminar la frase—. Es un poco embarazoso pero… el Presidente.

—El Presidente —repitió él.

Otra vez. ¿Por qué a las mujeres les parecía atractivo aquel maldito individuo? Parte de la desilusión debió de asomar a su voz.

—¿Algún problema?

—No, ninguno —le aseguró mientras se repetía una y otra vez que la cliente siempre tenía razón. Había esperado algo un poco más original de su parte, algo que representase un desafío—. Me llevará unos minutos prepararme —se disculpó.

Se fue a la otra habitación, la única otra habitación de la que el apartamento podía presumir. Era un minúsculo espacio en el que apenas habría cabido una cama individual, pero él lo usaba como guardarropa y almacén.

Tomó un delgado maletín de una estantería y lo abrió. Parecía uno de aquellos antiguos ordenadores portátiles, pero era algo mucho más complejo y especializado. Quizá su piso era cochambroso y su sistema de calefacción anticuado, pero aquello era tecnología puntera y estaba orgulloso de ella.

Se sentó en la única silla de la habitación y cogió la estrecha cinta que había en el maletín. Era metal con memoria; en cuanto dejó el compartimento en el que estaba la cinta tomó forma y se ajustó perfectamente alrededor de su cabeza. Buscó con la mano el delgado cable que salía de un lado y lo conectó al slot oculto bajo su oreja izquierda.

—Pensé que serías tú solo —dijo la chica desde el umbral—. No me di cuenta de que ibas a usar una máquina.

Ocultó lo molesto que se sentía por la imprevista aparición y se las apañó para sonreír mientras decía con cierto tono condescendiente:

—Soy «yo solo». Somos una variedad muy poco frecuente —añadió, deseoso de impresionarla y de que viera lo afortunada que era—. Esto simplemente me pasa información. —Tocó la cinta—. Cuantos más detalles tenga, más podré acercarme al original. Quieres al Presidente y lo tendrás. Ni su propia madre notaría la diferencia.

—¿Y su esposa? —bromeó ella. Parecía haberse tranquilizado bastante.

—La modestia me impide comentar ese tema. Ahora, si no te importa.

Señaló con los ojos más allá del cuarto.

—Claro, lo siento.

El umbral quedó vacío de nuevo. De haber habido una puerta, la habría cerrado. Era algo que estaba en la parte de arriba de la alta pila de cosas de las que tendría que ocuparse un día de estos.

Tomó aire y se esforzó en recuperar la compostura. Se centró en su cuerpo y en el flujo de información de la cinta mientras analizaba las discrepancias entre ambos. El pequeño y aparentemente inocuo portátil estaba diseñado para cotejar los detalles particulares de cerca de mil personas, todos ellos figuras públicas. El banco de datos estaba totalmente actualizado cuando... adquirió la máquina. «Robar» era una palabra tan grosera... Por desgracia aquello había sido hacía tres o cuatro años y el número de perfiles que seguían siendo funcionales iba decreciendo a medida que pasaba el tiempo.

La elección de George Arnold Kelly a la presidencia había sido un inesperado golpe de suerte. Ya era una figura prominente, un político carismático y, como tal, sus detalles personales habían sido mapeados y almacenados tiempo atrás. Esa era la información que fluía ahora en la mente de Conrad: altura, peso, envergadura y aspecto, todo detallado minuciosamente. Cientos de bits sobre pigmentación, esqueleto y densidad muscular, distribución del peso, color del pelo, curvatura de la columna y todos los demás detalles que, combinados, definían la apariencia física de Kelly. Los datos se automodificaban. El sistema monitorizaba las noticias y otras fuentes mediáticas y actualizaba los detalles a medida que pasaba el tiempo, ajustándose a la apariencia cambiante de cada individuo cuyas especificaciones contenía.

Conrad empezó a transformarse. El Presidente era un poco más alto que él, así que su altura se ajustó en consonancia. La columna vertebral está diseñada para permitir un cierto grado de estiramiento; de hecho, una persona normal es un poco más baja al final del día que al principio, como resultado de la compresión de las vértebras por la gravedad. El cuerpo de Conrad llevaba eso a los extremos y su espina dorsal era mucho más flexible y adaptable que la de la mayoría; un proceso sobre el que podía ejercer un control consciente. El cartílago y el músculo se hinchaban para extender la columna vertebral, extrayendo sustancia del estómago, que se encogía para parecerse al vientre plano de Kelly; su elástica piel se estiraba para adaptarse a la altura adicional y los órganos internos se recolocaban en el nuevo cuerpo ligeramente alterado. El pelo creció un poco y los niveles de melanina se dispararon, con lo que la piel se oscureció hasta adoptar el tono adecuado. Cientos de pequeñas alteraciones, la mayoría imperceptibles, fueron acumulándose una tras otra, una transformación que sus ropas, deliberadamente holgadas, acomodaban sin problemas.

Realizar de forma individual cada pequeño cambio habría llevado una eternidad, de ahí el enlace con la base de datos. Alimentaba los complejos detalles directamente a su subconsciente, quien arrancaba la necesaria metamorfosis como una secuencia programada de diversos elementos, más que como diferentes ajustes hechos al azar. Solo había una característica física que corregía y hasta el momento ninguna cliente se había quejado de que aquella parte concreta del cuerpo fuera más grande que la del Presidente, por más que afirmasen que el tamaño no importaba.

Volvió a la habitación.

—Dios mío —dijo ella mientras se llevaba la mano a la boca.

—Gracias, pero no apuntaba tan alto, solo al Presidente.

—Hasta suenas como él.

—Claro. —¿Por qué la gente siempre se sorprendía de aquello?—. La voz es moldeada por las características físicas, después de todo.

Se puso frente a ella y alzó una mano para desabrocharle el botón superior de la blusa mientras la respiración de Joy se hacía más rápida. Se besaron; la boca de ella estaba sorprendentemente fresca y en su aliento había una como una insinuación de menta. La blusa desapareció bajo sus manos y reveló unos hombros casi blancos de tan pálidos y finamente esculpidos, como la elegante cumbre de una montaña cubierta de nieve virginal; inevitablemente la mirada se deslizó hacia abajo para seguir el descenso de la ladera, que en este caso se convertía en dos pechos llenos e insolentes, coronados por una pequeña areola y un pezón oscuro y orgulloso, firme contra la piel de alabastro. Mientras se inclinaba para besarlos, uno de cada vez, se sintió atrapado por el aroma de Joy, sutil, preñado de feromonas. Las puntas de sus dedos recorrieron la delicada perfección de su piel, una fascinante paradoja de calidez y blancura.

La ropa se desprendió como escamas de pintura que se soltaran al menor roce y para cuando se tumbaron en la cama ambos estaban desnudos.

Para Conrad no era más que trabajo; hacía aquello para ganarse la vida. Por lo general no se involucraba emocionalmente, era capaz de dar un paso atrás, separarse del acto físico y contemplar su ejecución y la de su cliente de un modo analítico y distante.

No pudo.

Joy demostró ser una amante activa a imaginativa, sumamente hermosa, y tan pronto tomaba las riendas como se dejaba llevar. Se descubrió a sí mismo sumergido en el puro hecho amatorio mientras redescubría el ingrediente más precioso del sexo: la pasión.

El clímax llegó mucho más rápido de lo que solía hacerlo.

Se desentrelazaron y se quedaron tumbados en la cama el uno al lado del otro. Ella le lanzó una sonrisa tímida, torpe.

—Gracias.

¿Acababa de darle las gracias?

La segunda vez lo hicieron con más calma, más suavemente, pero no fue menos satisfactorio. Se administró mejor y prestó más atención al placer de su cliente, algo que no había tenido en mente de forma consciente la primera vez.

Pasó bastante más de la hora que habían estipulado antes de que ella se fuera.

—¿Puedo volver? —le preguntó en la puerta, mientras se daban un casto beso de despedida.

Era conmovedor, aunque él sabía que cualquier recuerdo que ella se llevase a su vida diaria no sería sobre hacer el amor con él, sino con el Presidente George Kelly.

Encendió la luz. La tarde había ido cayendo mientras estaba en la cama y mientras el crepúsculo lo hundía fugazmente todo en las tinieblas la noche fue llegando como un viajero que ha deshecho en parte su equipaje pero deja perfectamente claro que aún queda mucho más.

Se quedó sentado. Sintió que el piso estaba más vacío desde que Joy se había ido. Trató de captar el fantasma de su aroma… Se dio cuenta de pronto de que no quería estar allí. Cualquier otro lugar menos aquel.

Con esa decisión como único guía terminó de vestirse, cogió la cartera y las llaves y abandonó la claustrofobia de su piso y su vida.

¿Adónde? A Lacey no, desde luego. Demasiadas posibilidades de tropezar con alguna posible cliente, que era lo último que deseaba.

Además, Lacey casi seguro implicaría Roach y, desde luego, implicaría My-Ling. No quería más compañía que sí mismo en aquel momento.

Así que se fue en dirección contraria y dejó que sus pies lo llevasen donde quisieran. Sin prestar atención cruzó calles que se desperezaban lentamente, llenas de cafés y bares preparados para recibir el primer flujo de clientes de la noche, recién salidos de trabajar y con ganas de pasarlo bien. De pronto se encontró en un distrito lleno de neones: pancartas de luz parpadeante y llamativa que despejaban a retales las crecientes tinieblas, como si los locales de striptease, las salas de juegos, los cuchitriles de drogatas y los diferentes clubs compitieran cada uno de ellos por la atención de todos los transeúntes.

Lo cruzó tan rápido como pudo, como un cuerpo aceitado deslizándose por el agua, dejando que lo que lo rodeaba pasase sobre él sin tocarlo o hacerle mella. Por último llegó al río, abarrotado de bares cuyas mesas y sillas parecían vomitadas sobre los patios pavimentados y las pasarelas abarrotadas. Un vistoso puente peatonal de vigas de hierro cruzaba el agua y hacía que los establecimientos se apelotonasen a su alrededor como atraídos por la fuerza irresistible de un imán. Un variopinto surtido de esquifes, bateas, botes de remos y canoas se balanceaban rumbo a los embarcaderos y la luz que se desparramaba sobre ellos les daba un aspecto vagamente siniestro.

Evitó el puente con tanto cuidado como los bares y giró hacia la derecha. Recorrió un estrecho paseo junto al río, flanqueado al otro lado por las oscuras paredes de los caros apartamentos de la ribera. La multitud menguó casi enseguida y el sordo repiqueteo de sus pies se hizo audible de repente; un tamborileo hueco, apagado, que defraudaba de algún modo sus expectativas sobre cómo deben sonar los zapatos sobre la madera, pero que contribuyó a calmar su estado de ánimo.

El paseo terminó y siguió su camino por la hierba, aún al lado del río, pero ahora solo. Evidentemente todos los demás se habían visto atraídos por el neón y los ruidos a sus espaldas como polillas por un fanal. La hierba dio paso al hormigón mientras cruzaba una carretera que terminaba de pronto al extremo del río, como invitando a los conductores imprudentes a saltar y dar con sus huesos en una tumba acuática.

Más allá de la carretera se extendía un terreno baldío, una desolación de coches abandonados, cristales rotos, cajas desportilladas y máquinas averiadas. El sumidero mecánico de una sociedad industrial. Quizá era un terreno yermo, pero no estaba desierto. Si su estatus de adopción en la Pizarra estaba cerca de la base del entramado social, aquellos que vivían allí se atrincheraban en los sótanos más profundos. Sus vidas, al igual que el lugar donde vivían, no eran más que despojos.

Era un lugar peligroso, sobre todo de noche. Un resplandor vacilante señalaba la presencia de un fuego fuera de su vista, y el aire traía una débil insinuación de voces, no estaba seguro de si reales o imaginadas. Los ojos calculadores que lo contemplaban desde las sombras eran reales, de eso estaba seguro, y los atisbos de movimiento entre los esqueletos de los coches eran una evidencia contundente de que no estaba solo.

Recorrió arrogante el vertedero y su misma presencia era una declaración de intenciones; su actitud, un desafío. Intentaba provocar a cualquiera que lo viera a que respondiese, agradecido por la oportunidad de descargar su hirviente frustración mediante la violencia física.

Pero nada ocurrió. Quizá los que lo examinaban se acobardaron por su pose de seguridad, o quizá percibieron en él un rastro de lo que una vez había sido: un asesino.

Volvió a casa sin incidentes. Lo hizo alejándose del río y dejando atrás el vertedero, recorriendo calles llenas de casas tapiadas, algunas de ellas mancilladas por la fluorescencia ocasional de los grafitis, que formaban una cacofonía multicolor de resplandor nocturno, como si fueran una imitación barata de la vida noctámbula de neón que llenaba la ribera. Las calles estaban vacías, más allá del algún coche que otro en llamas y de una silueta negra que se escabulló con el vientre pegado al suelo frente a él y se desvaneció en el laberinto de casas medio desmoronadas. Nunca le habían gustado los gatos; como cazadores que eran, los respetaba, pero jamás le habían gustado.

Unas pocas manzanas más allá la calidad del vecindario mejoró a ojos vista y pasó de ser una ruina a más o menos habitable. Al menos los pocos coches con los que se cruzaban estaban en movimiento. Un poco más allá se cruzó con los primeros peatones que veía desde el paseo en la ribera, una joven pareja de camino a casa...

o a sabe Dios dónde. Encuentros como ese fueron haciéndose cada vez más frecuentes a medida que las calles iban estando mejor iluminadas.

Cuando llegó a casa había soltado parte de la agresividad y la frustración que lo habían atenazado y estaba más convencido que nunca de que la Pizarra no era más que un miserable vertedero. Los demonios que había intentado exorcizar con su paseo no se habían ido, pero de momento se mantenían en silencio.

Se tomó otro whisky, se sentó e intentó con todas sus fuerzas no pensar en el vacío; ni en el del apartamento ni en su vacío interior. A esos les siguió, poco después, el de la botella.

Despertó, consciente de que había alguien más en la habitación. En la cama, en realidad.

—¿Te lo pasaste bien con la muñequita blanca? —le susurró My-Ling al oído—. ¿Le echaste uno bueno?

El whisky debía de haberle dado más fuerte de lo normal, ni siquiera la había oído acercarse.

—Cuéntame —pedía su voz desde algún lugar de las tinieblas.

El colchón se movió mientras ella se acomodaba y sintió como apartaba las sábanas.

—Cuéntamelo todo —dijo My-Ling, justo antes de besarle el ombligo para trazar luego con la punta de la lengua un húmedo camino hacia su entrepierna.

Su melancolía se desvaneció, al menos de momento. Cerró los ojos y se dejó llevar.

Fue al día siguiente cuando todo se vino abajo.

Despertó y descubrió que My-Ling ya se había ido. Cada uno de ellos vivía su propia vida, al fin y al cabo.

Le esperaba un día atareado. Tenía una cita a última hora de la mañana con una habitual, una mujer casada y mayor con fijación por cierta estrella deportiva. Llevaba viniendo desde hacía más de un año y siempre había solicitado lo mismo. Su cita del almuerzo era otra cosa. Joven, soltera y razonablemente atractiva, siempre quería alguien distinto. Tal como pasaron las cosas, nunca supo a quién habría elegido aquella semana. Por primera vez en su vida, se vio obligado cancelar una cita, debido a lo que pasó en la primera.

O, para ser más exactos, a lo que no pasó.

Impotencia. No era algo que hubiera experimentado nunca antes. Y, desde luego, no era algo para lo que estuviera preparado.

Tener que devolverle el dinero a una cliente descontenta y darse cuenta de que se estaba despidiendo de una fuente regular de ingresos no contribuyó a mejorar las cosas. Intentó arreglar la situación a solas por sus propios medios, pero no tuvo el menor éxito, así que se vio obligado a cancelar lo que quedaba del día. No podía arriesgarse a la ignominia de fallar otra vez. Ni siquiera My-Ling, convocada con urgencia desde el trabajo mediante una desesperada llamada, fue capaz de estimular la respuesta adecuada.

La tarde los pilló a los dos encerrados en el apartamento. Conrad se comportaba como un oso con dolor de cabeza. Había médicos a los que podía consultar, entre ellos un curandero que My-Ling juraba que hacía milagros con la acupuntura y sus misteriosas pociones basadas en medicinas tradicionales orientales. Pero no estaba preparado para compartir su desgracia con nadie más, así que acogió la sugerencia con un gruñido y una maldición. Fue evidente que My-Ling se sentía aliviada cuando se fue a cubrir el turno de tarde en Lacey. Él también estaba contento de que se fuera, pues eso le permitía regodearse sin trabas en la autocompasión.

Con la llegada del atardecer las paredes del apartamento parecieron venírsele encima de nuevo. Se fue mientras se preguntaba si aquella sensación claustrofóbica en su propia casa no estaría convirtiéndose en una obsesión.

Evitó Lacey deliberadamente y reanduvo la ruta de la noche anterior. Esta vez, en lugar de apresurarse a dejar atrás el distrito noctámbulo se detuvo en un bar medio vacío elegido al azar. Aún no había bebido la primera cerveza cuando se le acercó una chica ostentosamente glamorosa, embutida en un vestido de relucientes lentejuelas rojas y con demasiado lápiz labial. Parecía una chica a primera vista, pero un examen más cuidadoso le hizo replantearse la idea. El tono de voz le sonaba ligeramente erróneo a sus entrenados oídos y la forma de moverse le pareció un pelín masculina. Le dejó claro que no estaba interesado y en ese preciso instante un matón rebosante de testosterona le dejó igualmente claro que no les interesaba como cliente del bar.

El siguiente lugar fue algo menos pintoresco y lo dejaron en paz. Era un sitio ideal para sentarse y pensar con tranquilidad. Sentarse y darle vueltas sin parar a las cosas, para ser completamente sinceros.

Cuando llegó a la Pizarra, el lugar no había sido más que un escondite, un intento de crearse su propia vida y dejar clara su independencia, una apuesta desesperada por preservar su dignidad. Tenía otras habilidades además de la mimética; lo habían entrenado para ciertas cosas para las que siempre habría mercado. El problema era ganarse la vida de forma que no atrajese demasiado la atención; los asesinos profesionales suelen causar bastante revuelo. Por otro lado, aceptar dinero por acostarse con una interminable variedad de mujeres parecía algo más discreto y era una idea demasiado tentadora. Su nueva profesión enseguida demostró ser menos glamorosa de lo que parecía y la emoción de la novedad no tardó en disiparse. Por lo general las mujeres que lo buscaban eran vulgares y poco atractivas. Rara vez encontraba belleza o pasión, sino más bien halitosis, mal olor corporal y lujuria servil por alguna celebridad.

Era una forma de ganarse la vida, sí, pero ¿era una forma de vivir?

Poco a poco empezó a mirar con nostalgia su vida anterior; al menos su nivel de vida había sido bastante superior. Todo lo que había conseguido al huir era cambiar una prisión por otra; la actual, construida por sí mismo, pero tan prisión como la otra. Su repentina discapacidad simplemente reforzaba el sentimiento que había estado arañando el borde de su conciencia en los últimos tiempos y lo convertía en una certeza. Había llegado el momento de irse.

Argumentó consigo mismo que, de hecho, su impotencia tal vez fuera un simpe síntoma de esa idea. La tensión y la infelicidad estaban en la raíz del problema y aquella era la forma en que subconsciente le decía que era hora de irse en busca de pastos más frescos. En cuanto se largara de la Pizarra y de las ataduras autoimpuestas que se había creado allí, todo iría bien de nuevo.

Mucho más animado, volvió al apartamento, solo para encontrarlo ocupado. Alguien se sentaba en su silla favorita, que habían movido para que encarase directamente a la puerta. Era una persona a la que conocía demasiado bien, a la que no había visto en varios años, salvo en sus peores pesadillas. Reynolds.

—Hola, Si, hacía tiempo. Ah, perdona, ahora te haces llamar Conrad, ¿no?

—Así que me habéis encontrado.

Oír lo tranquila que sonaba su voz le hizo sentir orgulloso. Por dentro su corazón latía a mil por hora.

—¿Encontrarte? —Una carcajada abrupta y corta—. Siempre supimos dónde estabas. Me llamaron unos diez minutos después de que pusieras los pies donde Lacey.

Conrad estaba menos sorprendido de lo que habría esperado. Una parte de sí mismo siempre se había preguntado por qué no lo habían perseguido con más interés y había puesto en duda su habilidad para desaparecer con tanto éxito, sobre todo teniendo en cuenta el caro equipamiento de la compañía que se había llevado.

Con tanto aplomo como pudo reunir, entró en la habitación y se sentó muy despacio al borde de la cama. Reynolds conseguía que se sintiera un intruso en su propia casa.

—¿Por qué...? —La pregunta se cortó, pero su significado era evidente.

Reynolds se encogió de hombros, siempre amigable.

—Este sitio parecía tan bueno como cualquier otro para que te quedaras hasta que volviéramos a necesitarte. Además, merecías un descanso.

¿Un descanso? Si hubiera querido un descanso habría elegido un lugar más lujoso que aquel cuchitril escuálido. Una fuga, sí, una apuesta por su libertad. Pero no unas vacaciones. Para nada.

Empezó a tomar nota de los detalles, más seguro de sí mismo a medida que se desvanecía la sorpresa por encontrar a Reynolds allí. Vio una nueva botella de whisky; era la última que le quedaba y estaba en la mesa a un lado del intruso, abierta, con un vaso al lado. Luego vio el maletín, su precioso banco de identidades, y cualquier asomo de esperanza se desvaneció.

—¿Qué haces aquí? —fue todo lo que pudo decir.

—Queremos que vuelvas. Se acabó el recreo.

—¿Volver? ¿A qué?

—¿A qué va a ser? No nos hacen falta gigolos, gracias. Además, creo que últimamente tienes un problemilla de cañerías.

La sonrisilla que acompañaba a aquellas palabras era reveladora.

—¡Cabrón!

Reynolds se limitó a sonreír de nuevo.

—¿Qué fue? ¿Una toxina? ¿Un virus?

—Un nano-virus. De los mejores que hemos hecho, si te soy sincero. Visita todos los charlatanes que te apetezca, llénate de tónicos y reconstituyentes todo lo que quieras. Esto los anula. Y seguirá haciéndolo hasta que decidamos desactivarlo.

»Considéralo una especie de justicia de combustión lenta, un pago diferido. Después de todo te las piraste con un equipo muy caro que no te pertenecía. —Tamborileó con los dedos el maletín de un modo ausente—. Evidentemente, sin esto y tu otro... equipamiento, vas a tener que buscarte un nuevo trabajo.

Conrad no hizo caso de la pulla. Tendría que haber estado hirviendo de rabia pero cada vez se sentía más agotado, más tranquilo, más resignado. Y mezclado con todo aquello había una fuerte sensación de alivio al comprender que su repentina impotencia tenía una causa exterior y que le estaban ofreciendo un modo de salir del callejón sin salida en que se había convertido su vida. Su propia reacción lo sorprendió. Merecía la pena analizar los motivos, pero no en aquel momento; más tarde.

—Y, por supuesto, desconectarás tu pequeño agente... reblandecedor si acepto volver al redil.

—Exacto.

—¿Qué quieres que haga, exactamente?

—Nada que no hayas hecho antes. Ha tenido lugar una muerte... prematura. —Elegía sus palabras con extremo cuidado.

—¿Cuánto durará la cosa?

—¿Quién sabe? No mucho. Un mes, seguramente. Para entonces ya no será un momento crítico y podremos hacer pública su muerte.

Un mes. Podría haber sido peor; lo había sido la otra vez.

Había sido un actor, se suponía que la más grande estrella de su tiempo. Su popularidad e ingresos eran tan grandes que su salud apuntalaba la economía mundial. Su repentina muerte en una orgía sadomasoquista potenciada por las drogas habría sumido al mundo en un caos financiero. Así que Conrad lo había recuperado de entre los muertos, y hasta había protagonizado sus últimas dos películas, que no estuvieron entre lo mejor de su producción, según los críticos. La impostura había durado tres largos años, durante los cuales los mandamases habían reorganizado y reestructurado la economía de forma discreta, moviendo fondos de un lado a otro y reforzando ciertas inversiones. Aquello les dio tiempo suficiente para prepararse para la inevitable muerte del gran hombre. Por desgracia para todos los implicados, Conrad se vino abajo poco antes de lo que marcaba el guion.

Antes de aquel encargo su labor siempre había consistido en asesinar al objetivo y remplazarlo por un corto periodo, hasta que la misión se hubiera completado. No tenía problemas con el asesinato; era vivir las otras vidas lo que lo superaba. Ser otra persona unos pocos días o unas semanas era una cosa; meterse en la piel de alguien durante tres años, otra completamente distinta. Por un lado estaba la completa falta de control, la sensación de que su vida ya no le pertenecía, pero en realidad era incluso peor. Aunque apreciaba la ironía implícita en que la muerte inesperada de una simple celebridad causara más daño a la economía que la de un magnate de las finanzas, los tres años habían sido un auténtico infierno. Al principio había disfrutado la fama y el glamur, pero cada vez le costaba más aguantar todo lo que llevaban aparejados. La inclinación del fallecido por el hedonismo desenfrenado había sido más de lo que sus gustos y su estómago habían podido aguantar. Intentó limitarse, pero parte de su reputación pública era aquel estilo de vida y no había mucho que pudiera hacer al respecto, al menos no sin levantar sospechas.

Cuanto más tiempo pasaba, más lo odiaba y más difícil le resultaba mantener la farsa. Era como si su alma se encogiera cada día un poco más. Con cada nuevo evento, con cada sórdida proeza se marchitaba otro poco. Al sentir que se balanceaba al borde mismo del abismo decidió dejarlo y huir.

Y ahora querían lo mismo de él, otra vez. Pero no podía ser tan malo como la última. Quienquiera que necesitasen que suplantara no podía ser tan imposible o insoportable como lo fue entonces. Cierto, lo estaban forzando, pero era consciente de que seguramente iba a aceptarlo sin quejarse gran cosa.

Además, tenía una cierta idea de quién era su objetivo. Si Reynolds estaba allí solo podía ser por alguien de Suma Importancia. Y, por lo que Conrad sabía, solo podía tratarse de una persona.

Así que se tranquilizó y preguntó:

—¿De quién se trata?

Sin una sola palabra, Reynolds echó mano al bolsillo y extrajo una fotografía, que le tendió. Conrad la contempló, incrédulo. Por un momento se quedó totalmente sin habla y luego se las apañó para soltar, con desmayo:

—Estás de guasa.

Reynolds se lo quedó mirando, impertérrito.

—Ya lo has hecho antes.

—Sí, pero... —Conrad se lamió los labios, nervioso—. ¿Cómo os habéis apañado para que no trascienda? No he oído ni un rumor al respecto.

—Bueno, fue algo muy repentino, un ataque al corazón. Nos pilló a todos por sorpresa.

—¿Cuándo pasó?

—Mañana.

Los ojos de Reynolds lo atravesaron, como si le prohibieran moverse o pensar, así que se quedó quieto mientras asimilaba las implicaciones de aquella sencilla palabra preñada de destino. En ese momento comprendió de repente que negarse a hacer el trabajo ya no era una opción, si es que alguna vez lo había sido. No, si quería sobrevivir a aquella conversación.

—¿Por qué?

—Era un riesgo para la seguridad. No necesitas saber más.

—¿Lo sabe él?

—No.

Conrad se sintió mareado, mientras sus pensamientos iban rápidamente de un tema a otro, intentando cubrirlo todo. Se centró de pronto en una sola cosa, un asunto que seguía inquietándolo.

—¿Cómo fue? Quiero decir, lo de infectarme con el nano-virus. ¿Cómo lo hicisteis?

Reynolds se limitó a sonreír, desafiándolo a dar por sí mismo con la respuesta.

Podían haberlo introducido en una bebida o en la comida... No, la mente de Reynolds no funcionaba así... Hmmm, transmitido sexualmente, sí, tenía que ser eso. Un rostro se dibujó de pronto en mente y lo comprendió todo de pronto.

—Joy. —El nombre le supo amargo.

Reynolds ensanchó la sonrisa.

—Ya ves como todavía puedes pensar cuando se te estimula. Es buena, ¿verdad?

Conrad se preguntó a qué se refería el comentario, si a que era buena actriz o a que era buena en la cama. No importaba gran cosa y ambas eran ciertas para lo único importante: era buena en su trabajo.

La risa surgió de repente. Un espasmo carcajeante, histérico, que le desgarraba las entrañas surgió de lo más hondo de su interior con tal fuerza que lo postró de rodillas en la cama mientras se agarraba el vientre. De algún modo la revelación de la complicidad de Joy era la gota que colmaba el vaso. Contempló a Reynolds con los ojos acuosos. La expresión alarmada en aquel rostro habitualmente bajo control hizo que se tranquilizara de repente.

Al fin recuperó la suficiente compostura para volver a sentarse.

—Pásame la botella.

Reynolds lo hizo sin añadir una palabra. Antes de echar un largo trago, Conrad saludó a su antiguo y futuro jefe. Luego, agarró la botella y también la foto, que mostraba el rostro inconfundible de la mujer del Presidente, la Primera Dama.

La mujer en la que estaba a punto de convertirse.

PostScriptum

Después de haber enviado «Cuán presto se va el placer» a TQR pero antes de que lo aceptaran, se me ocurrió un giro final adicional, así que reescribí las últimas escenas, seguro de que TQR rechazaría el relato; ya había sido rechazado en otros once lugares. Pero no, el relato apareció en su webzine y lo cierto es que me olvidé por completo del asunto de la reescritura.

Para mi satisfacción «Cuán presto se va el placer» fue candidato a los premios BSFA en la categoría de Mejor Relato, en compañía de obras de Ken McLeod, Ted Chiang, Al Reynolds y Chaz Brenchley. StarShip Sofa *realizó cinco podcast, cada uno con una versión dramatizada de cada relato candidato y me pidieron una versión lo más legible posible del texto, que les mandé encantado.*

Al escuchar la emisión tuve la impresión de que algo no cuadraba. Y de pronto me di cuenta de que les había mandado la versión reescrita. no la que había elegido la BSFA.

Así fue como llegaron estar disponibles dos versiones diferentes de «Cuán presto se va el placer» cuando era finalista de un premio importante.

La versión que acabáis de leer es la revisada. Un poco como pasa con «En el candelero» es una historia que parte de mi exasperación por el culto a las celebridades tan habitual en nuestro tiempo.

MUSELINA

Conocí a un escritor, quiero decir, uno de verdad. De esos cuyos libros tienen suficiente repercusión para salir en los suplementos de los periódicos y ser reseñados en las páginas literarias. Incluso lo vi en la tele un par de veces. Lo cierto es que nunca he leído ningún libro suyo, al menos entero. Lo intenté un par de veces pero nunca logré pasar de las primeras páginas.

Mi intento más decidido fue después de asistir a su charla en no sé qué festival literario; me parece recordar que en Cheltenham. Dio una conferencia increíble: inteligente, bien construida y con la cantidad adecuada de ingenio y encanto. Se metió al público en el bolsillo con la primera frase. Estaba tan impresionada que me empeñé de verdad en leer un libro suyo, pero volví a fracasar y abandoné a mitad del primer capítulo. No estaba mal escrito, al contrario. Simplemente no conseguía captar mi atención, algo que me cuidé mucho de comentarle al autor, claro.

Se llamaba Jeremy Talbot y vivía en una deliciosa casita de campo en un rincón dejado de la mano de Dios en la campiña inglesa. Era uno de esos pueblos que, en el improbable caso de que se los mencione, solo se habla de ellos como algo que está entre otros dos lugares, como si solo existieran porque se necesita que haya algo entre esta ciudad y la otra.

Compton Delby es el típico villorrio que puedes encontrar por todas las Midlands y los condados del sur; un racimo de edificios que intentan ser un pueblo, concentrados de algún modo alrededor de la carretera, como el rocío que se condensa en una tela de araña. Dentro de sus límites hay una iglesia normanda; una tienda de pueblo con un gran escaparate de cristal en el frente y una sub-oficina de correos en la parte de atrás; un pub, el Caballo Blanco, y una posada y casa de postas que data del siglo XVI y que, de acuerdo a la placa de bronce de la puerta, fue una vez el abrevadero favorito de cierto salteador de caminos que jamás he oído nombrar.

Summer Cottage es la más bobina y encantadora propiedad de una comunidad que se precia de su aspecto. Jeremy había vivido en ella desde siempre, o eso me parecía. Decía que la casa de campo era un lugar mágico, pero creo que lo afirmaba en un sentido soñador, poético, queriendo decir con ello que le encantaba su hogar y todo lo que lo rodeaba, sin pretender implicar nada más.

Sin embargo, me di cuenta desde la primera vez de que había algo extraordinario en la casa.

En realidad Jeremy era amigo de mi padre, pero siempre me llevé muy bien con él y, por edad, parecía más cercano a mí que mis padres. Había un brillo pícaro en su mirada y un aire de rebeldía a su alrededor que enseguida se me hizo entrañable. Eso, combinado con la barbita de chivo que se dejaba, siempre me hizo pensar en una especie de Pan travieso, incluso años después, cuando el gris que escarchaba sus sienes se extendió hasta devorar por completo el castaño oscuro de su pelo.

No había nada sexual en nuestra relación. Quizá él era gay, no lo sé, aunque nunca tuve la menor evidencia de ello. Era solo una sensación. Nunca hablaba de antiguos amores y no recuerdo haberle oído mencionar pareja alguna, ya fuera masculina o femenina. Tal vez simplemente su generación era más discreta sobre esos asuntos, aunque he de decir que no era precisamente discreto cuando trataba otros temas. Jeremy poseía un sentido del humor irreverente y torcido y siempre tuve la impresión de que aceptaba las convenciones sociales solo cuando le convenía, pero que se burlaba de ellas en lo más hondo. Ni idea de cómo él y mi padre trabaron amistad.

Cuando papá murió seguimos en contacto. De vez en cuando iba a visitarlo a Summer Cottage; no eran vivistas muy frecuentes, pero siempre las esperaba con ansia y la casita de campo era el refugio perfecto cuando la presión del día a día amenazaba desbordarme. Si he de ser sincera, no estoy segura de qué si iba a visitar a Jeremy o Summer Cottage. Pensar en la casa me llenaba de felicidad del mismo modo en que un sueño agradable te deja con un sentimiento cálido y una sonrisa en el rostro a la mañana siguiente, incluso aunque no puedas recordar el sueño y no tengas la menor idea de por qué estás tan contenta. Así es como siempre me ha afectado Summer Cottage; era maravilloso, acogedor y simplemente perfecto se mirase como se mirase.

Me sentía allí más en casa que en cualquier de las anónimas moradas en las que mi familia residió durante distintos años y a las que llamaba «hogar». Era como si Summer Cottage fuera un residuo olvidado de otra era, un rincón del reino de las hadas del que se habían olvidado y que habían dejado atrás cuando la bella gente abandonó nuestro mundo.

Al frente tenía un pequeño jardín rodeado de una valla blanca y el edificio parecía salido de la cubierta de una de esas cajitas de caramelos para turistas que se venden hasta en el más pequeño de esos pueblos con pretensiones históricas que tanto atraen a los forasteros. Me enamoré de ella la primera vez que papá me llevó. Mamá nunca vino con nosotros y nunca comprendí por qué, más allá de que no le tenía mucho aprecio a Jeremy.

La casa en sí era hermosa: vigas sólidas y ventanas pequeñas; mamá seguramente las habría decorado con cretona, pero Jeremy jamás lo hizo, gracias a Dios. Había escalones de madera, una ventana baja en el rellano con un amplio alféizar de madera sin pintar y dormitorios de formas irregulares, nada parecido a esas habitaciones en forma de caja. Dos de ellos estaban en los aleros y su suelo parecía siempre estar hundiéndose un poquito.

Pasábamos la mayor parte del tiempo en la cocina, una habitación enorme con suelo de baldosas de piedra, dominada por un horno de leña y una mesa grande y recia de madera, alrededor de la que Jeremy había dispuesto una colección de sillas desparejas. Siempre comíamos allí y el resto del tiempo nos sentábamos a la mesa, charlando mientras dábamos cuenta con tranquilidad de una cafetera o tal vez de una botella de vino tinto, un suvenir de su último viaje a Italia o España.

A veces me quedaba a pasar la noche y dormía en el cuarto de invitados. En los últimos años era el único que había, pues las otras habitaciones de los aleros estaban llenas a rebosar con las baratijas y los cacharros que Jeremy había ido acumulando y con las que no sabía qué hacer.

No sé por qué desperté aquella noche en concreto; fue como si alguien me hubiera llamado. No fue nada audible, entendedme, sino más bien algo que se agarró a una hebra de mi subconsciente y me hizo despertar; un hilo invisible que, de algún modo, tiró de mí y me hizo levantarme e ir a la ventana.

Era una de esas noches sin luna. Siempre he pensado que en esos momentos la luna está ocupada renovándose y que se ha arropado en las nubes para mantenerse calentita y a gusto. Mi ventana daba al jardín trasero, que se organizaba en dos alturas diferentes. Junto a la puerta de atrás hay un pequeño patio de piedra, del que salen ocho o nueve escalones, flanqueados por un jardincito rocoso, que dan a un prado más o menos llano. Hay un peral al fondo del prado en la esquina izquierda y luego varios macizos de flores sobre pequeños muretes de piedra que se alzan un poco por encima de la hierba. Tras ellos, separando el jardín de los campos de alrededor, hay un seto espeso y espléndido.

No vi nada de todo aquello a causa de la oscuridad, pero podía divisar el seto. Una parte de él justo frente a mi ventana estaba iluminada por docenas de lucecitas como las de un árbol de Navidad, aunque menos intensas. Me quedé en la ventana, apoyada en el alféizar y mirándolas sin más. Al cabo de un rato me di cuenta de que se movían, no gran cosa y no muy rápido, pero era innegable que algunas de ellas cambiaban de lugar. Viejos recuerdos de infancia salieron a la superficie y comprendí de repente a qué me recordaban. Eran como los Plateados, ya sabéis, aquellas pequeñas hadas resplandecientes de los libros de Muselina.

No sé durante cuánto tiempo me las quedé mirando y no recuerdo haberme ido luego a la cama, aunque supongo que lo hice en cierto momento, pues al cabo de un rato amaneció y desperté con la cabeza en medio del colchón y los dedos de los pies asomando por el otro lado de la cama.

Le conté a Jeremy lo de las curiosas lucecitas mientras desayunábamos. No pareció sorprendido en absoluto, ni siquiera alzó la vista del periódico mientras mordía una tostada.

—Ah, sí, los gusanos de luz —dijo mientras pasaba la página—. Suelen verse unos pocos por esta época.

—¿Gusanos de luz? —Había oído hablar de ellos, claro, pero no esperaba ver ninguno—. No sabía que quedaran en Inglaterra.

—No son tan abundantes como solían serlo —reconoció—, pero aún quedan unos cuantos. Pocas veces se los ve, claro. La gente está demasiado ocupada yendo de un lado a otro en esos coches de faros cegadores. Difícilmente van a ver nada así.

Le conté que me habían recordado a los Plateados. Eso lo dejó un poco perplejo, como si mi comentario debiera recordarle algo pero no consiguiera pillarlo. Luego se dio cuenta.

—Emily Mitchell —dijo—. No la he visto en varios años.

—¿Conoces a Emily Mitchell? —jadeé, una vez conseguí recuperar la mandíbula de donde se me había caído.

—Claro —respondió él, sin darle importancia—. Hace años que la conozco. —De pronto se puso en pie y sonrió, como si empezara a recordar algo—. ¿Te gustaría conocerla?

—¡Claro que sí!

Así fue como se organizó la cena en Summer Cottage conmigo, Jeremy y Emily Mitchell. ¿Os lo podéis creer? Venga, hombre, ni estrellas de rock ni actores ni futbolistas, hablo de Emily Mitchell, por el amor de Dios.

Siempre había querido conocerla desde que tengo memoria, desde el momento en leí la primera página del primer libro que había escrito, el que presentaba a Muselina al mundo. Cuando era una niña, lo de «querer» era casi un ansia, un arrollador deseo infantil que acabó siendo etiquetado como «no correspondido» cuando me hice mayor, pero que de pronto reverdeció y creció ansioso de nuevo ante aquella oportunidad.

Era exactamente como la había imaginado. Un poco mayor y algo más frágil que en aquellas viejas entrevistas, pero era tan cercana, adorable y encantadora como había esperado. Tenía que contenerme para no pellizcarme, incapaz de creer que aquello estaba pasando de verdad.

Adoraba los libros de Muselina cuando era niña y los leí mucho antes de que nadie pensara en convertirlos en una serie de televisión. Solía soñar con alas relucientes y translúcidas a la luz de la luna, con que volaba y hacía amigos tan leales y cariñosos como Mono Mecánico y los Plateados, y enemigos tan terribles e implacables como el Juguetero.

Mi libro favorita era el tercero, en el que Mono Mecánico consigue ruedas. Para quien no lo haya leído diré que es aquel en el que el Juguetero rapta a Mono e intenta obligarlo a revelar los secretos de las alas de Muselina. Por supuesto, Mono se niega y acaba siendo rescatado por Muselina, mientras el Juguetero es despistado por los Plateados, pero no antes de que empezara a desmantelar a Mono en un último intento desesperado por hacerlo hablar. Por más que lo intenta, Muselina no consigue recuperar las piernas de Mono, pero por suerte hay montones de piezas de juguetes rotos tiradas por ahí y se las apaña para ponerle un juego de ruedas de un viejo tren de juguete. El Juguetero vuelve y la interrumpe en el último momento y por un instante terrible la deja aturdida y parece que está a punto de capturarla, pero ahora es Mono quien la salva, usando sus nuevas ruedas para huir los dos más rápido de lo que el Juguetero puede seguirlos. ¡Uf!

Allí estaba yo, sentada junto a la heroína de mi infancia, intentando no parecer una tonta babeante y convencida de que no estaba teniendo el menor éxito.

—Me encanta estar aquí otra vez —dijo con un suspiro nostálgico. Sabía exactamente qué quería decir, pues aquellos eran mis sentimientos hacia Summer Cottage. Pero luego añadió para mi sorpresa—: Yo vivía antes aquí, ¿sabes?

—¿En serio?

—Sí —dijo Jeremy mientras volvía a echarme un poco de vino—. Le compré Summer Cottage a Emily, así fue cómo nos conocimos. Por aquel entonces era simplemente un profesor, no el autor «célebre» que soy ahora. —Dijo esto último con su habitual guiño burlón.

Emily contemplaba la cocina con una mirada ausente y una pequeña sonrisa en las comisuras de los labios.

—No recordaba cuánto echaba de menos este sitio. Los años que pasé aquí fueron las más felices de mi vida.

—¿Y por qué se fue? —solté, antes de darme cuenta de que la pregunta podía ser algo impertinente.

—Mi marido murió. Cáncer —dijo, añadiendo la última palabra de pronto, como para evitar otra pregunta embarazosa—. Y había tantos recuerdos aquí… Quedarme habría sido demasiado doloroso, pero a veces me arrepiento de haberme ido.

»Escribí aquí los libros de Muselina, ¿sabes? Los diez.

Aquel comentario me puso en modo efusivo de nuevo, no pude evitarlo.

—También he escrito otros libros —dijo un tanto a la defensiva cuando me detuve a respirar—, pero generalmente todo el mundo recuerda solo las historias de Muselina.

Había leído uno de sus libros posteriores, pero solo uno. Carecía de la magia de Muselina y parecía mecánico y rutinario por comparación. Lo habría dejado sin terminar, pero una especie de sentido de la lealtad me hizo perseverar y llegar a la última y poco satisfactoria página. Ese mismo sentido de la lealtad me hizo no leer los libros siguientes. No me gustaba la idea de que no me gustase algo escrito por la autora de Muselina.

—¿Escribió aquí todos sus libros? —pregunté.

—No, solo los de Muselina. Sospecho que la chispa me dejó tras la muerte de Jonathan. —Se echó hacia adelante y me dijo en un susurro confidencial—: Entre tú y yo, querida, mis últimos libros no eran demasiado buenos. —Los tres nos echamos a reír—. Hace años que no escribo. Y ya no sueño como antes, sabes, con Muselina.

Aquella noche vi de nuevo los gusanos de luz, o quizá soñé con ellos. Esta vez parecía haber una pauta en las lucecitas. Con un poco de imaginación era posible leer la palabra «Muselina».

La muerte de Jeremy supuso un golpe terrible. Fue como perder a mi tío favorito y no me afectó menos que cuando perdí a mis propios padres.

Sin embargo, no hay mal que por bien no venga. Sí, sé lo monstruoso que suena y no era mi intención; además, estoy segura de que a Jeremy le habría encantado lo que pasó luego.

Veréis, tras aquella tarde que pasé con Emily Mitchell investigué un poco y descubrí que Jeremy nunca había publicado nada antes de mudarse a Summer Cottage. Solo se convirtió en escritor después de irse a vivir a ese maravilloso lugar.

¿Dos autores de éxito que vivieron consecutivamente en la misma casa y escribieron lo mejor de su obra mientras vivían en ella?

Me di cuenta de que Emily se equivocaba cuando afirmaba que la chispa la abandonó tras la muerte de su marido. Fue al revés: ella abandonó la chispa el día que se fue de Summer Cottage.

Tras la muerte de Jeremy su casa se puso en venta. No inmediatamente, claro, pues había muerto intestado y el papeleo llevó una eternidad, pero al final se puso a la venta. Y la compré. ¿Cómo no iba a hacerlo?

Summer Cottage es mi casa y apenas puedo contener la emoción, especialmente tras lo ocurrido ayer. Veréis, descubrí algo extraordinario. Estoy haciendo un montón de reparaciones, que no le vienen nada mal a la casa, y recableando la instalación eléctrica y todas esas cosas. Es curioso cómo todo eso en lo que ni te fijas cuando eres una simple visita de pronto te salta a la vista cuando te conviertes en la propietaria.

Mientras trabajaban, los carpinteros quitaron algunos de los tablones del segundo dormitorio, aquel que solía usar yo como invitada. Encontraron un juguete debajo y, aunque no tengo la menor idea de cómo llegó allí, sí que sé por qué. Se escondía, se ocultaba mientras esperaba que llegara el momento adecuado y la persona correcta lo encontrara. No es más que un juguete promocional de plástico, de esos que regalan a los niños en las hamburgueserías. Es un mono y, por lo que parece, tenía piernas móviles; solo que ya no están y en su lugar un pequeño eje cruza los cuartos traseros del juguete y el mono tiene un par de ruedas.

Esta noche hay luna llena y los Plateados van a venir, lo sé, puedo sentirlo.

De nuevo duermo en la habitación del alero y he apartado todo lo que había en el alféizar y he puesto a Mono en el mismísimo centro, mirando hacia afuera, de modo que los Plateados puedan verlo y él los vea a ellos. Estoy a punto de irme a la cama y apenas puedo contener la impaciencia esperando a que vengan los sueños.

Es cierto que hay algo que me preocupa un poco y está relacionado con Jeremy.

Veréis, escribía historias de terror, inquietantes relatos poblados de obsesiones insanas y malignas y horror interminable, todo ello descrito de forma vívida y narrado de un modo escalofriante. Es una de las razones por las que nunca puede acabar sus libros, me parecían demasiado perturbadores.

Pero no soy Jeremy y mis sueños serán diferentes, estoy segura, serán sueños de Muselina, de alas de gasa, de vuelos a la luz de la luna…

POSTSCRIPTUM

Cuando estaba organizando los turnos de firmas para la edición limitada de la antología Time Pieces, *quedé con dos de los autores, Sarah Singleton e Ian Watson, en casa del último, una encantadora casa de campo en un pintoresco pueblo de Northamptonshire de nombre inverosímil y ubicación cambiante (o eso parece cuando intentas dar con él). Descubrí entonces que Sarah había crecido en aquella casa y que la habitación que Ian usaba de despacho y estudio solía ser su dormitorio.*

La coincidencia de que dos autores de ciencia ficción premiados hubieran vivido en la misma casa de campo con relativamente poca diferencia de tiempo, me pareció asombrosa. En mi mente saltaron chispas y empecé a darle vueltas a la idea de que un lugar pudiera tener una influencia sobre el arte no precisamente pasajera. De ahí nació esta «Muselina».

HASTA EL MENOR DETALLE

La vida estaba llena de riesgos, sobre todo para Declan Worthington y especialmente aquella mañana en concreto. Examinó el espejo del lavabo, indiferente a la persona que le devolvía la mirada. El rostro era demasiado alargado y la nariz demasiado ancha para considerarlo guapo, pero tampoco se podía decir que fuera feo. Recorrió el rastrojo que había crecido en las últimas veinticuatro horas con la punta de los dedos, siguió hasta el final de la mejilla y cogió la cuchilla de afeitar. Siempre ponía mucho esmero en prepararse antes de ir a trabajar, no porque fuera especialmente vanidoso (aunque le gustaba tener tan buen aspecto como fuera posible) sino porque la precisión era esencial. Trabajaba de bróker para una empresa muy tradicional: el traje y la corbata eran de rigor, lo que convertía el vestirse en un potencial campo de minas.

El primer peligro acechaba en el nudo de la corbata. Una vez superado podía respirar un poco más tranquilo mientras se ponía la chaqueta con un movimiento fluido que había convertido casi en un arte. De hecho, dominaba por completo el quita y pon de la prenda, del mismo modo que dominaba las dificultades del nudo de corbata. Pero aquello abría la puerta al más implacable enemigo de todos: la complacencia. Las consecuencias de relajarse demasiado o no prestar la debida atención en el momento incorrecto eran demasiado horribles para pensar en ellas.

Eso mismo era lo que había pasado dos mañanas seguidas hacía un par de semanas. Pero no hoy. Hoy estaba al quite, alerta, y se deslizaba por sus abluciones, el desayuno y los molestos detalles de ponerse la ropa con la gracia de una *prima ballerina*. Salió con paso airoso por la puerta principal, convencido de que iba a ser un día de los buenos.

Declan llevaba años yendo a trabajar a pie, lloviera o hiciera sol. No estaba lejos y aparcar cerca de la oficina era una pesadilla, así que el coche quedaba descartado. Por otro lado, nunca le habían gustado los autobuses, siempre entre apretujones, codo a codo con sudorosos desconocidos, por no hablar de las paradas repentinas y los arranques sin avisar. Demasiados peligros potenciales. Si caminaba, era él y no el conductor del autobús quien tenía el control y al mismo tiempo podía justificarlo como altruismo: estaba salvando el planeta al evitar las emisiones de carbono durante el trayecto, de nada. De hecho había empezado una especie de moda y cada vez más de sus compañeros usaban el coche de San Fernando, al menos aquellos que vivían lo bastante cerca, aunque la mayoría solo si hacía buen tiempo.

—Buenos días, Dec.

—Hola, Jenny. —Había tomado por costumbre esperarlo, cosa que Declan encontraba ligeramente irritante, pero no lo bastante para decirle nada. Al menos todavía.

Jenny había dejado bastante claro que Declan le gustaba pero, aunque le resultaba halagador, no sentía lo mismo. No es que tuviera nada malo, al contrario. Era unos pocos años más joven que él, esbelta, de rostro agradable y abierto, bonitos ojos y estupendas piernas. Piernas que no había notado hasta que no empezaron a ir juntos al trabajo, por cierto. Sí, le gustaba; era inteligente, segura de sí misma, extremadamente generosa... De hecho, si se paraba a pensarlo, había un montón de razones por las que Jenny tendría que haberle interesado, pero no era así. Tal vez, pensaba a veces, su «problema» tenía algo que ver con ello. No se había permitido a sí mismo intimar con nadie en bastante tiempo.

—¡Eh, vosotros, esperad un momento!

Un tipo grandote resoplaba en su dirección. Era Bromby, de Contabilidad, ostensiblemente interesado en Jenny, al contrario que Declan.

—Me encanta cómo andas —le había dicho Bromby una vez—. Te deslizas por el suelo como si no costara el menor esfuerzo.

Declan había sonreído de forma enigmática, o eso esperaba, y así había conseguido evitar tener que mencionar que si caminaba de ese modo era porque no le quedaba más remedio.

Una vez se juntaron los tres, Bromby no paró de hablar, pasando de un tema a otro a ritmo de ametralladora, desesperado por encontrar algo que le interesara a Jenny.

—¿Habéis visto la película del sábado por la noche en BBC-1? Desternillante. No pretendía serlo, claro, era malísima. —Aquello derivó en—: Mi hermana me llamó a mitad de la peli. Agradecí la interrupción, la verdad. Quiere venir a pasar el próximo fin de semana. ¿Os lo imagináis? ¿Vais a ir a la despedida de Eddie el viernes por la tarde? Pensaba ir, siempre que a mi hermana no le parezca mal, claro.

Un tema se solapaba con el siguiente y dejaba poco espacio para que nadie hiciera el menor comentario, caso de haber querido. Jenny interrogó a Declan con la mirada. De mutuo acuerdo, ambos apretaron el paso y consiguieron el efecto deseado. El flujo de charla intrascendente desapareció en cuanto Bromby se vio obligado a conservar todas sus energías para mantener su ritmo.

A cinco minutos de la puerta principal el desastre se abatió sobre ellos. El vector de la desgracia fue una niña que paseaba con la madre, seguramente de camino a la escuela. Los tres los alcanzaron y se pusieron en fila india para adelantarlos. Declan, siempre consciente de la naturaleza impredecible de los niños, redujo el paso, permitió que Jeny pasara primero y dejó a Bromby tras él. De pronto la niña se soltó de su madre y se echó a reír mientras se lanzaba en dirección a Jenny. Esta se vio obligada a detenerse de repente, doblada hacia delante para no caer sobre la niña errante y con el trasero hacia atrás en dirección a Declan. Él, instintivamente, hizo lo mismo. Una sacudida, un tropiezo…

…Y de pronto estaba en otra parte. En otro tiempo.

El aire era cálido, húmedo. Apenas iba vestido y su piel era varios tonos más oscura de lo habitual, y además llevaba una tosca lanza. Esto le había ocurrido ya tantas veces que el cambio ni lo inquietaba, y lo aceptó sin dejar de caminar. Lo rodeaba la selva y justo frente a él estaba Jenny. Más baja, más morena, pero sin duda ella. ¡Maldición! Nunca era buena cosa arrastrar a alguien más con él.

—Jenny —empezó a decir. Las palabras salían en el idioma correcto para el lugar y el periodo.

—¡Déjame en paz! —gritó ella, mientras se volvía, horrorizada.

Genial. Sabía por experiencia que ella no conservaba recuerdo alguno de haber sido otra, y al parecer en aquella realidad no se llevaban bien. Dio un paso en su dirección, con cuidado de que sus movimientos no fueran bruscos, decidido a no abandonarla. Había perdido demasiados amigos de ese modo.

Ella no quiso saber nada de él y echó a correr. Declan no podía arriesgarse a perderla, así que la agarró con fuerza del brazo justo cuando otro tipo aparecía de la nada. Era un cabrón de aspecto rijoso, mucho más grande que Declan y con una lanza mucho mayor; lanza que ahora mismo iba directa al diafragma de Declan propulsada por músculos enormes y un jadeo. Declan se agachó, horrorizado, anticipando la aguda mordedura de la punta de lanza en el costado...

...Y estaba en otra parte.

Solo al saltar se dio cuenta de que el rostro del atacante era el de Bromby.

La calidez húmeda se había convertido en un calor seco y abrasador. Su piel era negra y la principal sensación que experimentaba era de hambre. No los pinchazos que normalmente sentiría por saltarse el almuerzo, que se calmaban con facilidad con un par de galletas o un tentempié, sino un vacío arraigado en lo más hondo que le roía las entrañas y no se iba jamás. La lanza había sido reemplazada por un palo, igual de tosco. La delgadez del brazo que lo sostenía, el suyo, lo consternó. Para su alivio, Jenny lo había acompañado, pero no había señal alguna de Bromby y no había modo de volver a por él. Lo cual significaba que en su propia realidad Bromby había dejado de existir; de hecho, no había existido nunca. Simplemente había sido borrado de la historia y Declan era el único que jamás lo recordaría.

Jenny estaba incluso más cambiada que antes. Era alta y estaba delgada en extremo, tremendamente demacrada. Su piel era tan oscura como la de él y su rostro, aunque seguía siendo el de Jenny, tenía ciertos rasgos que lo hacían pensar en los masáis, aunque desde luego no era ningún experto en aquellos asuntos.

El balido de una cabra lo sacó de su ensoñación. Unos veinte animales flacuchos estaban pastando en los tiesos parches de hierba que había por los alrededores. ¿Tenían los masáis rebaños de cabras? Los de aquí sí, evidentemente.

El problema era que había saltado a ciegas, sin tener la menor idea de si el salto lo llevaría cerca o lejos de casa. Tenía que calcular con cuidado el próximo, aunque volver podía ser más complicado de lo que parecía. Estaban en África, de eso estaba seguro. Pero, ¿qué África?

Se decidió por un salto pequeño hacia delante, nada demasiado drástico mientras no supiese seguro donde estaba. Esta vez, cuando agarró a Jenny del brazo, ella no retrocedió ni intentó desasirse, solo pareció sorprendida.

...Y de pronto estaban en alguna otra parte bajo una lluvia torrencial. El descenso de la temperatura le causó un escalofrío pese a la capas de ropa que lo protegían de los elementos. Era de noche y contemplaban una aeronave increíblemente grande que se deslizaba majestuosamente por encima de ellos. El bajel estaba peligrosamente bajo, casi rozaba los tejados y lo iluminaban varias luces artísticamente situadas que lo hacían perfectamente visible a pesar del tiempo. La aeronave parecía seguir el curso de la ancha avenida en la que estaban.

Nueva York, comprendió, aquello era Nueva York. Notó que Jenny le estrechaba la mano y la miró. Sonreía, claramente complacida. Llevaba el pelo echado hacia atrás con fuerza y medio oculto bajo una boina que parecía del mismo tipo de plástico con el que se fabricaban los impermeables en los años sesenta. De repente un rayo de luz se reflejó contra algo que llevaba en la solapa y le dio en los ojos. Se dio cuenta en ese momento de que se trataba de pequeñas esvásticas. Comprendió que él también las llevaba.

Dio un tirón a la mano de Jenny y...

...Eran una pareja de camino a la iglesia en un viejo Ford destartalado que se estremecía con cada bache y cada piedra y que le hizo añorar intensamente las maravillas de la suspensión moderna. Jenny se sentaba muy tiesa a su lado y llevaba un vestido de flores con un sombrero a juego, las manos en el regazo. Parecía tan recatada y decente que estuvo a punto de echarse a reír, pero en vez de eso acercó su rostro al de ella...

...Y eran dos niños sentados el uno junto al otro en pupitres individuales con tinteros en la esquina superior izquierda. El silencio que los rodeaba era de esa clase que te hace tener cuidado incluso al respirar. A su alrededor todos tenían la cabeza gacha y las plumas escribían sin parar, incluida la de Jenny. Declan se dio cuenta horrorizado de que estaba en un examen. ¡De latín! Al otro lado del aula se sentada un profesor de gesto amargo con anteojos y toga negra. Miraba directamente a Declan y fruncía el ceño, preguntándose por qué era el único en toda la clase que se ponía a mirar alrededor en vez de hacer el examen.

Declan bajó la cabeza muy despacio y empezó a escribir con letra florida todo el latín que podía recordar: *Amo, Amas, Amat... habeas corpus... quid pro quo... carpe diem... ad hoc...* Este último parecía particularmente apropiado.

Supuso que estaba lo bastante cerca de Jenny, pero no quería arriesgarse a trasladar al chaval que tenía al otro lado, así que se lanzó directamente sobre ella...

...Y estaba tumbado de espaldas y algo le apretaba la garganta. Intentó alzar una mano y descubrió que no podía; de hecho, no podía moverse en absoluto. Estaba atado de pies a cabeza: muñecas, brazos, torso, piernas, tobillos y garganta habían sido firmemente asegurados. Hasta la cabeza estaba sujeta de algún modo. Aparte de eso se dio cuenta de que estaba desnudo.

¿Qué coño está pasando?

Intentó mover una pierna, pero lo único que logró fue retorcerse un poco. *¡Dios!* ¿Cómo narices iba a hacer un movimiento brusco ahora? Sintió el pánico desparramarse por sus entrañas. No era la primera vez que se encontraba en apuros, pero siempre se las había arreglado para saltar a algún otro lugar cuando las cosas se ponían feas de verdad. ¿Bastaría con crispar un dedo? Sabía de sobra la respuesta: no.

—Ah, ¿así que has despertado? —se oyó la voz de una mujer que, evidentemente, se había criado viendo demasiadas películas de Marlene Dietrich.

Declan giró la vista y pudo ver a... ¡Jenny! Pero una Jenny como nunca había visto antes.

Vestía de cuero negro, con un collar de pinchos al cuello, el pelo recogido en una cola de caballo, los labios pintados de rojo intenso y un cigarrillo a medio fumar elegantemente sujeto por unos dedos de uñas tan escarlata como los labios. *¿Jenny fuma?* Bueno, aquí sí, estaba claro.

No conseguía decidir si lo encontraba cómico, aterrador o excitante y decidió que seguramente era un poco de los tres.

—Jenny...

—¡Silencio!

En un sorprendente despliegue de elasticidad alzó una pierna y clavó el tacón de aguja de la bota en el sillón a un milímetro de su muslo desnudo. Tuvo una visión fugaz de botas de cuero y medias de rejilla, justo antes de que la pierna desapareciese.

—Ahora, veamos cuánto dolor realmente deseas y disfrutas…

Echó una larga calada al cigarrillo y la punta se convirtió en un ascua incandescente. El humo salió de su nariz mientras acercaba el cigarrillo hacia él, hacia su cintura, hacia su…

—¡Jenny, para, por favor!

—¡Silencio! ¡Silencio he dicho!

Y apagó la punta ardiente del cigarrillo en su indefenso pene.

Declan aulló y seguramente se las apañó para dar una sacudida porque…

…Eran una pareja en la cubierta de un trasatlántico, riéndose mientras contemplaban a los delfines jugando en la estela del barco…

…quitaban la nieve a paletadas de la puerta del garaje para poder sacar el coche…

…trabajaban en una tienda benéfica, casi octogenarios ambos…

…eran reclutas novatos uno al lado del otro en una enérgica charla de motivación…

…trabajaban los dos en una línea de montaje…

…hacían cola en una cafetería para pillar el almuerzo. Jenny estaba justo frente a él, y no tenía a nadie detrás. Saltó enseguida, antes de que pudiera llegar alguien por la espalda y acabara arrastrado con ellos…

…estaban en el cine viendo una peli de ciencia ficción que Declan desconocía. Buenos efectos especiales digitales y una hermosa protagonista que nunca antes había visto. Se quedaron un rato en esa realidad, se lo estaba pasando demasiado bien con la película.

Y finalmente, después de varios pequeños saltos y diminutas discrepancias que requirieron saltos más afinados, eran de nuevo dos compañeros camino del trabajo.

—Entonces, ¿vas a ir a la despedida de Eddie el viernes?

—Pues no sé, no lo había pensado. ¿Y tú?

—Tampoco. Supongo que estará bien.

—¿Tú crees?

Mientras hablaban Declan miraba de reojo a los lados, en busca de posibles anomalías: sus ropas, las tiendas junto a las que pasaban, los coches en la calle… Todo parecía normal, pero eran precisamente los pequeños detalles los que marcaban la diferencia. Tampoco habría hecho nada aunque hubiera visto algo fuera de lugar. Había llegado a un punto en que los ajustes que se necesitaban eran demasiado delicados y no compensaban el esfuerzo que requerían; de hecho, podía hacer que las cosas empeorasen si intentaba arreglar algo. «Razonablemente cerca es lo bastante cerca» se había convertido en su lema personal.

Con los años, había aprendido a doblarse con el viento, a adaptarse. Había tenido un perro una vez, tras volver a una realidad que parecía idéntica a la que había dejado atrás en todos los demás detalles. Era un labrador de dos años llamado Bella. Nunca antes había pensado en tener perro, pero enseguida se adaptó y llegó a querer aquella bestia enorme de ojos saltones durante los tres años que pasaron hasta que desapareció durante un nuevo salto involuntario.

Le había llevado un tiempo acostumbrarse a su habilidad. La primera vez que saltó quedó aterrado hasta el tuétano y le tomó una eternidad encontrar el modo de volver. A veces se preguntaba si habría otros con la misma habilidad, perdidos tras el primer traumático salto. Por lo que sabía era el único que había vuelto a su mundo. No dudaba de que la ciencia desentrañaría tarde o temprano aquella habilidad. Cuando había empezado a saltar, las realidades alternativas eran territorio exclusivo de la ficción más extrema, pero ahora los físicos hablaban de la hipótesis de la membrana y de diferentes planos de realidad.

Por supuesto, en el fondo no tenían la menor idea. De acuerdo a los científicos, aunque el movimiento entre los diferentes planos —realidades— fuera posible en algún momento, requeriría una cantidad ingente de energía. Los cojones. Lo único que requería era un giro de muñeca.

Ese pensamiento le hizo a recordar un cigarrillo y un lugar en el que no podía girar la muñeca. En la realidad actual sus genitales no tenían cicatriz alguna, pero lo recordaba perfectamente, e hizo todo lo que pudo para no caminar encorvado.

Empezó a relajarse. Por lo que podía ver, era exactamente la misma realidad en la que había despertado aquella mañana. Por supuesto, no podía descartar la posibilidad de alguna extraña discrepancia, pero estaba seguro de que podría sobrellevar cualquier diminuta anomalía que le saliera al paso.

Jenny lo seguía mientras se dirigían a sus respectivas oficinas. La misma alfombra, las mismas paredes, las mismas ventanas, las mismas caras de siempre... Sí, todo estaba como debía.

Y el mismo becario que venía corriendo en su dirección. Vaya, aquel habría sido un detalle que no le habría importado cambiar. Sí, Joshua hacía todo lo que podía, cierto, pero el chaval era demasiado nervioso y su torpeza no dejaba de causar percances a su alrededor que parecían seguirlo como una sombra malévola.

—Buenos días, señor Worthington —dijo Joshua, intentando causar buena impresión.

—Buenos días, Joshua —respondió Declan.

—Espero que usted y la señora Worthington hayan disfrutado del paseo matutino.

¿La señora Worthington? ¿Qué cojones...?

—Nos vemos en el almuerzo, cariño —dijo Jenny, mientras se inclinaba para estamparle un beso pegajoso de lápiz de labios en la mejilla.

Declan se quedó inmóvil, incapaz de hacer el menor movimiento y sin saber qué decir. Se quedó mirando a Jenny mientras ella se iba hacia su departamento.

Vale, un perro nuevo estaba bien, pero ¿aquello?

¡Mierda!

PostScriptum

Este es otro relato escrito por encargo, en concreto para la antología Vivisepulture *de Andy Remic, coeditada por Wayne Hussey. Andy quería relatos que mostrasen «desviaciones retorcidas de la normalidad», e hizo énfasis en las anomalías físicas, cuanto más grotescas mejor.*

Mi acercamiento al tema fue un tanto de refilón y mostré a un individuo cuyas acciones causaban anomalías en la realidad. Sospecho que en lo más hondo de mi mente estaba el relato clásico de Alfred Bester «El hombre Pi», sobre una persona que realiza actos aparentemente irracionales para compensar los eventos de otras partes del mundo y ayudar así a mantener el equilibrio y las pautas de la humanidad en conjunto.

Siempre me ha encantado la idea de alguien cuyos actos trajeran consecuencias imprevisibles y extendí el concepto al tema de las realidades múltiples. No estaba seguro de que encajase en los parámetros que había marcado Andy, pero por suerte le encantó el relato y lo aceptó sin dudarlo un momento.

DE TIENDAS

Jadeante, Gemma se detuvo frente al videoportero con los ojos brillantes de emoción; saltaba a la vista que había venido corriendo. Antes de darle a la casa la orden de que la dejara entrar, Calli esperó unos segundos, mientras contemplaba divertida en la pantalla a su amiga trasladando el peso de un pie a otro.

—Hay una tienda nueva —dijo Gemma casi sin aliento de la que entraba, sin molestarse en saludar.

¿Una tienda nueva? Quizá después de todo el día iba a merecer la pena.

—¿En serio? ¿Qué vende?

—Ropa.

—Ah. —Otra de esas. Por un momento la agitación de Gemma la había llevado a pensar que se trataba de algo fuera de lo corriente.

—No, en serio, tienes que verla. La ropa es una pasada total.

—Seguro. —Calli meneó la cabeza desdeñosamente—. Como si la ropa pudiera molar tanto.

—Que sí, de verdad.

La voz de Gemma la traicionaba. Se moría por compartir su descubrimiento y al mismo tiempo tenía miedo de que la tomase por tonta por interesarse por una tienda de ropa.

Calli no dijo nada, se limitó a alzar las cejas en su mejor gesto de «estás tentando mi paciencia».

—Porfa, Cal. —La voz de Gemma era claramente suplicante—. Tienes que venir a verla. Es rarísima, increíble... es todo tan... diferente.

Casi sin darse cuenta, la conversación se convirtió para Gemma en una especie de cruzada personal, empeñada en revindicar su entusiasmo. Calli sintió el malicioso impulso de negarse, pero rechazó el pensamiento en cuanto le pasó por la cabeza.

Así que se encogió de hombros y sonrió.

—Vale, vamos. Así por lo menos te callas. —Tampoco tenía nada mejor que hacer, en realidad.

Ambas chicas salieron en tromba de la casa, dejando que esta se cerrara y apagara, cruzaron la puertecilla de madera de la valla blanca y descendieron por la calle que llevaba al pueblo. Gemma, una cabeza más baja que Calli, de pelo rubio oscuro y un poco fornida, contrastaba con su amiga esbelta y morena. No dejaba de parlotear, primero de pura gratitud y luego a causa de los nervios.

—El sitio lo lleva un viejo. Es un poco malrollero, pero pasaremos de él…

Calli se desconectó de la voz de su amiga y se limitó a disfrutar del paseo. Hacía un día estupendo, tal como la CIA (Compañía de Ingeniería Ambiental) había prometido. Las cosas habían mejorado bastante desde que se habían hecho con el control del clima hacía un par de años. Los anteriores gestores, el CCC (Consorcio de Control del Clima), habían sido un desastre; nunca sabías si llevar paraguas o una visera, no importaba lo que dijeran.

Su padre se había quejado una y otra vez del CCC.

—No sé cómo consiguieron esa concesión, son lo peor… ¿Cómo van a apañárselas los granjeros tradicionales para cosechar si no saben qué tiempo les espera? Gracias a Dios que nosotros usamos hidropónicos.

Hidropónicos. Su futuro. Cómo odiaba aquella palabra.

—Qué hermosa tarde, ¿verdad, chicas?

Alzó la vista y se tropezó con la sonrisa retorcida de Davy Arthur.

Pasaban junto al viejo edificio de la escuela y Davy holgazaneaba a la sombra del porche, acunándose en una mecedora de aspecto endeble. Todo el mundo lo conocía; era el jardinero del pueblo desde que Calli tenía memoria. Si se tomaba la molestia de prestar atención podía oír el zumbido persistente de la media docena de cortacéspedes que estaba supervisando. Los bots del tamaño de un pajarillo recortaban el largo seto de alheña con precisa uniformidad, zumbando alrededor como gigantescos escarabajos de metal, el caparazón plateado reluciente bajo el sol.

Una figura alta emergió del edificio en sombras a espaldas del viejo jardinero. El corazón de Calli dio un vuelco. Era Matt, el hijo de David. ¿Por qué habían tenido que encontrárselo precisamente a él?

—Hola, Calli.

—Matt —respondió ella cortante.

—Le estaba enseñando a Matt el negocio —dijo Davy, inflado de orgullo.

—Hola, Matt.

—Hola, Gemma.

Aunque solo la había saludado en el último momento, Gemma se quedó completamente embobada y con una sonrisa tan ridícula que Calli tuvo miedo de que empezara a babear.

—Vamos con prisa —dijo mientras agarraba a su amiga por el codo y la empujaba en dirección a la ciudad—. Hay una tienda nueva y tenemos que verla.

—He oído hablar de ella —dijo Davy Arthur mientras se iban—. Tened cuidado. No es de por aquí, ya sabéis.

El comentario parecía tan fuera de lugar que Calli estuvo a punto de detenerse y preguntarle a qué se refería, pero luego recordó a Matt y siguió caminando decidida.

—Qué cosa más rara ha dicho —murmuró.

—¿Te fijaste cómo me miraba Matt? —preguntó Gemma.

Calli se las apañó para no ceder a la tentación de soltar alguna de las respuestas que le venían a la mente y, por una vez, guardó silencio. Al menos la nueva preocupación de su amiga había hecho que dejara de parlotear sobre la condenada tienda y la ropa que vendía.

Su avance se volvió irregular en cuanto llegaron a la ciudad. Tuvieron que pararse para saludar a las gemelas Gallagher, luego a la señora Clement y por último al señor Turnbull, que casi las arrolló de la que salía de una tienda con una prisa nada propia de él, agarrado a su compra más reciente como si fuera un tesoro recién desenterrado.

—Mirad —dijo mientras les mostraba ansioso el trofeo y las invitaba a admirarlo.

A Calli le costó un esfuerzo enorme no recular ante aquel bulto de olor rancio forrado de cuero. Se dio cuenta de que estaban junto a la librería, con su austera fachada de ladrillo, su escaparate de cristales plomados en marcos de falsa madera y su pintura desconchada. La venerable tienda llevaba en la ciudad más de un mes. Ninguna de las dos se había molestado en entrar; habrían preferido morirse a que las vieran en un lugar como aquel.

—Papel de verdad, fijaos, nada de esa basura digital —decía Turnbull—. Este libro perteneció a la Biblioteca del Vaticano.

De repente a Calli le pareció que a una tienda de ropa era una idea maravillosa.

Se despidieron mientras la impaciente Gemma tiraba de la mano de Calli y echaron a correr calle abajo entre risitas.

—Libros. ¿Te lo puedes creer? —exclamó Gemma una vez estuvieron fuera de alcance.

—Ya te digo. ¿Cuántas personas crees que han leído esa cosa a lo largo de los siglos? Ya solo con pensar en todas esas manos pringosas sobando las palabras y pasando las páginas me dan ganas de vomitar. ¿Habrá algo más antihigiénico?

—¡Qué asco!

Ambas se detuvieron, repentinamente conscientes de una vibración que cruzaba rápidamente tanto el aire como el suelo, un murmullo grave que se transformó en un quejido y que fue subiendo de tono y volumen mientras escuchaban.

Calli se dio cuenta de que se trataba de la tienda del Cristal Cantor. Casi se había ido. Se dio la vuelta y vio que las ventanas ya habían sido opacadas y no dejo de mirar mientras la tienda empezaba a brillar, hasta que la vibración alcanzó un crescendo que se cortó de pronto con un agudo «pop» cuando el aire se apresuró a llenar el repentino vacío. La tienda se había desvanecido y había dejado un solar vacío, disponible para el siguiente vendedor.

—Me pregunto adónde irá —dijo, ensoñadora.

—A Oriente Medio —respondió la señora Lundy, que seguramente se había unido a ellas mientras estaban distraídas—. Y luego a China. Aunque volverán en la primavera con los mejores cristales de todo el mundo. Me lo prometió Sunita.

Ambas chicas se intercambiaron una mirada. Habían visitado la tienda del Cristal Cantor cuando llegó y se habían formado enseguida una misma opinión de su mercancía: lo mismo de siempre con algún retoque exótico.

Calli tenía sus dudas sobre la dependiente y sospechaba que se había modificado el color de la piel para acentuar su apariencia exótica. Seguramente su verdadero nombre era Sharon o algo así.

—Vamos —dijo Gemma en cuanto la señora Lundy las dejó—. Está a la vuelta de la esquina.

Así era. Un escaparate limpio y pequeño justo entre Comida Instantánea y el Emporio de Entretenimiento de Ernie. Tranquila y discreta. Calli intentó recordar qué había antes allí, pero no pudo.

El amplio cristal mostraba un solo producto, un hermoso vestido blanco de extraño corte y de un material medio translucido en un maniquí que parecía caminar indiferente como si paseara por la playa y una brisa imperceptible ondulara el vestido. Sencillo y elegante. Con clase.

Gemma abrió la puerta y le hizo una seña para que la siguiera. Para su sorpresa, Calli se vio atrapada incluso antes de poner un pie dentro.

Enseguida notó que era una tienda amigable, a la que no le importaría que estuvieras examinando la mercancía el día entero si así lo querías. Y qué mercancía. Una hipnotizante colección de ropas se desplegaba frente a ella; sus ojos se movían de un lado a otro como una mariposa asustada, incapaz de fijar la vista en un solo sitio.

—Bienvenidas, jovencitas, bienvenidas.

Quien se acercaba a ellas era un hombre corpulento de mediana edad con el rostro cubierto por una sonrisa deslumbrante. Había algo extraño en su cara y a Calli le llevó un momento descubrir qué era: gafas, llevaba unas anticuadas gafas. Aquello sí que era llevar las apariencias un poco al extremo. Pero de algún modo funcionaban y se las apañaban para encaramarse al puente de la nariz como si fueran parte de ella.

—Llegáis en el mejor momento posible —añadió el vendedor. Calli se dio cuenta de que, aunque él se había presentado, no se había quedado con el nombre; era algo parecido a Donovan—. La tienda está a punto de alumbrar.

Ambas jóvenes se miraron horrorizadas.

—¿Qué, va a tener una tienda bebé?

—Por Dios, claro que no. —El dependiente parecía tan asombrado como ella—. ¡Eso sí que sería digno de verse! —añadió con una risita—. Me refería a una nueva línea de prendas.

—Ah, bien.

—Vale.

El alivio fue casi palpable.

—Estarán listas en pocos minutos, pero mientras tanto, por favor, curiosead cuanto queráis. —Señaló expansivamente a su alrededor y el arco de su brazo alcanzó una pared completamente llena de ropa.

—Jo, mira esto, Cal —dijo Gemma, que ya se había puesto manos a la obra.

Sostenía un vestido iridiscente, que cambiaba del morado al azul; el color se desplazaba en delicadas ondas sobre el tejido cuando este se movía. Calli iba a echarle un vistazo más de cerca, pero otro artículo atrapó su atención, un sarong de vivo color naranja de un tejido casi transparente que sin embargo resultó prosaicamente sólido cuando pasó la mano por él.

—Tienes bien ojo —dijo Donovan junto a ella.

Se dio la vuelta y contempló el rostro redondo del dependiente, iluminado de nuevo por una sonrisa cálida y contagiosa, tan encantadora como sincera. No pudo evitarlo y le devolvió la sonrisa. Le gustaba el robusto dependiente y se preguntó cómo Gemma podía haberlo descrito como malrollero.

—¿Qué es? —preguntó—. Nunca he visto nada igual.

—Seguro que no. Es crisálida de selith, una sola pieza, sin costuras y, en cierto sentido, viva.

—Ah.

Calli lo soltó de prisa y el ropaje naranja se acomodó de nuevo en la percha.

—Tranquila —dijo el dependiente sin perder la sonrisa—. Es inofensivo. No está vivo en ese sentido y nada que le hagamos puede dañarlo. Al adaptar el material como vestimenta simplemente lo hemos usado tal como la naturaleza pretendía, más o menos. Verás, los selith producen estas capas como protección para sus crías. ¿Ves lo cálida y fuerte que es?

Lo agarró por una esquina se lo tendió a Calli. Esta, no del todo convencida, tocó el tejido con precaución. Estaba tibio, tal como Donovan había mencionado, y ya había notado lo sorprendentemente denso que era.

—Tiene que ser duro y adaptable —siguió el dependiente— para proteger a la ninfa de selith durante los cinco primeros años de su vida. Simplemente, hemos aprovechado sus características naturales. Puedes llevarlo como si fuera un sarong, o como un traje de falda larga de una pieza, o como un vestido de falda corta... Está programado para adaptarse a lo que elijas. En unos cinco años el material morirá y se desintegrará, pero hasta entonces es ignífugo, casi imposible de cortar o desgarrar y te mantendrá abrigada y hermosa.

Ella se echó a reír ante la adulación.

—Es usted un buen vendedor.

—Gracias —respondió él con una risita—. Después de todo, es mi trabajo.

Un pensamiento repentino cortó el ánimo risueño de Calli.

—No matarán a las ninfas seli-como-sea para hacerse con esto, ¿verdad?

—No, tranquila, para nada —le aseguró Donovan—. Los selith son la especie dominante en Reiggelis y son sentientes. Comerciamos con ellos y les compramos el tejido de la pupa. Es muy caro, sobre todo ahora que se han dado cuenta de lo apreciado que resulta.

Calli no se creyó una palabra de toda aquella cháchara de otros planetas y especies alienígenas; todo el mundo sabía que nadie de las colonias venía a la Tierra ya. Pero le encantó de todos modos.

—No seré yo la que se ponga uno de esos —dijo Gemma, que acababa de unírseles—. No quiero ninguna cosa viva y asquerosa trepando por mi cuerpo, gracias.

Viéndolo de ese modo, la prenda perdía la mayor parte de su atractivo.

—Querida jovencita —respondió Donovan—, no trepa, sino que acaricia. —Dicho así sonaba mucho mejor.

De pronto el dependiente se detuvo, como si hubiera oído algo que se les escapaba a las jóvenes.

—Ah —exclamó—, la nueva remesa está lista. Si me disculpáis un momento...

Desapareció en la trastienda.

—¿Ves lo que te decía? —murmuró Gemma—. ¿A que da mal rollo?

—A mí me parece bastante agradable.

Ambas se perdieron entre la hilera de ropa, maravilladas ante esa prenda o aquella. Había un vestido de etiqueta con falda de quita y pon. La de la percha era azul eléctrico, pero había diferentes colores a elegir. Cuando se quitaba dejaba una provocativa minifalda y una vez puesta no parecía haber junturas entre ambos materiales, no importaba lo de cerca que lo examinasen. Había todo un estante de pantalones autolimpiables de un material que ninguna había visto antes y Calli estaba a punto de despejar su curiosidad sobre un mostrador de ropa interior con temperatura autorregulable cuando Donovan volvió.

—Señoritas —dijo con una floritura—, he aquí nuestro más reciente lote.

Dos maniquís dieron un paso adelante y se detuvieron a su lado. De apariencia inquietantemente realista, adoptaron una pose de desfile y dejaron que las jóvenes los examinasen.

Uno llevaba un vestido de cintura suelta y cola de golondrina, que por la espalda llegaba a la mitad de la pantorrilla y por el frente justo por encima de la rodilla. Era del material más hermoso que Calli hubiera visto jamás, aunque el color borgoña con diseños florales no le terminaba de convencer. El segundo modelo vestía unos pantalones negros y una blusa inconsútil del mismo material, también en borgoña.

—¿Qué es? —preguntó, fascinada.

—Seda —respondió Donovan—. Un material que, por desgracia, desapareció de la Tierra hace siglos. Nuestra anterior parada fue en Gaynor, un mundo donde aún sobrevive el gusano de seda, que fue llevado por los colonos originales. La tienda aprendió a tratar el material observando a los gusanos de seda y es lo primero que fabrica con él. ¿Qué opináis?

—Es maravilloso —respondió Calli por las dos.

Donovan la miró fijamente.

—¿Presiento tal vez un «pero»?

—Bueno, es que el color…

—¿El color? —parecía estupefacto—. Pero si el borgoña hace furor, sobre todo en Gaynor.

—Bueno, pues que se lo queden los de Gaynor —respondió Calli, un poco más cortante de lo que pretendía—. O sea, seguro que está muy bien si a una le van esas cosas, pero…

—Tiene razón, ¿sabe? —dijo Gemma, en apoyo de su amiga—. El material es increíble; el color, un coñazo.

—¿No tiene nada un poco más brillante?

—¿En tonos pastel, tal vez? —Donovan examinó a los maniquís con una mirada intrigante.

—Lo que sea, mientras no sea borgoña. —Calli se dio cuenta de que se estaba explicando fatal, así que lo intentó de nuevo—. El material es asombroso, así que merece algo un poco más vivo.

—Querida jovencita, creo que has puesto el dedo en la llaga. —El dependiente la miró con renovado respecto—. Sí que tienes ojo para esto. Lo has visto a la primera. ¿Nunca has pensado en dedicarte a la moda?

El ánimo alegre de Calli se vino abajo de repente y reventó como una burbuja.

—¿He dicho algo inconveniente? —preguntó Donovan, genuinamente preocupado.

—No, no, de verdad. —Suspiró—. Es que ya me han hecho el TAPA y ya sé lo que mejor se ajusta a mis aptitudes.

—¿El qué? —preguntó él, mirándola con intensidad.

—Hidropónicos. —Escupió la palabra como si supiera mal—. Empiezo el curso de preparación la semana que viene.

Él sonrió, comprensivo.

—No pareces muy emocionada con la perspectiva. ¿Te interesan de verdad las plantas y las granjas?

—Ni una pizca.

Gemma, que estaba curioseando por entre las prendas de nuevo, dejó caer de forma distraída:

—Coñazo…

—¿No te parece extraño que el TAPA te recomiende entonces seguir esa carrera?

—Es a lo que se dedica mi padre. Supongo que lo llevo en los genes.

—Puede —dijo él, nada convencido—. Dime, ¿qué te gustaría hacer realmente si pudieras elegir?

—Viajar —dijo ella sin pensarlo.

—¿Por dónde? —preguntó él—. ¿Por otros país? ¿Por las estrellas?

Calli se detuvo cuando estaba a punto de responder, temerosa de haber dicho demasiado, de estar revelando sus sueños más secretos. Pero se dio cuenta de que él podía leer la respuesta en sus ojos.

—Eh, Cal, ven a ver esto.

Aliviada, se disculpó y echó a correr hacia donde estaba Gemma. Mientras ambas seguían explorando la tienda, se olvidó de la incomodidad que sentía y estuvo a punto de recuperar su buen humor anterior. Solo a punto.

Al final Calli compró el sarong de selith, que era lo primero que había visto, mientras Gemma se hacía con un par de tops minúsculos y un bañador a prueba de agua. Donovan hasta les hizo un descuento en agradecimiento por sus comentarios sobre las nuevas prendas de seda.

—Si venís mañana, tendré prendas de seda con colores vivos para que las probéis.

—Genial. —Calli se moría de ganas de sentir aquel increíble tejido contra la piel—. Aquí estaremos.

—Ah, casi se me olvida —dijo él cuando estaban a punto de irse—. Llévate esto a casa y échale un vistazo cuando puedas. —Le tendía una visutarjeta—. La he configurado para que te muestre primero algo que creo que te interesa, pero por supuesto puedes examinar todo su contenido.

—¿Qué es?

—Poca cosa, solo una guía comercial sobre la Tierra, una especie de guía de viajes para los visitantes de otros mundos como yo. —Esbozó su cálida sonrisa habitual—. Me pareció que a lo mejor te interesaba ver lo que opinamos de vosotros.

Tomó la pequeña tarjeta de plástico, se la metió en el bolsillo y se olvidó de ella casi enseguida.

—Gracias, Gem —le dijo a su amiga ya en el exterior.

—Ya te dije que merecía la pena.

—Sí, es verdad, tenías razón. Me alegro de que me obligaras a venir.

—¿Obligarte? —Gemma ladeó la cabeza—. ¡No me parece!

Calli sonrió.

—Igual no, pero gracias de todas formas.

Se dieron un abrazo y cada una se fue por su lado no sin antes quedar para el día siguiente.

Al llegar a casa fue directa su cuarto, ansiosa por probarse la nueva prenda y por postear sobre la tienda, pero nunca tuvo la menor oportunidad.

—¡Callisandra!

Se detuvo y comprendió que se había metido en un lío. Solo su madre la llamaba Callisandra y solo lo hacía cuando tenía algo que echarle en cara. Se apresuró a responder y se llevó el sarong con ella con la vaga esperanza de que pudiera servir de distracción.

Su padre también estaba allí, lo cual no era nada bueno.

—¿Qué es eso de que has ido hoy a una tienda nueva?

—¿Ah, eso? Sí, claro, fui con Gemma. En realidad...

—Sería mejor que no volvieras —la interrumpió su padre. Nunca antes le habían prohibido hacer nada, lo cual quizá no los convertía en unos padres modelo, y aquellas palabras eran lo más cerca que nunca habían estado.

—¿Por qué? —No comprendía qué pasaba—. Si no es más que una tienda.

—Calli, nena, haz caso a tu padre.

—Sí, es una tienda, pero no es como las demás —dijo este, solemne—. Es peligrosa.

—¿Peligrosa? Es una tienda de ropa, papá.

—¿Qué es eso? —preguntó al darse cuenta de que llevaba el sarong en la mano—. ¿Es de la tienda?

—Sí —respondió con una sonrisa mientras lo extendía y se lo mostraba—. Veréis, no es más que...

Su madre se lo arrancó de la mano.

—En esta casa no entran cosas de esas, jovencita.

Calli nunca había visto así a sus padres. Lo que había en sus ojos no era tanto rabia como miedo.

Aquello la tuvo en vela casi toda la noche. Hasta lo ocurrido con sus padres y a pesar de la cantidad de cosas asombrosas que había en la tienda, había tomado las afirmaciones de Donovan de venir de otro mundo como parte de una elaborada campaña de ventas. Vale, a lo mejor era un poco excéntrico, pero no extraterrestre, desde luego. Bueno, técnicamente los habitantes de las colonias seguían siendo humanos, claro que lo sabía, pero no habían nacido en la Tierra así que podían ser considerados extraterrestres.

Recordó la advertencia de Davy Arthur cuando dijo que la tienda no era «de por allí», expresión que la había dejado un tanto mosqueada, dado que todas las tiendas eran forasteras por definición. Se daba cuenta ahora de que no pretendía que lo tomase literalmente. La frase había sido un eufemismo porque le daba miedo decir «de este planeta».

Quizá todo lo que Donovan le había dicho como quien no quiere la cosa era cierto. Había estado hablando de ropa con un hombre de otro planeta. Había miles de preguntas que podría haberle hecho si lo hubiera tomado en serio.

¡Las estrellas!

Desde que era niña, Calli soñaba con ir a las estrellas y visitar otros planetas. Pese a todos los siglos que llevaban siendo independientes, aún se hablaba de los otros mundos como «las colonias», eso cuando se los mencionaba. Suponía que aquel término ligeramente despectivo ayudaba a mantener la ilusión de que la Tierra aún era importante, lo cual era preferible a afrontar la realidad de su situación de remanso aislado.

Aún le costaba trabajo asimilar la reacción de gente a la que conocía de toda la vida, como Davy Arthur o papá y mamá. Era la primera vez que veía un prejuicio en acción y no le gustaba nada.

La Tierra había roto los lazos con sus precoces hijos hacía mucho tiempo. En apariencia había sido algo positivo, o así se le dijo a todo el mundo. Lo cierto era que la Tierra nunca volvería a colonizar nada. Que las primeras colonias se establecieran en la segunda mitad de la llamada Edad Oscura, del siglo XX al XXII, no dejaba de ser irónico; porque había sido el derroche de aquel periodo el que había dejado a la Tierra tan despojada de recursos naturales que otro éxodo desde el planeta madre era ya imposible. Eso dejaba a las nuevas colonias en situación de reclamar como propias las estrellas.

Había visto imágenes de la Edad Oscura; de hecho eran de visionado obligatorio para todos los niños. Carreteras atestadas de coches, el cielo rebosante de aviones, todo el mundo ocupado en convertir los valiosos combustibles fósiles en polución. ¿Qué demonios les había pasado a los antepasados? ¿Por qué no habían sido capaces de entregarse al simple placer de dar un paseo en vez de agotar la Tierra?

Así que las estrellas estaban fuera de su alcance. Visitar otros mundos nunca sería más que un sueño... Ah, pero qué sueño.

Calli se durmió imaginando cómo sería vivir como Donovan, ver todos aquellos lugares exóticos, conocer a tanta gente y toda distinta.

A la mañana siguiente se sintió relajada y de buen humor. Apenas podía contener la impaciencia por volver a la tienda; quería preparar bien todas las preguntas que pensaba hacer.

A la fría luz del día el enfrentamiento con sus padres parecía poco más que un mal sueño que se desvanecía rápidamente.

Lo primero que hizo fue llamar a Gemma, ansiosa por empezar ya.

—Hola, Cal. —Su amiga parecía inquieta, quizá incluso avergonzada.

—¿Estás bien?

—Claro. Oye, no voy a poder quedar hoy.

—¿Y qué hay de la tienda y esas ropas de seda?

Calli se dio cuenta de que ahora era ella la que estaba a punto de suplicar.

—No creo que sea buena idea. No vuelvo a pisar ese sitio. Ya te dije que el viejo daba mal rollo, pero cómo iba a suponer que era un alien.

Igual que ella.

—¿Tus padres? —aventuró Calli.

—Una buena bronca ayer, cuando llegué a casa.

—Igual que yo.

—Seguro que fue por nuestro bien. Creo que la noticia ha corrido por todo el pueblo. La gente está bastante cabreada.

¿Cabreada o muerta de miedo? Así que no eran solo sus padres los que reaccionaban exageradamente. Al parecer le pasaba a mucha más gente.

—Lo siento, Cal.

—Tranquila, no pasa nada. Ya hablamos mañana.

Sabía que las colonias no estaban bien vistas, pero le costaba creer que la cosa sentara tan mal. ¿Tenía Donovan la menor idea de todo el resentimiento que había surgido a causa de su presencia? Pensar en él le trajo a la memoria la visutarjeta que le había dado ayer. ¿Dónde la había puesto? Tras rebuscar un poco dio con ella, la puso en la consola y activó el programa.

En el centro de la habitación se vio una imagen: la Tierra desde el espacio. Tal como Donovan la había advertido, estaba a mitad del programa, pero dejó que siguiera, curiosa por descubrir lo que él quería que viese.

Fue tras el Gran Éxodo que las autoridades de la Tierra se obsesionaron con la estabilidad y restringieron cada vez más las oportunidades de cambio.

La rica voz del anónimo narrador declamaba el comentario con la precisión de un conferenciante.

> En teoría, los enormes avances en tecnología de inteligencia artificial que ahora damos por descontado permiten a los ciudadanos de la tierra moverse tan libremente como quieran, pero en la práctica no es así. Los tabús contra los viajes que nacieron en el siglo XXI aún persisten y la sociedad se estructura de tal forma que los refuerza sutilmente.
>
> Las autoridades llegan a extremos extraordinarios para que todo el mundo pueda tenerlo todo sin moverse casi de casa, con lo cual se suprime la necesidad de viajar.

La imagen cambió a la típica calle principal, llena de compradores yendo y viniendo.

> Aunque ya no es relevante, la escasez de combustible fósil proporciona una excusa plausible para desanimar el viaje puramente recreativo. Así como las personas iban por centenares a los centros comerciales o a las grandes ciudades solo para comprar, ahora son las tiendas las que van a la gente. Saltan de pueblo en pueblo y de ciudad en ciudad y proveen una variedad interminable de bienes y la oportunidad de usar las compras como terapia.
>
> Raras de ver en otros mundos pero comunes en la Tierra, las tiendas móviles son construcciones semiorgánicas y cada una alberga una IA, si bien en la Tierra estas inteligencias son férreamente controladas y están sometidas a unos parámetros sumamente restrictivos. Y este es el único contacto que tiene el terrestre medio con una IA.

Calli se sentó, boquiabierta. No sabía nada de todo aquello. Una tienda era simplemente una tienda; nunca habría sospechado que pudiera ser algo más.

Si lo que había visto hasta el momento había sido una revelación, lo que siguió fue mucho peor. La escena cambió y mostro la imagen de una joven tendida en una camilla con la habitual banda metálica alrededor de la frente.

Fundamental para el sistema de control es el Test de Aptitud Profesional Avanzada, o TAPA, que supuestamente examina las profundidades de la psique de cada individuo y determina el camino profesional ideal para este. Las recomendaciones subsiguientes se toman como un artículo de fe.

El TAPA es un fraude, creado para asegurar que todo el mundo encuentre trabajo lo más cerca posible de casa y los resultados se cocinan a medida para cubrir los nichos vacíos en la fuerza local de trabajo. Eso conduce a que las distintas generaciones de una familia acaban dedicándose siempre a lo mismo, pues simplifica enormemente el proceso.

Un pueblo que no se mueve es un pueblo que se puede controlar.

Calli no podía creerlo. ¿El TAPA era un fraude? Y sin embargo, tenía todo el sentido del mundo. Su mayor temor era pasar el resto de su vida como granjera hidropónica, que era justo lo que el TAPA había decretado como lo más adecuado para ella.

No era tan ingenua que fuera a tomar todo lo que oía como cierto, pero tenía que reconocer que mucho de lo que el programa decía sonaba incómodamente auténtico. Una cosa sí que era verdad y era que los prejuicios no eran solo cosa de los terrestres. También los coloniales tenían los suyos.

Las imágenes de los diferentes mundos siguieron pasando, pero ella ya no prestaba atención. Había visto, estaba segura, la parte que Donovan había querido que viera. Aún quería ver el resto, pero no ahora. Había algo más urgente de lo que ocuparse.

Sacó la visutarjeta de la consola y se fue de casa a toda prisa en dirección al pueblo.

Una multitud se arremolinaba en el césped junto al viejo edificio de la escuela, y reconoció varios rostros familiares, entre ellos Davy y Matt Arthur. Parecían enfadados, así que se agachó tras el seto recién podado y se fue lo más rápido que pudo, con cuidado de que nadie la viera. Algo después cayó en la cuenta de otro de los rostros que había visto.

¿Papá?

Otro golpe la aguardaba en la tienda de ropa. Alrededor de la puerta, la fachada estaba ennegrecida de hollín, y el escaparate estaba vacío, sin ningún maniquí a la vista. Intentó abrir la puerta, temerosa de que estuviera cerrada con llave, pero se abrió sin problemas.

Donovan estaba dentro y al verlo ileso sintió una oleada de alivio.

—Hola de nuevo.

Su sonrisa parecía ahora más frágil y menos confiada.

—¿Qué pasó?

—Un par de problemillas sin importancia la pasada noche —dijo con un gesto indiferente—. No del todo inesperados, cierto, aunque confiaba en que tardaran un poco más en aparecer. Alguien intentó incendiar la tienda.

El horror asomó a su rostro con claridad.

—¿Fue doloroso?

Donovan sonrió.

—En realidad, no. Gracias por preguntar, pero puedes estar tranquila. La tienda se curará enseguida; mira, el escaparate casi se ha recompuesto del todo.

—¿Entonces es cierto que las tiendas están vivas?

—Sí, por supuesto. Pensé que ya lo sabías. —Meneó la cabeza—. Es muy difícil saber qué os han contado a los terrestres y qué no.

Incapaz de articular palabra, sacó la visutarjeta.

—Ah —dijo él, mientras tomaba la lámina de plástico—. Así que la has visto. Aunque lo importante es: ¿crees lo que has visto?

Dudó un momento y luego sintió muy lentamente.

—¿Y aún quieres ser granjera hidropónica?

Se le escapó una risa resignada y meneó la cabeza.

—Nunca he querido serlo.

De pronto el aspecto de Donovan se tornó solemne.

—¿Te gustaría ver las estrellas, Calli?

—¿Cómo? —En un día de sorpresas, aquella era la mayor. De pronto se echó a temblar y sintió que la cabeza le daba vueltas—. ¿Habla en serio?

—Para eso he venido.

—¿Ha venido por mí?

—Por ti, o por alguien como tú.

Le acercó una silla en la que ella se dejó caer agradecida; se sentía entumecida de la cabeza a los pies.

—Tranquila, respira hondo. Déjame que te explique. —Una nueva silla se materializó y él tomó asiento frente a ella—. La humanidad anda perdida, Calli, quién sabe, tal vez esté agonizando. El problema está en su fase inicial y la mayoría no puede verlo, pero el proceso está en marcha.

»Las colonias han dejado de expandirse, ¿sabes? De hecho, empiezan a encerrarse en el cascarón. Los mundos de avanzada, donde la vida es dura, se abandonan en favor de otros planetas más domesticados... más suaves. ¿Para qué van a esforzarse en sobrevivir cuando pueden llevar una vida cómoda en cualquiera de los mundos interiores?

»Sin crecimiento, las sociedades se estancan. La Tierra es el principal ejemplo de ese hecho, cierto, pero paradójicamente es también nuestro mejor recurso. El material genético humano más fuerte y más puro está aquí. Aquí la herencia humana no se ha esparcido y hecho pedazos por la exposición a diferentes radiaciones en mundos muy distintos, ni se ha deformado y torcido por culpa de nuestras propias y mal guiadas manipulaciones. Necesitamos desesperadamente la pureza de vuestra herencia genética y la ferocidad de vuestro espíritu. Sin ellos, es muy posible que la humanidad esté condenada. Necesitamos que la gente de la Tierra vaya a las estrellas, pero os negáis a escuchar.

No quería seguir oyendo aquello; se sentía como una esponja que ha alcanzado el punto de saturación.

—Lo siento, pero es demasiado para mí.

—Estoy aquí para encontrar a los aventureros, a aquellos que desean ver otros mundos —siguió Donovan— Estoy aquí para reclutar soñadores; y eso eres tú Calli.

Ella lo contempló incrédula.

—¿Un solo hombre? ¿Va usted solo a reclutar suficiente gente para salvar las colonias?

—Claro que no —dijo con una sonrisa—. No soy más que el primero. Las tiendas como esta no soy tan comunes en los otros mundos como aquí, pero no resultan desconocidas y esta IA no tiene las restricciones que se han impuesto a las de la Tierra. Y no serán solo tiendas; este es solo uno de los diferentes medios de acercamiento que estamos considerando. Estoy aquí para evaluar posibilidades, para comprobar la temperatura del agua, como si dijéramos.

—Pues si esta es su idea de pasar desapercibido, me parece que va a tener problemas —dijo ella, sonriendo pese a todo.

—Sí, es un dilema. No quiero llamar la atención demasiado pero al mismo tiempo tengo que hacerme notar lo suficiente para atraer a los espíritus libres... Y otro aspecto de mi misión es evaluar la reacción de vuestras autoridades a nuestras acciones. Admito —afirmó con un guiño— que quizá mi técnica necesita refinarse.

De pronto ambos se echaron a reír.

—En realidad, hacerme notar es esencial —siguió mientras se calmaban—. El control de tu gobierno se basa en la ignorancia y el condicionamiento. La gente se enfurece a causa de mi presencia porque represento lo desconocido, porque no soy de aquí.

Calli asintió.

—Pude comprobarlo con mis padres ayer mismo.

—¡Exacto! La rabia no es más que la manifestación del miedo, que surge de la falta de entendimiento. Una vez la gente sea consciente de todas las implicaciones, una vez puedan ver más allá de su miedo y se den cuenta de que las estrellas no les están realmente vedadas...

Su voz se apagó y, por un instante pareció perdido en sus propios pensamientos, como si fuera incapaz de expresar todo lo que podía ver en su mente.

—Lo siento —dijo Calli, antes de que le diera tiempo a hablar de nuevo—, pero la verdad es que me cuesta un montón asimilar todo esto. —Se le ocurrió algo de repente—. ¿Es usted realmente un vendedor o todo es parte del camuflaje de la tienda?

—No, no, soy el legítimo y genuino custodio de esta tienda. Todo lo que te he contado de Gaynor, Reiggelis y los selith es completamente cierto. Digamos que me reclutaron para la causa.

Calli se sentí abrumada, incapaz de pensar con claridad. Le estaban ofreciendo en bandeja de plata todo lo que siempre había deseado, pero ¿qué pasaba con su padres o sus amigos? Por primera vez en su vida no tenía la menor idea de qué hacer.

—Hidropónicos o las estrellas, Calli, tú decides.

No era justo que le pidiera que tomara esa decisión, que eligiera entre lo que había conocido toda su vida y lo que había soñado desde siempre.

—¿Puedo tomarme un tiempo y responder más adelante? De verdad, necesito pensármelo.

Se oyó una nueva voz; tonos amables y femeninos que parecían salir del mismo aire.

—*Estoy curada y lista para partir.*

—Me temo que esa es la respuesta que puedo darte.

—¿Qué era...?

No se atrevía a completar la pregunta. Donovan asintió.

—Sí, es la tienda. El incidente de la pasada noche nos dejó claro que ya no éramos bienvenidos. Solo hemos retrasado nuestra marcha para que tuviera tiempo de curarse por completo... y porque esperábamos que vinieras a vernos.

La miró como si le exigiera una decisión. Ella respiró con fuerza.

—Si me está pidiendo que decida ahora mismo, la respuesta solo puede ser... no. No puedo entregarme a esto llevada por un puro impulso. No puedo, de verdad.

En alguna parte en su interior, la esperanza se marchitó y murió. Donovan agachó la cabeza.

—Comprendo. Pero estás cometiendo un error. —Su voz sonaba débil, derrotada.

Empezó a sonar una profunda vibración.

—Lo sé —susurró ella. Y era sincera, incluso cuando se puso en pie y echó a andar hacia la tienda sobre unas piernas que apenas la sostenían, los ojos anegados en lágrimas.

De pronto, se encontró frente a una multitud furiosa dirigida por Matt y Davy.

—¿Calli?

Su inesperada aparición les hizo detenerse, pero casi podía oler el miedo y la rabia que emanaba de la multitud mientras veía puños crispados, porras, acero reluciente y expresiones de odio a su alrededor. Unidos por sus prejuicios, se habían convertido en un solo organismo que reaccionaba de forma ciega a lo que percibía como una amenaza. Ya no eran individuos y mucho menos racionales.

—¿Qué haces ahí, jovencita? ¡Te dije que no volvieras a la tienda!

—¿Papá?

Así que era cierto, era su padre al que había visto con ellos junto al viejo edificio de la escuela. ¿Cómo podía precisamente él formar parte de aquello, cómo podía cualquiera de ellos? La rabia se abrió camino en su interior. De pronto, ya no los vio como su gente.

Hidropónicos o las estrellas... la rabia de la turba o el calor acogedor de la tienda...

La tienda estaba a punto de irse, su gimoteo delator era cada vez más intenso. Saltó hacia atrás y se lanzó contra la puerta, esperando más allá de toda esperanza que aún estuviera abierta.

Por un breve instante pareció que se le resistía, pero de pronto cedió y se encontró en el interior, en los brazos del siempre sonriente Donovan, que la ayudó a sentarse.

El gemido alcanzó el máximo y se apagó de pronto. Supuso que ya se habían puesto en camino. Era raro, porque había visto cientos de tiendas desvanecerse, pero nunca había estado dentro de una cuando eso pasaba. No había la menor sensación de movimiento, solo una curiosa calma.

Donovan se reía y saltaba de un pie a otro de pura emoción y deleite, como si bailara una jiga.

—*Bienvenida. Calli* —dijo la serena y nebulosa voz de la IA—. *Eres la primera. Esperamos que de muchos.*

Calli se sintió estimulada, llena de optimismo, nada que ver con el abatimiento que la había poseído hacía poco cuando pensaba que estaba dejando marchar para siempre sus sueños.

¿La primera de muchos? Aquello sonaba bien. De hecho, sonaba de maravilla.

De nuevo contempló el odio en los rostros de la multitud, en los ojos de la gente a la que conocía y amaba y se prometió hacer todo lo que pudiera para acabar con todo aquel miedo e ignorancia.

Cuando se sintiera lo bastante libre para volver a casa.

POSTSCRIPTUM

La antología en la que apareció «De tiendas» tuvo unas cuantas reseñas importantes y mi relato salió bien parado en todas ellas. Publishers Weekly *la señaló como «destacable» y* Analog *declaró que era «quizá el relato más inteligente del libro», añadiendo que era una especie de «*Las armerías de Isher *de Van Vogt adaptado a la sensibilidad moderna.» Como autor recién llegado que luchaba por hacerse notar, difícilmente habría podido pedir más.*

LA LLAVE

Era asombroso lo que un manojo de llaves podía contar de una persona. Los llaveros y su contenido ocultaban profundos secretos, o eso afirmaba Carl.

Su mujer, por ejemplo. Las llaves de la puerta frontal, la del coche, la del garaje, y una Yale de casa de su madre... además de varios aditamentos superfluos, como un cerdo de plástico rosa, un corazón de plexiglás con el palabro «ktpasa» y una moneda falsa con esmaily incluido para usar en los carritos de los supermercados.

Su juego de llaves era mucho más práctico. La de casa, la del coche, la del maletín y la del piso de la jovencita cuya existencia esperaba que su mujer nunca descubriese. Un par de adornos: una correa de cuero gastado de su primer cacharro y una trenza de piel que le habían jurado que era un símbolo de fertilidad, aunque seguro que no era cierto.

Y luego estaba el juego que había «adquirido» recientemente. Seis llaves y tres adornos: un logo circular de Mercedes a juego con una de las llaves, una pequeña foto encastrada en plástico en la que se veía el rostro de una joven —seguramente la hija del propietario— y una figurita acuclillada de ojos rojos. Se parecía vagamente a un búho y a Carl le producía escalofríos mirarla. Como si dijese algo sobre el dueño de las llaves en lo que prefería no pensar.

Pero eran las llaves en sí mismas las que lo intrigaban. Dos distintas de la puerta frontal, lo que sugería dos casas, la de un Mercury y la de un Land-Rover, un coche para cada morada, y otras dos que no conseguía identificar.

La opinión profesional de Sammy el cerrajero fue tan útil como una tetera de chocolate.

—Una es de un escritorio y la otra de una caja de seguridad.

—¿Algún modo de saber de dónde?

—Ná.

No es que le importase, salvo por el pequeño detalle de que había una recompensa. Una suma ridícula por las llaves sin mención alguna a la cartera Gucci sustraída al mismo tiempo o al efectivo y el plástico que contenía. Evidentemente, una de aquellas llaves era importante para alguien y, por tanto, valiosa. Carl sabía por cuál habría apostado con los ojos cerrados. El problema era que de nada le servía a menos que supiera exactamente lo que abría. Que no fuera capaz de resolver el enigma solo conseguía acentuar su frustración.

—A lo mejor ni es de este país. —Y con eso y un encogimiento de hombros, abandonó toda esperanza de resolverlo.

Concertó una cita a regañadientes y eligió la hora y el lugar, un bar en el que lo conocían y donde estaría a salvo. Su reciente víctima y posible benefactor ya lo estaba esperando. Un tipo alto y musculoso que, pese al traje de Armani, parecía a medio desbastar, sin civilizar del todo. Se le notaban demasiado las aristas, como si fuera una gema sin pulir.

Carl habría preferido un «coger y soltar», un intercambio en el que ni siquiera se vieran las caras, pero el otro tipo no había querido. Así que mientras lo veía cruzar la calle se mantuvo alerta a la menor señal de policía o de posible escolta. No vio a nadie, por lo que entró e intercambió una mirada con el camarero, quien movió la cabeza, aunque el gesto no lo tranquilizó del todo.

Tomó aire, dio el paso definitivo y se sentó. Al otro lado de la mesa lo miraron sin parpadear; el iris azul grisáceo rebosaba autoconfianza y nervios de acero. No era alguien con quien se pudiera jugar.

—¿Tiene las llaves? —La voz sonaba tan relajada e indiferente que casi resultaba enervante.

—¿Tiene el dinero?

Un sobre que salía de un bolsillo y se deslizaba por la mesa. Un sobre grueso.

Carl alargó la mano, pero la del otro cayó sobre el dinero.

—Primero las llaves.

—No hasta que lo haya contado.

El impasse se extendió varios segundos interminables hasta que el otro cedió de repente. Carl abrió el sobre y fue pasando los tacos de billetes de cincuenta, sin molestarse realmente en contar, simplemente comprobando.

Satisfecho, le hizo una seña al camarero, quien salió de la barra y se acercó con las llaves.

No pudo evitar una punzada de orgullo cuando el otro soltó una carcajada y asintió aprobadoramente ante el cómplice. Miró las llaves una sola vez antes de meterlas en el bolsillo y ponerse en pie. Entonces se detuvo y le lanzó a Carl una mirada, el primer indicio que tuvo este de rabia o de una posible amenaza.

—No vuelva a cruzarse en mi camino.

—Espere un momento —dijo Carl de repente mientras el otro se iba—. Ahora que ya las tiene, puede decírmelo. ¿Por qué son tan importantes?

El otro sonrió, una sonrisa maliciosa en la que no había el menor asomo de humor.

—¿De verdad cree que voy a decírselo?

Carl se quedó mirando la espalda de su benefactor hasta que cruzó la puerta y se perdió en la calle. A pesar de haber ganado mucho más de lo que había previsto con aquel asunto se sentía estafado, como si una oportunidad de oro se le hubiera escurrido de entre los dedos. ¿Qué fortuna o qué secretos había tras las llaves? Demasiado tarde. Nunca lo sabría.

«Nunca» fue, en realidad, un mes.

Estaba viendo las noticas. Se mantenía escéptico e indiferente ante los inevitables cuchicheos acerca de la primera prueba de vida extraterrestre, se burlaba del frenesí de los medios ante el asunto y no prestaba ninguna atención a la cobertura exagerada que le daban.

Hasta ese momento.

Contempló incrédulo la imagen supuestamente perteneciente a un artefacto alienígena. Tomada contra un fondo neutro, la foto no daba idea alguna de tamaño o proporciones, pero Carl supo nada más verlo que era pequeño. Una efigie de algo que parecía un búho en cuclillas con ojos rojos.

La presentadora, rubia, muy pintada y efusivamente explosiva, explicaba que su excéntrico propietario y descubridor no confiaba en los medios habituales de seguridad, así que había guardado aquel valioso objeto en su llavero mientras esperaba el resultado de las pruebas, que no tardaron en confirmar su origen extraterreno. Inspirada, desempolvó un cúmulo de florituras retóricas y entonó un canto lírico acerca del potencial del objeto para abrir nuevos mundos mientras lo calificaba de «la llave del futuro.»

Carl apagó el televisor. Se quedó así varios minutos, sin hacer otra cosa que mirar la pantalla vacía.

PostScriptum

He tenido la suerte de colocar cuatro relatos en la publicación científica Nature. *Este fue el primero, publicado en su número de agosto de 2006, y el más reciente es «En el candelero», que salió en mayo de 2016.*

La inspiración para «La llave» surgió una noche más bien tarde mientras volvía a casa en coche con la radio encendida. El locutor explicaba que, tras un robo, lo que más le había afectado era la pérdida de su llavero a causa del valor sentimental de los distintos adornos que llevaba.

Las lista de autores aparecidos previamente en la sección de ciencia ficción de Nature *es un* Quién es quién *de lo mejor de los autores del género y por aquel entonces no aceptaban originales no solicitados; solo publicaban por invitación. Escribí «La llave» el día después de oír el programa de radio y conseguí encajarlo por los pelos en el estrecho margen de palabras de* Nature *(de ochocientas cincuenta a novecientas cincuenta). Luego, sin encomendarme a Dios o al diablo, lo envié y crucé los dedos. El editor de narrativa de la revista, Henry Gee, aceptó el relato una semana más tarde.*

Todo esto pasó pocos meses después de que decidiera dedicarme en serio a la literatura, así que conseguir colocar un relato en un medio tan prestigioso fue un acicate extraordinario. Que más tarde fuera seleccionada para una de las antologías de «lo mejor de» editada por Tor bajo el título de Futures From Nature *fue la guinda del pastel.*

LOS FANTASMAS DE LA MAQUINA

Desperté con un sabor de boca espantoso. Eso fue lo primero de lo que me di cuenta... y también de que mi lengua parecía gigantesca y estaba recubierta de una capa repugnante y babosa. Bueno, también de que la cabeza me palpitaba como si dentro hubiera un batería entusiasta empeñado en remarcar con redobles cada latido de mi corazón.

Los párpados se me resistían. Se empeñaban en mantenerse cerrados y solo se abrieron al cabo de un rato y a regañadientes.

¿Dónde demonios estaba? En realidad la alusión diabólica parecía particularmente adecuada. Estaba a oscuras, me sentía sucio y hacía un calor bastante molesto, características típicas de la morada de Satán. Me puse en pie. Dicho así suena dinámico de narices, pero en realidad lo que hice fue arrastrar y tirar de un cuerpo desobediente hasta que dejé de estar boca abajo y conseguí una aproximación razonable a la posición sentada.

Los pensamientos y los recuerdos no me llegaban de un modo continuo, sino en fragmentos desordenados: beber, acoplarse, estar con los colegas, Gella; instantáneas recicladas del pasado reciente que no parecían tener la menor conexión entre sí. Hasta aquellos recuerdos que en apariencia estaban conectados aparecían aislados y medio rotos, y se negaban a relacionarse con los demás como si fueran polos magnéticos del mismo signo.

Me rendí con la esperanza de que si lo dejaba estar, todo se asentaría por sí mismo poco a poco de un modo coherente. Poco a poco. En algún momento.

Lo que estaba claro era que había pillado una cogorza lo bastante grande para no poder manejarla. Vamos, que estaba borracho de narices, lo que implicaba que averiguar dónde estaba y cómo había llegado allí iba a ser, como poco, difícil. Aunque pensándolo bien, me habría costado trabajo incluso sobrio.

Había algo que apestaba a alcohol. Era yo. Me sentí mojado y comprendí que la parte de la chaqueta sobre la que había yacido estaba empapada. Me la quité y los restos destrozados de una botella cayeron del bolsillo. Whisky escocés. ¿De dónde narices había sacado una botella de whisky de cristal? Y parecía bebercio del bueno, vista la pinta de la etiqueta.

Me las apañé para ponerme en pie, me froté los ojos y eché un vistazo a mi alrededor.

Parecía una especie de sótano. Bajo tierra, eso fijo. Bastante grande y sucio de narices. En el techo había tubos de luz cada cierto trecho; tenían un aspecto antiguo, como si llevaran siglos encendidos sin que nadie les prestara atención. Daban bastante menos luz de lo que parecía y se perdían en la distancia en todas direcciones, aunque mi campo de visión estaba obstruido por diversos bloques de gran tamaño cuya función se me escapaba por completo. ¿Contenedores, máquinas? Como fuera, la capa de polvo que tenían era considerable. A lo mejor aquello explicaba también que la luz fuera tan tenue, seguramente los tubos estaban cubiertos de polvo y de mugre.

Si era maquinaría, ¿para qué servía? ¿Funcionaría todavía? Había algo que sí que funcionaba, a juzgar por el monótono ruido de fondo, una vibración que lo llenaba todo, más que un verdadero sonido. Al principio pensé que estaba en mi cabeza, un efecto más de la borrachera, pero me di cuenta de que la fuente era externa. El ruido indicaba que se estaba usando algún tipo de energía, pero ¿para qué?

El calor era sofocante y al aire apenas se movía.

Eché a andar, o más bien arrastré los pies sin molestarme en elegir una dirección y sin un verdadero objetivo en mente; simplemente quería ir a alguna parte, donde fuera.

Poco a poco mi mente iba filtrando el alcohol y los pensamientos empezaban a fluir y a tener cierto sentido a medida que mi subconsciente luchaba por interpretar qué estaba pasando.

En realidad no estaba asustado, sino más bien… perplejo.

Gella. Ese nombre se convirtió en un foco, en la semilla alrededor de la cual los pensamientos empezaron a cristalizar y a estructurarse.

Veamos. Gella y yo nos acoplábamos aquel fin de semana e íbamos a firmar el contrato en un par de días. Lo cual acojonaba un poco.

Nunca antes había vivido con otra persona. Bueno, con mis padres, pero eso no cuenta. Aquel iba a ser mi primer acople y era un paso serio.

Hasta entonces la chavalas habían sido algo pasajero. Unos días en mi casa, una semana en la suya, pero algo transitorio, rolletes cómodos y de poca duración. Cuando la cosa se enfriaba o la pasión se apagaba o nos aburríamos el uno del otro siempre podíamos volver cada uno a nuestra casa y listo.

Acoplarse era distinto; la aceptación mutua de que queríamos compartir tiempo y lugar.

Al principio lo de acoplarse empezó de un modo accidental, sin formalidades, pero con los años se había ido volviendo más serio. Supongo que era inevitable. Quiero decir, dos personas que vivieran juntas sin ningún contrato de por medio eran una invitación al desastre. Las implicaciones legales de la inevitable separación serían espantosas: traje todo esto conmigo, pero lo usa ella casi siempre; ella trajo aquello otro, pero lo he llegado a considerar mío. Y no hablemos de todo aquello que la pareja ha adquirido conjuntamente. Intenta averiguar quién tiene cuántos derechos sobre qué. Imposible, a menos que establezcas esas cosas por adelantado, de ahí los contratos.

Avanzaba, aunque no tenía la menor idea de dónde estaba y me limitaba a seguir la dirección de dos viejas tuberías que pasaban sobre mí, su silueta interrumpida de tanto en tanto por los robustos soportes que las sujetaban al techo. Dejaba atrás una masa amorfa de aspecto enorme solo para encontrarme con otra más en el siguiente tramo, cada una indistinguible de la anterior. Cada vez estaba más convencido de que se trataba de maquinaria, aunque se me escapaba su propósito y estaba cubierta de una capa demasiado espesa de mugre y porquería para ponerse a averiguarlo. Bueno, para que lo investigara yo, al menos. Por lo demás, seguía sin tener miedo.

Welcome to the Machine... Una canción pegadiza se adueñó de pronto de mi mente; había estado de moda hacía un par de meses. Robada, como de costumbre, de los tiempos antiguos; desempolvada, retocada y copiada por algún optimista que la lanzó como si fuera nueva.

¿Originalidad? ¿Quién la quiere?

Estaba empezando a divagar. Sí que la había pillado buena.

Pero el acople era importante. Sí, por eso estaba por ahí, celebrando... emborrachándome... pillando una buena curda. Con los colegas, claro. Sí, colegas a los que les pareció de perlas hacerme esto, tirarme sabe Dios dónde para ver mi reacción.

Ja, ja.

Intenté llamarlos.

—Hola. —Si esperaba un eco, no hubo ninguno. Fue como si el silencio y la vastedad del lugar se tragaran mi voz.

Empezaba a cabrearme un poco. Seguía sin tener miedo, pero me... me aburría, supongo.

Seguro que para mis colegas la situación era carcajeante, pero para mí era un coñazo. Dar vueltas en medio de la penumbra, sin la menor idea de adónde iba, sin saber si aquella era la dirección correcta o no, o si daría lo mismo ir para un lado que otro... Y encima estaba empezando a pasárseme la curda. Vamos, gracioso de narices, claro que sí.

—¿Jezz? ¿Alan? —Nadie respondió—. Venga, tíos, que me está entrando sed. Vamos a otro bar.

Estaban dejando que me cociera en mi jugo y lo hacían a propósito. Seguro que se lo estaban pasando de miedo. Pero a mí ya no me hacía ninguna gracia.

Me detuve y probé a gritar de nuevo:

—¿Jezz? ¡Venga, coño, ya está de bien de tonterías!

—¿Con quién hablas?

Pegué un salto al oír aquella voz junto al codo. A mi espalda había un anciano.

—¿Qué coj...? ¿De dónde has salido?

Sería de mi estatura y vestía una prenda anodina y marrón, una especie de delantal que lo envolvía por completo. No era el último grito, desde luego, y no creo que lo hubiera sido nunca. Me pareció un... sí, un monje. No sé de qué recóndito rincón de mi mente surgió esa idea.

—De aquí. Aquí es donde vivo —dijo sin más.

—Y «aquí», ¿qué narices es? ¿Dónde estamos?

—Debajo. Dentro. Entre.

Genial; viejo, misterioso y encima críptico.

—¿Eh?

No, aquella no iba a estar entre mis conversaciones más agudas.

—Bajo la superficie, dentro de la máquina, y entre los olvidados y el presente —dijo con paciencia, como si hablara con un niño. Como si lo que acababa de decir explicara gran cosa—. Imagino que eres de Arriba.

—Eh... bueno... supongo...

—De la Ciudad. Arriba.

—Sí.

—¿Qué haces aquí?

Toma preguntaza.

—Es una larga historia. ¿Quién eres?

—Soy el encargado, por supuesto.

Claro, hombre.

—¿Y de qué te encargas?

—De todo esto —dijo mientras señalaba a su alrededor.

—Y esto... ¿qué es?

—La Máquina. —Supongo que vio mi cara de incomprensión—. ¿No sabes nada de la Máquina, de cómo provee para la Ciudad? —Meneé la cabeza—. Se ocupa del agua caliente y del agua fría, del aire acondicionado, las comunicaciones, el transporte, la energía para las luces, la síntesis, el entretenimiento, la comida... ¿Nunca te has preguntado de dónde viene todo eso?

Otra preguntaza.

—La verdad es que no. —Me había limitado a asumirlo.

—La Máquina es la Ciudad y la Ciudad es la Máquina. Pero ¿qué os enseñan hoy en día?

Por lo visto, no gran cosa.

—Así que esta Máquina hace funcionar la ciudad.

—Exacto. —Chasqueó los dedos, impaciente—. ¿Has visto alguna vez en tu maravillosa ciudad una fábrica, o cualquier tipo de industria, ya que estamos?

Meneé de nuevo la cabeza. ¿Qué narices era una fábrica?

—No, claro que no. Puede recrear cualquier cosa, ¿sabes? La Máquina puede crear una copia perfecta de cualquier cosa almacenada en sus bancos de datos... lo que viene a ser cualquier cosa que alguna vez haya existido.

De pronto se me quedó mirando fijamente.

—No perteneces a este lugar.

Eso sí que no se lo iba a discutir.

—Sígueme.

Con esa abrupta orden echó a andar en cierta dirección a un ritmo tan rápido que me casi me obligó a correr para mantener el paso.

Nos envolvía un silencio nada agradable y sentí la necesidad de preguntarle algo, aunque no tenía la menor idea de qué.

—¿Llevas aquí mucho tiempo?

Trillado, a la altura de «¿vienes mucho por aquí?», pero mejor que el silencio, en todo caso.

—Más de lo que imaginas.

Di la conversación por perdida y me concentré en seguirlo, con la esperanza de que me devolviera a la superficie pronto, donde esperaba encontrar compañía un poco más amistosa. Fue en ese momento cuando noté algo extraño en mi reticente guía. Con cada paso que yo daba, deshacía la capa de polvo que alfombraba el suelo, así que dejaba un claro rastro de pisadas, mientras que el paso del Encargado no dejaba huella alguna.

Lo que me salvó de considerar las implicaciones de aquello fue que, al parecer, habíamos llegado a nuestro destino. El Encargado se detuvo.

—Aquí estamos —dijo con una sonrisita.

El sitio elegido era idéntico a cualquier otro. No habíamos llegado a una pared ni habíamos alcanzado ninguna estructura, no había escalera ni ascensor, ni siquiera una escala. Miré al techo, en el que no había agujero alguno y que no me dio ninguna pista. Aquello era absurdo.

—¿Cómo se supone que voy a volver a la superficie desde aquí? —pregunté.

—¿La superficie? ¿Quién dijo nada de la superficie? Ya te lo dije, este sitio está «entre». A veces la gente lo cruza, pero solo en una dirección. Nadie va hacia arriba.

—¿Qué quieres de...? —empecé a preguntar.

De pronto, el suelo se retiró bajo mis pies. La caída fue tan inesperada que supongo que grité. Di contra una superficie metálica, una especie de tobogán de alguna clase; una pendiente pronunciada y brillante contra la que aterricé sin la menor posibilidad de frenar o parar mi caída. Giré hacia un lado y traté de mantener los pies delante.

El caótico viaje terminó tan rápido como había empezado, pero no antes de que se me revolviera el estómago y me convenciera de que iba a morir. De pronto sentí que había frente a mí un espacio abierto mientras la desembocadura del tobogán me escupía y caía en algo blando sobre lo que medio reboté medio me deslicé hasta dar con una superficie más dura y estamparme con fuerza contra una pared.

Durante un bien reato me limité a quedarme quieto mientras recuperaba el aliento y daba gracias por seguir con vida.

Luego empecé a fijarme en lo que me rodeaba. Mientras intentaba sentarme mis dedos se agarraron a la pared, hecha de ladrillos desgastados y cemento desconchado y cubierto de polvo. Un hilillo de agua descendía por la pared opuesta, húmeda y manchada de limo. A mi espalda había un montón de basura, una pirámide de bolsas negras, cubos de basura y detritus rezumante que era donde había aterrizado. Muchas de las bolsas estaban rotas, mudos testigos de mi llegada. Un solo foco y una parrilla de cromo oxidado que tal vez en algún momento habían pertenecido a algún vehículo sobresalían del montículo a la altura de la cabeza.

Estaba rodeado de olores insalubres y fétidos. La peste la de humedad y el agua estancada, el hedor acre del aceite y otras cosas bastante más desagradables impregnaban el aire capa tras capa y se combinaban para generar un telón de fondo omnipresente, el equivalente olfatorio a un papel pintado rancio.

Oí más que ver algo que se agitaba en la montaña de basura y sentí el agua goteando a un ritmo cansino no muy lejos. Todo sonaba deformado y apagado; cuando me llegaba algún sonido era como si no oyera más que el eco.

En todo caso era de noche, aunque lo cierto es que en aquel mundo subterráneo y extraño era difícil imaginar que fuese de día alguna vez. Las únicas fuentes de iluminación parecían ser las dos lámparas en la pared a mis espaldas, que daban a un callejón sin salida y soltaban una luz insípida e insuficiente.

Cuando me puse en pie me dolía todo el cuerpo, pero no parecía que me hubiera roto nada, así que me alejé cojeando de la pila de basura.

Pegada al suelo, una sombra se escurrió a mi paso y se desvaneció bajo lo que quizá era el hueco de una escalera. No tenía ni idea de qué tipo de animal era, ni el menor deseo de averiguarlo. Sentir aquellos ojos clavados en mí me obligó a acelerar el paso tanto como mi cuerpo magullado lo permitía.

El zumbido de fondo de la maquinaria sonaba más alto que en el piso del Encargado y se volvió más intenso y su tono sonó más duro y afilado al doblar la esquina y ver lo que parecía una calle al fondo del pasaje.

Estaba mejor iluminada que este por varias filas de farolas a ambos lados del camino, muchas de ellas parpadeantes y otras completamente apagadas. Su brillo errático y ambarino no ayudaba a hacer menos fantasmagórico lo que me rodeaba.

Me detuve a la salida del pasaje y oteé con cuidado a cada lado. Algo más allá, en la calle, se veían varias personas, un buen montón de ellas en realidad; hombres y mujeres, pero ningún niño. Estaban a ambos lados del camino, en fila de a dos o de tres, como si esperasen algo.

Nunca he visto nada tan escalofriante. Todos vestían de un modo similar; llevaban pantalones anodinos y camisas y camisetas, siempre en diferentes tonos de gris, blanco, negro y marrón, ni un solo color vivo. Pero lo más espeluznante de todo eran las conversaciones que mantenían.

Ninguna.

Ni hablaban ni reían ni gesticulaban ni se veía la menor comunicación entre ellos. Serían cien o más, simplemente de pie en silencio. Lo único que no les hacía parecer estatuas era que ocasionalmente desplazaban el peso de un pie a otro o movían ligeramente la cabeza.

Fui consciente de un nuevo sonido, una vibración distante que parecía estar acercándose. Me eché hacia atrás y me agaché, intentando volverme lo más diminuto posible.

El sonido se hacía cada vez más fuerte, como si algo corriera a toda velocidad en mi dirección. Oí clics y clacs, el chirriar del metal con el metal y el profundo rugido de algo que era arrastrado acompañado de siseos y crujidos. Una sinfonía caótica que anunciaba una amenaza mecánica. Estuve a punto de volver corriendo por donde había venido, pero la curiosidad acerca de lo que producía aquel sonido inconcebible fue más fuerte.

Una gigantesca serpiente metálica apareció de repente, me pasó de largo y enfiló hacia la multitud. Un tren o quizá un tranvía que corría a lo largo de la calle sobre raíles que hasta entonces no había visto. Estaba compuesto de tres segmentos articulados, seguramente vagones, y era de un color gris apagado y uniforme, sin adornos ni aditamentos. También estaba cubierto de tierra; no del polvo producto del abandono que había visto en el piso del Encargado, sino más bien las salpicaduras de tierra y barro producto del uso frecuente y de la limpieza poco habitual.

El tren se sacudió y se detuvo, silbando y suspirando como si estuviera recuperando el aliento. Todas las puertas se abrieron a la vez y la multitud expectante entró como un solo hombre. Nadie salió. Las puertas volvieron a cerrarse y la enorme serpiente gris arrancó, crujiendo y protestando mientras ganaba velocidad. El proceso, que llevó unos pocos segundos, parecía espeluznantemente clínico y eficiente.

El tren siguió su camino calle abajo, lejos de mí, en dirección a la mole enorme de un edificio que apenas conseguí ver a lo lejos. De hecho, lo veía tan solo porque al parecer generaba su propio halo de luz, que salía de ventanas y otros huecos. Los elevados tubos de las chimeneas apuntalaban el edificio y de sus cimas surgían nubes de humo o vapor, visibles gracias al resplandor parpadeante que las acompañaba, como si en la base de las chimeneas hubiera llamas. Supuse que aquel era el destino del tren y que allí llevaba su cargamento humano. Sin saber por qué una palabra que había aprendido del Encargado me vino a la memoria: fábrica.

Algo me tocó en el hombro y el contacto repentino me hizo saltar hacia la calle. Me di la vuelta y me di de bruces con un tipo mugriento de aspecto abatido. Las ropas andrajosas y el desaliño del pelo y la barba que enmarcaban un rostro marchito contrastaban con fuerza con la meticulosa pulcritud de la gente que había subido al tren unos minutos antes, igual que contrastaba lo animado de sus movimientos. Solo entonces me fijé en sus ojos y vi que no tenía. Su piel, de las mejillas a la frente, era una única superficie, sin rastro visible de costuras o cicatrices.

Retrocedí instintivamente y luego me di cuenta de que estaba siendo maleducado.

—Lo siento, me has sobresaltado.

Me sentí tonto al decirlo, pero él no respondió, aunque su rostro apuntaba sin duda en mi dirección y me miraba con el rostro vacío, si es que se puede decir así. Sus fosas nasales se contraían y expandían casi con frenesí. ¿Me estaba olfateando? ¿Me oía? ¿O usaba una combinación de ambos sentidos?

Aquella inquietante parodia de humanidad me perturbaba más de lo que estaba dispuesto a admitir, así que decidí irme y, con toda la dignidad que pude reunir, eché a andar por la calle en la misma dirección que el tren.

Me detuve a los pocos pasos.

Frente a mí empezó a aparecer gente. A solas o en parejas se hicieron visibles a medida que salían de entre los edificios o subían por las escaleras bajo el suelo. Era como si hubieran estado escondidos y no se hubiesen atrevido a asomarse hasta que sus sombríos hermanos capaces de ver se hubieran ido.

Eran todos como el viejo, vestidos con harapos, con movimientos cautos y furtivos y sin ojos.

Uno ya había sido bastante inquietante. Verme rodeado de una turba de aquellas criaturas extrañas y salvajes fue demasiado para mí. Tenía la sensación de haber caído en la pesadilla de otra persona, en la que carecía de puntos de referencia o de control.

Salían de todas partes. El único lugar seguro parecía el pasaje del que había salido, así que di media vuelta y retrocedí sobre mis pasos, dándome toda la prisa que podía aunque el miedo convertía mis piernas en algo débil y temblequeante.

El viejo aún estaba allí. Alzó el rostro de la que me acercaba, con los labios curvados en lo que parecía más un gruñido que una sonrisa. Cuando estuve lo bastante cerca me agarró del brazo con aquellos dedos de uñas larguísimas. Nunca había estado tan asustado en toda mi vida, ni tan alerta, y estaba preparado para recibirlo. Lo esquivé de la que se lanzaba a por mí, de modo su garra solo dio con la manga de mi camisa, que se desgarró cuando tiré de ella. Las uñas dejaron marcas en mi piel, que empezó a sangrar, pero me había librado de él y no dejé de correr.

A mis espaldas se oyó un grito ululante. Era lo primero oía salir de una garganta humana desde que había llegado allí y no sonó nada humano, en realidad. Totalmente aterrado, corrí como si mi vida dependiera de ello y olvidé cualquier dolor o herida por completo.

Al girar la esquina llegué junto a la pila de basura al final del callejón sin salida. Espoleado por el ruido de pies que corrían tras de mí, no dudé ni un instante y salté en esa dirección. Escalé y me abrí camino hacia la cumbre, sin importarme las bolsas rotas, la podredumbre y la mugre o el hedor que me rodeaba.

Por suerte alcancé la cima, pero solo para verme frente a una pared de ladrillos, aunque si me estiraba podía alcanzar su extremo superior. Sentí que el inestable montón bajo mis pies empezaba a desplazarse y me di cuenta de que corría el riesgo de hundirme entre los detritos de la base, así que me agarré desesperadamente con ambas manos al borde y me impulsé como pude hacia arriba, hasta que me aupé por la pared medio desmoronada.

Jadeante y aterrado me dejé caer sobre el techo plano y contemplé a la docena de criaturas que se arremolinaban abajo. Quizá se movieran como hombres, pero era incapaz de pensar en ellos como humanos. Más bien parecían una manada de animales en busca de una presa, zarandeándose y merodeando junto a la base de la pila de basura, tratando de buscar una forma de subir, sin que sus rostros ciegos se apartasen de mí ni por un instante.

—Soy forastero —dije—. Lo único que quiero es volver a mi casa.

Lo único que consiguieron mis palabras fue espolearlos. Dos de ellos saltaron hacia la basura y empezaron a trepar en mi dirección.

Desesperado, miré a mi alrededor buscando un modo de escapar. Lo primero que vi fue la boca bostezante del tobogán que me había escupido hacía un rato. Salía de una pared rocosa que al nivel del suelo no podía verse. Estaba completamente fuera de alcance y, en todo caso, la memoria me decía que su superficie era demasiado lisa y vertical para pensar en subir por ella.

Solo entonces vi la escalera, un estrecho tramo de metal grisáceo que subía por la pared y que era casi invisible en la penumbra. Eché a correr al darme cuenta de que llegaba hasta la repisa en la que estaba y se extendía más allá del inicio del tobogán para desaparecer en las tinieblas.

Genial. ¿Dónde están los ascensores cuando los necesitas? Estaba agotado y las rodillas me temblaban solo de pensar en seguir escalando. Pero el sonido de las garras que escarbaban en mi dirección me dio nuevas fueras y empecé a subir por la escalera sin pensármelo.

No tenía ni la menor idea de cuánto tiempo duraría aquello y pasado un tiempo todo se convirtió en un borrón de esfuerzo interminable. Tarde o temprano, me decía, la escalera empezaría a vibrar a causa de la presencia de los otros y oiría el ruido que hacían al perseguirme, pero no pasó nada. Cuando reuní el valor suficiente para mirar hacia abajo me di cuenta del error que acababa de cometer, al comprobar lo alto que estaba, muy por encima no solo del suelo sino de los tejados de los edificios. Estaba muy lejos del tobogán o incluso de los lejanos tubos de las chimeneas y pude ver con más claridad el rabioso fuego que había en su interior; salvaje, rojo, titilante en la oscuridad como un corazón que se desangrase.

Seguí subiendo, cada vez más a oscuras a medida que la luz de abajo quedaba más lejana. Pero mientras mis ojos se ajustaban a la penumbra me di cuenta de que no estaba del todo a oscuras. Cierta vegetación en la superficie de roca a mi alrededor, que luego supuse que debían de ser líquenes, resplandecía débilmente con su propia luminiscencia. Diversos tonos de negro y gris, finamente delineados, dieron forma a lo que me rodeaba.

Descansé varias veces y debo de haber dormitado una o dos, agarrado a la escalera que se había convertido en todo mi universo. No durante mucho tiempo, me dije. Estaba decidido a llegar a la cima antes de que me fallaran las fuerzas.

Llegué por sorpresa. De pronto no había más peldaños a los que agarrarse y caí sobre una superficie plana mientras los músculos se quejaban, exhaustos. Resultaba tentador quedarse allí tumbado y dejar que el sueño me venciese, pero seguía teniendo demasiado miedo de que me atrapasen aquellos humanos salvajes de la ciudad subterránea. Tras unos instantes me obligué a mí mismo a ponerme en pie y mirar a mi alrededor. Estaba en una plataforma construida sobre el lecho de roca y la lejana ciudad se extendía frente a mí, enmarcada en rojo y naranja, como si estuviera en llamas.

Había una puerta frente a mí, tan normal y prosaica que me resultó grotesca tras todo lo ocurrido. Se abrió en cuanto la rocé y entré tambaleándome en el calor opresivo de los dominios del Encargado.

Al despertar allí me había parecido un infierno, pero ahora todo había cambiado. Me di cuenta de que no era más que el purgatorio, el lugar intermedio, el limbo que separaba la ignorante ciudad de arriba del infierno que yacía a sus pies.

No queda mucho que contar. Seguí mi camino sin apartar la vista del techo, seguro de que tarde o temprano vería una forma de regresar al mundo que conocí.

Y así fue. Distinguí una grieta apenas visible sobre uno de los bloques informes que me rodeaban. Después de haber subido por un montón de basura y comida putrefacta, la mugre no me daba ningún reparo y no me costó nada trepar por el bloque en cuestión para examinar la grieta más de cerca. Solo entonces estuve seguro: había una especie de escotilla y me pregunté cuántas irregularidades semejantes habría cruzado sin verlas.

Varios frustrantes minutos pasaron mientras intentaba dar con un modo de abrirla, empujando y golpeando la esclusa. Por puro accidente pulsé un punto en su centro y la escotilla empezó a abrirse. El movimiento causó uno pequeña avalancha de agua que me hizo toser y maldecir mientras resbalaba por mi rostro vuelto hacia arriba.

Estuve punto de perder el equilibrio cuando la plataforma sobre la que estaba empezó a ascender y me llevó hacia la abertura recién descubierta. La temperatura descendió bruscamente mientras salía y no pude evitar un escalofrío. El frío y la repentina luz del día me hicieron llorar. Había vuelto a casa. Bueno, casi.

Llamé a Jezz, considerando que lo menos que podía hacer era recogerme y llevarme a mi piso. Trajo consigo a toda la pandilla y en unos minutos estaba rodeado de rostros conocidos, y todos trataban de hablarme a la vez.

Al parecer, tras terminar la ronda de bebidas, mis «amigos» me habían tirado a uno de los sótanos de la Máquina, del que Jezz lo sabía todo. No era de extrañar, Jezz presumía de saberlo todo. Había una salida justo sobre mí, en el sitio exacto donde desperté. Volvieron al club a por una nueva ronda, con la intención de regresar algo después y ver qué hacía al despertar. Pero para cuando volvieron ya me había ido.

—Intentamos dar contigo, pero aquello es enorme.

—No me digas.

—¿Cómo lograste salir?

Les hablé del Encargado y de la ciudad subterránea. Jezz meneó la cabeza.

—Ahí abajo no hay nadie. La Máquina se autorrepara y es inmortal. Siempre ha sido así. No necesita nadie.

—¿Y cómo explicas lo que vi?

Alan se echó a reír.

—¿Después de todo lo que trasegaste esta noche? Podrías haber visto cualquier cosa.

Jezz fue más práctico.

—Quizá fue cosa de la Máquina. Ya sabes que puede reproducir lo que quiera.

—Ya, pero ¿por qué?

Se encogió de hombros.

—¿Quién sabe? Pero, créeme, lo único que viste allí abajo eran los fantasmas de la máquina.

Ninguno me creyó y hasta yo mismo empecé a preguntarme si tendrían razón. Las emociones de la noche empezaban a desvanecerse y todo lo ocurrido tomaba la forma de un sueño remoto. ¿De verdad había atravesado diferentes capas de la ciudad o solo diferentes capas de una alucinación, quién sabe si de la locura?

Me fui a casa y me dejé caer sobre la cama en busca de un ansiado sueño reparador, pero mientras me iba quedando dormido me asaltó un pensamiento que me devolvió a la vigilia de golpe. El Encargado había afirmado que la gente solo viajaba en una dirección en su reino, que nadie volvía nunca arriba. Si eso era cierto, ¿sería porque nadie allí había lo había intentado jamás? ¿Acaso les había enseñado yo el camino a la superficie?

¿Qué pasaría si aquellas horribles y salvajes criaturas sin ojos encontraban el camino hacia la ciudad?

Años más tarde, en aquel terrible día en el que la muerte salió a borbotones de las alcantarillas y los pozos, de las trampillas en las calles y las brechas de las que nadie se acordaba, fui el único que no se sorprendió, aunque incluso yo lo había olvidado casi por completo, hasta el instante final y fatal en el que la Máquina se detuvo y las dos ciudades se fusionaron en una.

PostScriptum

Nunca he escrito un relato distópico, algo que se supone los británicos hacemos como nadie, así que decidí crear uno. Lo que acabó saliendo fue un cuento en el que el protagonista contempla por accidente lo que hay bajo la superficie de sociedad aparentemente utópica y tiene un atisbo de la oscura realidad que yace bajo ella.

Para que el contraste fuera más fuerte, intenté que el elemento utópico fuera vivaz, brillante y superficial, mientras que el mundo oculto es macabro, rasposo y deliberadamente anticuado; algo así como los Morlocks de Wells contemplados a través de los ojos del Erewhon *de Butler en un paisaje industrial dickensiano con una pizca de elementos grotescos para darle chispa. Espero que el resultado despierte un cierto sentimiento de nostalgia y tenga un regusto chocante, como un bombón recubierto de azúcar con corazón de cayena.*

MATA GUSA

La culpa es de George Foreman. De no ser por él no me habría metido en este lío. Aunque Sherri debería cargar con parte de la responsabilidad, con su eterna cantinela de «el dinero, cariño, piensa en el dinero...»

Pero por encima de todo hay algo impepinable: los avances científicos ya no son lo que eran.

Hubo una época en la que el científico era un individuo entregado y decidido, reacio a compartir su preciosa hipótesis a no ser que estuviera seguro de que había suficientes hechos comprobables que la apoyaran, y solo en ese momento enviaba el correspondiente artículo a una publicación científica de prestigio. Tras eso solo quedaba relajarse y esperar a que alguien reparase en él.

Y si reparaban en él y sus deducciones eran lo bastante originales o polémicas siempre habría alguien —más de uno, de hecho— dispuesto a repetir los experimentos con la esperanza de obtener resultados diferentes y rebatir las conclusiones, señalando así que la teoría no era sino fruto del descuido en los procedimientos o de la inexactitud de las observaciones. Incluso cuando fracasaban y su trabajo validaba el original, lo único que conseguía el científico era que otros se fijaran en ello e intentaran demostrar también que estaba equivocado.

Dicho en plata, era un proceso interminable e insufrible.

El mundo ha cambiado y se ha convertido en un entorno frenético e interactivo. En un lugar así, el proceso científico de verificación acaba quedándose tirado en la cuneta, pataleando inútilmente como la tradición anticuada y arrogante que es.

Cuando por fin realicé mi descubrimiento (y, creedme, no sabéis los años de trabajo duro, frustraciones, desesperación, rectificaciones y saltos intuitivos que implica esa simple palabra) me enfrenté a una decisión muy sencilla. O seguía el camino tradicional e intentaba conseguir la aprobación formal de mis colegas o encontraba una aplicación de mi descubrimiento que pudiera explotar comercialmente. Lo primero no me ofrecía la menor garantía de reconocimiento, al menos en vida, mientras que lo segundo contenía la posibilidad de hacer un montón de dinero relativamente rápido.

No había color. «El dinero, cariño, piensa en el dinero…»

Y ahí es donde entra George Foreman. No soy muy de deportes, pero hasta yo sé que George Foreman había sido un boxeador mundialmente conocido, El Que Retumba en la Jungla, ya sabéis, aunque no es por el boxeo por lo que lo recuerdo. No, es por la Parrilla «reductora de grasa» George Foreman. Cuando pienso en él no me lo imagino en pantalones cortos, con el torso musculado y cubierto de sudor mientras intercambia ganchos con Mohamed Ali, sino en camisa, corbata y delantal naranja, con una amplia sonrisa en el rostro mientras afirma que «Se puede tener una deliciosa comida aún más sana en cuestión de minutos» sin dejar de acariciar con cariño la tapa de una de sus parrillas patentadas.

El poder de la publicidad en estado puro.

Da la casualidad de que la cuñada del primo de Sherri es amiga del exfutbolista español Juan Mata. Tampoco soy hincha del fútbol, pero me acuerdo de Mata de cuando jugaba con el Chelsea y con el… creo que con el Manchester United. Sabía que había sido internacional con la Selección Española: ganador de la Copa del Mundo, de la Eurocopa, todo eso. Vale, sí, Mata no es George Foreman, pero viene con la etiqueta de Campeón del Mundo, aparte de que podía llegar hasta él con facilidad. Eso sin mencionar que su apellido encajaba a la perfección con el producto. Parecía cosa del destino.

Así que mi gente habló con su gente… Vale, Sherri habló con la cuñada de su primo y antes de que nos diéramos cuenta subíamos a un avión rumbo a España para hablar con Mata en persona. Era una persona de modales agradables, encantador y educado y me pareció bastante más inteligente de lo que esperaba de un futbolista.

Hicimos un trato y acordamos una tarifa que me podía permitir. Dicen que Russell Hobbs le pagó a Foreman ciento treinta y siete millones de dólares a cambio de usar su nombre en las parrillas. Fue una estrategia exitosa, por supuesto, pues la parrilla vendió más de cien millones de unidades durante los primeros quince años, pero yo no tenía tanto dinero. Por suerte Juan tampoco tenía tanto ego y se contentó con una suma mucho más modesta además de un porcentaje de las ventas.

Por desgracia, con eso me quedé sin blanca. Para conseguir que la cosa funcionara íbamos a necesitar apoyos importantes. La producción a gran escala y los anuncios de televisión no son baratos y que se nos viera en los medios era fundamental.

De nuevo Sherri vino al rescate a través de su ex, un tipo al que conocía desde hacía una eternidad. Nada más y nada menos que Marcus Worral, mega millonario siempre a la caza de nuevas oportunidades de aumentar su fortuna. Así que organizamos un encuentro.

Sabía que tenía una sola oportunidad. Había chapuceado un prototipo con el armazón de un viejo microondas; un poco tosco y muy provisional, pero funcionaba, que es lo único que importa.

Worral se sentaba tras el escritorio de su austera oficina y su mirada me decía a las claras que había accedido a verme solo por Sherri. Eso no le hizo el menor bien a mi autoestima, pero seguí adelante con la presentación, exactamente como habíamos ensayado.

—El Chef Creativo Mata Gusa revolucionará en todo el mundo el modo en que la gente come —afirmé—. Estamos a punto de convertir en redundante el cocinar y nadie va a volver a pedir comida a domicilio nunca más. El Mata Gusa es todo lo que cualquier familia necesita. Pero antes de seguir me gustaría ofrecerle una demostración.

Esa era la entrada para que Sherri diera un paso adelante y le tendiera un menú a Marcus.

—Es tan solo una pequeña muestra de lo que tenemos en mente —le expliqué—. A medida que vayamos creciendo la carta irá siendo más y más variada, hasta que podamos proveer una amplia variedad de menús online adecuados para todos los bolsillos y que abarquen cualquier nacionalidad, desde un curry a un asado, o desde una hamburguesa a la creación más elaborada que pueda encontrar en un restaurante con estrellas Michelin, esté donde esté.

Le pedí que eligiera algo. Tal como esperaba lo hizo con un plato de la parte más cara de la lista: lubina salvaje a la brasa con velouté de citronela servida en lecho de arroz integral y acompañada de un remolino de puré de brécol.

Confiaba por completo en nuestras posibilidades y sabía perfectamente que el proceso funcionaba, pero aun así mi mano temblaba mientras tecleaba la secuencia adecuada de números y le daba a «enviar». ¿Y si algo tan tonto como una conexión mal establecida o un enchufe mal conectado nos lo estropeaba todo?

No pasó nada. Pocos segundos después de que pulsase el botón, el Chef Creativo soltó un pitido, abrí la puerta y saqué un cuenco blanco en cuyo interior, elegantemente presentados, estaban el pescado y su guarnición. Sherri se lo sirvió a Worral.

—Tiene muy buena pinta —dijo, abandonando por primera vez su aire de hastiada suficiencia. Pinchó el pescado con los cubiertos que le tendía Sherri—. No huele nada mal. —Se llevó un trozo de carne blanca a la boca—. ¡Y sabe de miedo!

Tras esto pidió un sencillo plato de espagueti Pomodoro, del que dijo que estaba «muy, muy fresco, de lo mejor que he probado», seguido de unos huevos a la benedictina que le parecieron «perfectos».

Supe que lo tenía en el momento en que se levantó y empezó a pulsar él mismo las combinaciones numéricas.

—¿Podríamos hacer más corta la secuencia? —preguntó.

Sonreí.

—Con la variedad de platos que pensamos ofrecer, me temo que no.

Lo siguiente que eligió fue un chuletón poco hecho, que encontró «tierno y delicioso». Le aconsejé que lo acompañara de una sencilla ensalada verde con vinagreta suave y escamas de queso azul.

—¿En un microondas? —exclamó.

—No es un microondas —le dije un poco mosqueado. La comparación no me hacía mucha gracia.

—Ya me he dado cuenta, pero ¿qué demonios es?

—Es un sistema de entrega de comidas. Para esta demostración hemos empleado un pequeño ejército de chefs que han preparado una selección limitada de platos en las instalaciones que hemos alquilado al sur de Londres. Es caro, lo sé, pero cuando estemos a tope de producción la comida saldrá en cuanto esté emplatada. No se desperdiciará nada.

—Muy bien, pero ¿cómo llega la comida desde Londres?

Respiré hondo. Era el momento de la verdad.

—El Chef Creativo Mata Gusa es el primer transmisor de materia del mundo totalmente funcional.

—¿Cómo? Venga, no te quedes conmigo.

—Hablo en serio. Lo hemos programado todo para que nuestros cocineros emplatasen mientras hablábamos y lo tuvieran todo listo para enviarlo en cuanto lo solicitase.

—¿De verdad esperas que me crea que todo esto ha sido gracias a un... a un transmisor de materia? ¿Como en *Star Trek*?

Me encogí de hombros.

—Compruébelo usted mismo. El Chef Creativo está sobre una mesa que nos ha proporcionado usted. Usted mismo ha elegido un plato y lo ha sacado y probado sin que ni Sherri ni yo tocásemos nada... ¿De dónde cree que viene la comida? ¿Dónde piensa que podría estar escondida? El Chef es algo es poco más que una carcasa. No hay ningún sitio donde pueda esconder la comida.

Meneó la cabeza, alzó el prototipo, miró debajo, pasó las manos por la parte posterior y examinó el interior.

—No puede ser. Tiene que ser un truco.

—No lo es, Marcus, créeme —dijo Sherri.

—Desde el punto de vista del cliente no es comida rápida, sino instantánea —añadí.

Tras media docena más de demostraciones (uno de sus favoritos fueran las fresas marinadas con miel silvestre a la pimienta negra, migas de fresa liofilizada y panacota de fresa) quedó convencido por fin.

—Una vez eliminamos lo imposible...

Suspiró.

Sherri y yo salimos de allí con todo lo que queríamos. Aún teníamos pendiente la redacción de los contratos y había detalles que pulir y términos que definir, pero el acuerdo básico estaba en orden y lo sellamos con un apretón de manos.

Lo último que Marcus dijo de la que salíamos fue:

—¡Increíble!

Tenía razón, aunque no sabía de la misa la media. Todo lo que le había contado era una patraña.

Hay que decir en favor de Marcus que no perdió el tiempo. Las cosas empezaron a marchar enseguida. En cuestión de días habíamos formalizado la relación, teníamos instalaciones y equipamiento y un batallón de abogados se dedicaba a proteger nuestro producto con más patentes que una aspiradora Dyson. Mientras tanto me ocupé de ultimar ciertos detalles que atañían mi propia protección, como asegurarme de que si alguien intentaba forzar el Chef Creativo, la circuitería se fundiera y derritiese. No tenía miedo de la competencia porque sabía que no iba a existir tal cosa.

Se encargó a un equipo de diseñadores que remodelaran la apariencia del Mata Gusa, pues queríamos alejarnos lo más posible de cualquier parecido con un microondas. La apariencia final aún me encanta. Disponible en una amplia gama de colores, el Chef Creativo cuenta con una base en forma de rombo de esquinas redondeadas, nada de bordes afilados, un teclado retroiluminado táctil en el frente y, sobre la base, una esbelta y alta cúpula que se retrae cuando el plato está listo. Ese último detalle es un toque maestro, pues refuerza la idea de que te están sirviendo la comida.

Sherri se encargó de la contratación y empezó por Jan Reeder, una gestora de proyectos que sabe lo que se trae entre manos y se ha convertido en indispensable. Sin Jan nunca habríamos podido cumplir los plazos.

Los siguientes ocho meses pasaron antes de que nos diésemos cuenta, pero para entonces ya estábamos listos para traer a Juan Mata de España y rodar los anuncios.

Trabajar con Juan fue una gozada y la cámara lo adoraba. Su sonrisa fácil y su excelente dominio del inglés (el ligero acento español le daba un toque exótico que acentuaba su encanto) ayudaron a que las cosas fueran como la seda. Quizá los chavales que entraron al cierre en la cocina eran actores contratados. ¿Y qué? El público no lo sabía y el resultado fue un spot publicitario cálido y acogedor que rezumaba sinceridad y sugería que el Mata Gusa era un elemento esencial para cualquier familia moderna y feliz. Perfecto.

Poco más de catorce meses después de nuestra decisiva entrevista con Marcus estábamos listos. En muchos aspectos, había sucedido tanto en aquel periodo que era como si hubieran pasado años y, al mismo tiempo, era como si no hubiera transcurrido ni un día.

Nunca olvidaré aquella tarde en que Sherri y yo nos sentamos a ver el primer anuncio que se emitía. Ya estaba. La suerte estaba echada.

¿Y qué era lo que estábamos lanzando al mercado realmente? En primer lugar el Mata Gusa está disponible en una amplia gama de colores y tamaños, de modo que se ajusta a las necesidades tanto de familias numerosas como de las más pequeñas, con un rango de precios acorde a los distintos bolsillos. Por supuesto, comprar el Chef Creativo es solo el principio de la inversión, pero el sistema se amortiza por sí solo y ahorra no solo dinero, sino tiempo y esfuerzo; algo que nos habíamos asegurado de que quedase bien claro en los anuncios.

El principio no puede ser más simple. Compras el Mata Gusa. Cada unidad viene con un código que te permite registrarte online en el servicio de menús. Como parte del proceso de registro, debes introducir un número de tarjeta de crédito o de débito. Y una vez completado, no hay nada más que hacer.

El día del lanzamiento teníamos disponibles casi mil platos diferentes y desde entonces la selección ha ido creciendo. Cada plato tiene un precio y un código. Nuestros precios son muy competitivos, así que cualquiera que viva en una gran ciudad como Londres, París o Nueva York se ahorra una buena pasta; pero incluso aunque vivas en un pueblo pequeño es un buen negocio y no sentirás la menor tentación de encargar comida por medios tradicionales porque vaya a ser más barata... o mejor. Podemos igualar o incluso mejorar cualquier oferta. Los menús pueden adaptarse a tus necesidades y organizarse de diferentes modos; por nacionalidades (comida china, india, griega, italiana, tailandesa, mejicana...), por un componente específico, por la elaboración, por el precio... Hemos diseñado el sistema para que sea completamente amistoso con el usuario. Basta con hacer una selección y teclearla en el Mata Gusa, tras lo cual se carga el importe a tu tarjeta y una vez la transacción se ha confirmado, ¡tachán!, la comida se te entrega de forma instantánea, tan fresca y deliciosa como desees.

Los pedidos iniciales superaron nuestras expectativas. Las unidades volaban de las estanterías y todo el stock que habíamos fabricado en previsión de un lanzamiento exitoso desapareció en cuestión de días. Tuvimos que activar los planes de contingencia que habíamos creado con vistas a una expansión: compramos una docena más de instalaciones, contratamos un ejército de profesionales e incrementamos la producción de forma masiva... y aun así llegamos por los pelos. Empezó a haber largas listas de espera y, antes de que nos diéramos cuenta, los Mata Gusa se vendían en Ebay por más del doble del precio de mercado.

Nos hicimos millonarios de la noche a la mañana. «El dinero, cariño, piensa en el dinero.»

Todo lo que le predije a Marcus en aquella presentación se cumplió. Revolucionamos el modo en que la gente comía y las ramificaciones del asunto fueron considerables. Los restaurantes se quedaron vacíos, los locales de comida para llevar cada vez se usaban menos y hasta los supermercados sufrieron un enorme descenso en las ventas. No pasó mucho tiempo antes de que el mercado empezara a replegarse y la reacción se produjo casi enseguida. Habíamos pillado al mundo comercial con los calzones bajados y nuestro vertiginoso éxito amenazaba a un montón de diferentes personas unidas en la adversidad. Fueron los críticos de cocina y los economistas los primeros en ir contra nosotros, afirmando que nuestro producto amenazaba con desestabilizar la economía de todo Occidente. Los políticos discutieron en el parlamento y los supermercados se enzarzaron en una guerra de precios como nunca se había visto... El Mata Gusa acaparaba titulares todos los días.

Lógicamente, todos los chefs del mundo nos odiaban. No solo por el impacto que causábamos en sus negocios, sino porque podíamos ofrecer buena parte de sus platos más reconocidos a una fracción infinitesimal del precio que ellos les ponían.

—Claro que no me siento amenazado —declaró un famoso chef en una entrevista—. Afirman que pueden preparar lo que sea. El resultado nunca será tan bueno como lo que yo hago sencillamente porque no lo habré preparado yo.

No tenía ni idea.

Nos llevó poco más de un año conseguir que el primer chef famoso viera la luz. Primero uno, luego otro y, en un parpadeo, más de una docena accedieron a dejar de denunciarnos y a preparar platos en exclusiva para el Mata Gusa. En lugar de abrir un nuevo restaurante con su nombre, cerrar un trato con nosotros se convirtió en la norma para los chefs más jóvenes y ambiciosos.

Hace tiempo que Sherri y yo dejamos de jugar un papel activo en el manejo diario de la empresa. Teníamos demasiados compromisos, pues éramos el rostro público del fenómeno Mata Gusa y estábamos continuamente asediados por los políticos, la realeza y los magnates de la prensa de todo el mundo. Nuestra vida se convirtió en un tiovivo interminable de entrevistas, apariciones públicas, funciones benéficas... y viajes. Sherri se tomó esta nueva vida como si fuera un alcatraz en un bufé gratuito de pescado y cambió de aspecto de un modo drástico. No me malinterpreten, siempre fue una mujer atractiva, pero ahora iba siempre acompañada de un séquito de estilistas, consultores de imagen y asistentes. Entre todos la transformaron en un icono glamoroso de la moda y confieso que no me importa que sea a ella a la que siempre piden primero una entrevista. Su perfume, *Chérie de Sherri*, es el más vendido con diferencia y era inevitable que acabará lanzando una línea de ropa femenina sofisticada, que se presentará por todo lo alto en la próxima semana de la moda de Londres.

En cuanto a mí, me basta con que me invite a cenar gente que unos años atrás ni me habría dado la hora.

No era raro que un anfitrión, sin importar lo elevado de su estatus, se deleitara en contarme que la impresionante cena de la que estábamos disfrutando había sido preparada con mi propio Chef Creativo.

—Pero el vino no, claro —me dijo un ministro del gobierno no hace mucho.

—Aún no —respondí.

Su sonrisa se desvaneció.

—¿Quiere decir...?

—Será nuestro próximo producto —le dije, casi en un susurro—. Lo estamos desarrollando ahora mismo, pero apreciaría que lo mantuviera en secreto. Aún no estamos listos para hacerlo público.

—Claro, claro —me aseguró—. Soy una tumba.

Salió en las noticias al día siguiente.

Siempre supe que no duraría, que la burbuja reventaría en algún momento, pero el modo en caímos me pilló totalmente por sorpresa, así como la velocidad a la que pasó.

Volvía de noche a casa de un acto benéfico. Era más bien tarde y estaba solo, pues Sherri tenía un compromiso en Milán. Cada vez parecíamos más dos barcos que se cruzan fugazmente.

Alguien me esperaba en la sala de estar. Vestía completamente de negro. Llevaba zapatos negros y traje negro y tenía un aspecto un tanto sombrío. Estaba a punto de hacerle notar que era un cliché ambulante y preguntarle qué demonios hacía en mi casa cuando todo se apagó de repente. Y quiero decir todo.

No tuve la menor sensación del paso del tiempo, o la impresión de que me hubieran drogado o llevado a algún lugar. Fue como si el mundo parpadease por un rato y de pronto me encontraba en una habitación blanca y anodina, sentado y no de pie, con una pequeña mesa blanca frente a mí y una silla blanca debajo... Y no podía moverme. No estaba atado a la silla ni sujeto físicamente por nada, pero por debajo del cuello el cuerpo no me respondía. Al otro lado de la mesa estaba mi secuestrador, el hombre de negro.

Empezó a hablar mientras intentaba comprender qué ocurría.

—Es usted Mathew Jupp, creador del Chef Creativo Mata Gusa y propietario de ChefCreativo SL, Reino Unido.

No era ninguna pregunta.

—Propietario del cincuenta y uno por ciento —le corregí.

Marcus tenía el cuarenta por ciento y Sherri el nueve restante. Ella había querido más, pero Marcus no se conformaba con menos y yo insistí en tener el control de la empresa. Además, aquel nueve por ciento convertía a Sherri en multimillonaria por derecho propio.

Dice mucho acerca de mi estado el que no me enfadara y exigiera enseguida una explicación ni insistiera en que mi abogado estuviera presente. Quizá era un efecto secundario del modo en que me habían llevado allí, algún tipo de droga, seguro, o quizá era que en lo más hondo siempre había sabido que antes o después se me pedirían cuentas y eso me hacía aceptar la situación con más facilidad. Sin duda el fantasma de una educación católica condicionaba mis reacciones con más fuerza de lo que pensaba.

Como fuera, no podía evitar la sensación de que merecía estar allí, así que me limité a quedarme sentado y prestar atención, agradecido de que hubieran ido solo a por mí, de que Sherri estuviera en el extranjero y se hubiera ahorrado la experiencia.

—Veamos, de acuerdo a su material publicitario... —Intenté localizar su acento. Cultivado, muy sutil. No era irlandés. ¿Americano? En aquel momento no pregunté para quién trabajaba era y asumí que representaba a alguna oscura rama del gobierno—... El Mata Gusa es un sistema de reparto instantáneo. —Sostenía uno de nuestros folletos y se puso a leerlo—: «En colaboración con los mejores chefs preparamos nuestras comidas con los ingredientes más frescos, suyos con solo pulsar un botón, y entregados en su mesa en condiciones impecables por el Chef Creativo Mata Gusa. Una comida siempre perfecta.»

Posó el folleto en la mesa.

—Excepto que no es así en absoluto. —Tampoco ahora era una pregunta—. La comida que sus crédulos «chefs» crean es retirada sin que lo sepan y desechada; no se envía a ningún lugar. Utiliza usted unos doscientos cocineros, cantidad que no alcanza ni de lejos para suministrar comida a las decenas de millones de Chefs Creativos que hay esparcidos por el mundo. No es más que una tapadera, y toda su operación está basada en una mentira. Usted no elabora ninguna de las comidas que sirve. Las roba.

Tragué saliva y sentí la garganta seca. No me atreví a decir nada, temeroso de empeorar más aún el lío en el que estaba.

—Lo que usted ha desarrollado no es ningún transmisor de materia —siguió mi inquisidor—. No es más que una cortina de humo para burlar a la posible competencia y hacer que investiguen en la dirección errónea y gasten sus recursos intentando duplicar una tecnología que nunca ha existido. No, lo que usted ha encontrado es mucho más significativo y resuelve uno de los mayores misterios de la física cuántica.

»Ha encontrado usted la forma de contactar con otros mundos, de cruzar la brecha entre las diferentes posibilidades, de llegar físicamente a distintas realidades. Es un descubrimiento notable, el logro científico más importante del siglo veintiuno, sin la menor duda. ¿Y para qué lo usa? ¿Ha compartido usted sus descubrimientos con el mundo para beneficio de la humanidad? No, lo usa para robar comida.

Tal como él lo expresaba sonaba bastante mezquino.

—Hombre, no es eso —dije.

—¿Ah, no?

—Anunciaré el descubrimiento muy pronto…

—Pero no antes de haberse hecho obscenamente rico usando su tecnología para robar.

—No robamos. Simplemente obtenemos lo que quieren nuestros clientes.

—¿Y eso no es robar? Deje que le asegure que comprendemos muy bien lo que hace, pero corríjame si me equivoco y no soy fiel del todo en los detalles. Partiendo de la base de que en un número infinito de realidades alternativas un hecho concreto tendrá lugar en algún momento en algún lugar, usted ha creado un sabueso cuántico. Con un comportamiento parecido al de un motor de búsqueda en la red, este sabueso explora de forma instantánea las diversas realidades hasta que encuentra la comida precisa que su cliente ha encargado en el momento exacto en que se termina de preparar. Esa comida es eliminada de la realidad a la que pertenece y entregada al Mata Gusa concreto que la ha ordenado en esta.

»Ni un solo instante ha pensado usted en compensar de algún modo los cientos de millones de platos que ha robado. ¿Y por qué iba a hacerlo? Después de todo, ¿quién va a pillarlo? ¿Cómo va a ser un robo si en su realidad no falta nada? Estoy seguro de que es usted consciente de que alguien se dará cuenta más tarde o más temprano. Alguien hará los cálculos y caerá en el detalle de que la cantidad de gente que tiene en nómina no puede producir toda la comida que vende o quizá se quejen los suficientes granjeros por la falta de un lugar donde vender sus productos para que el desequilibrio global entre la comida producida y la consumida sea evidente. Supongo que era entonces cuando pensaba hacerlo todo público y confesar la verdad. Mientras tanto usted y sus socios siguen acumulando riqueza a ritmo exponencial, disfrutando sin consecuencia alguna del botín de un delito.

No dije nada. ¿Qué habría podido decir?

—Estoy aquí precisamente para decirle que sí hay consecuencias.

Empecé a sospechar que estaba un lío mucho mayor del que había pensado al principio.

—¿Quién demonios es usted?

Más valía tarde que nunca.

—Ah, por fin empieza a preocuparse. Bien. Deje que le cuente las consecuencias. Su mezquino robo, esparcido a lo largo de una miríada de realidades, no parece gran cosa. Sin embargo, aunque cada acto es una fruslería en sí mismo, su efecto acumulativo, no. El desequilibrio que está usted causando al pillar un poco de aquí y otro de allá y concentrar toda esa cantidad de materia de diversos planos en esta versión de la realidad amenaza con causar una catástrofe en todo el multiverso.

—Un momento, si se va a poner a soltar toda esa basura sobre una especie de equilibrio cósmico del multiverso, eso es una chorrada. No hay el menor indicio...

—¡Cállese! ¿Es usted un experto en el tema? ¿De verdad cree que por haber rasgado los límites entre distintos mundos conoce todos los secretos del Continuo Espaciotemporal? Le aseguro que ni de lejos.

»Los diferentes mundos están separados por un margen muy estrecho, un equilibrio delicado y armónico que se ve amenazado por cualquier movimiento de un lado a otro y que se ve peligrosamente interrumpido cuando la transferencia tiene lugar sin que sea compensada. Además, al concentrar tanto en una sola realidad ha creado usted un estado superdenso... Piense en ello como en un incremento de la fuerza gravitatoria. Un incremento tal que afecta todos los cuerpos en sus cercanías inmediatas; quizá lo hace de un modo sutil, tanto que ni es percibido al principio, pero el efecto está ahí y más tarde o más temprano producirá un cambio, quien sabe si la decadencia de la órbita y la consiguiente catástrofe que conllevaría. Sus actos son similares. A menos que se redistribuya, su robo llevará inevitablemente al colapso de esta realidad y de aquellas cercanas y desencadenará un efecto dominó que se esparcirá por todas partes y podría ser el fin de todas las realidades.

—No... No tenía la menor idea.

Enfrentándome a él no iba a conseguir nada, pero quizá mostrar arrepentimiento tuviera algún efecto.

—Lo sabemos. Sin embargo, la ignorancia no es eximente.

»Ya hemos finalizado las entrevistas con ustedes tres. —*¿Los tres?*—. Lo llevaremos con sus compañeros para la sentencia.

—¿Sentencia? Espere, no se... —Pero había desaparecido.

A mi alrededor las blancas e impolutas paredes de la celda se disolvieron y vi a Sherri sentada a mi derecha y a Marcus algo más allá.

Estaba aturdido.

—¿Estás... estás bien?

Una pregunta estúpida, claro que no lo estaba. Ninguno de los tres lo estaba. Quería preguntar qué había ocurrido, si la habían abducido en Milán igual que a mí en Londres, qué le habían preguntado. Pero antes de que pudiera decir nada el inquisidor volvió.

—Se han tenido en cuenta las pruebas —dijo con voz tranquila y mesurada—, así como el resultado de sus interrogatorios. —¿Quién había interrogado entonces Sherri y a Marcus? Hasta el momento solo había visto a aquel individuo. ¿Se componía tal vez toda la organización de la misma persona, con cientos de versiones de ella reclutadas en distintas realidades, un ejército de clones que no eran clones en absoluto pero cuya esencia era idéntica?—. Se confirma su culpabilidad, así como que el daño causado requiere ser compensado. Para evitar daños posteriores vamos a iniciar un Pulso Cuántico Global.

—¿Un qué? —pregunté.

—¿Conoce usted el Pulso Electromagnético?

—Claro.

—Un PC es su análogo al nivel cuántico. No habrá explosión alguna, nada espectacular que indique a la población que ha ocurrido algo significativo, pero el pulso cruzará su mundo de un extremo a otro. En esencia anulará el entramado cuántico en el que se basa su Mata Gusa. Piense en ello como si desenrollásemos una madeja, aunque la comparación es totalmente inadecuada en casi todos los sentidos. Resumiendo, digamos que de la noche a la mañana sus máquinas dejarán de funcionar y no volverán a hacerlo nunca más. Sus sabuesos cuánticos serán expulsados con el rabo entre las piernas y sus Chefs Creativos se convertirán en un montón de chatarra.

—Van a arruinarnos —susurró Marcus.

—Tal vez, aunque eso es irrelevante. Ustedes no estarán allí para verlo.

—¿Qué quiere decir?

—Hay que restaurar el equilibrio. A tal efecto, debemos trasladar lo antes posible materia de su realidad a todas aquellas a las que han expoliado. Como castigo por sus delitos ustedes tres serán despiezados y cada parte de su cuerpo se distribuirá por diferentes mundos.

—¿Cómo? ¡Eso es monstruoso!

—¡No puede hacerlo! —aulló Sherri.

Intenté mantener la calma. La sentencia erra terrible, cierto, pero parte de mí esperaba algo como aquello, algo atroz.

—Nuestra masa corporal combinada no es suficiente ni de lejos para restaurar el equilibrio —dije.

—En efecto. Es solo el principio —respondió nuestro inquisidor—. Las unidades de Mata Gusa, una vez anuladas, serán trasladadas también para compensar la diferencia. En cuanto al resto, ya improvisaremos algo.

—¿No sería más justo devolvernos a nuestro mundo y permitir que afrontemos la humillación pública que nos aguarda?

—Claro, para que, una vez se haya olvidado el escándalo, vivan el resto de sus vidas en el lujo gracias al dinero que han escamoteado. Va a ser que no.

—Pero yo no sabía nada de toda esa mierda cuántica —rogó Marcus—. De verdad creía que era un transmisor de materia.

—A los ojos de la ley, la ignorancia no es un eximente. Las pruebas del engaño estaban ahí para quien quisiera verlas, pero prefirió mostrarse ciego e interesarse solo por el balance mensual.

»Se los ha encontrado culpables a los tres, se ha dictado sentencia y no hay apelación posible. No somos crueles y su muerte será indolora. El procedimiento casi ha terminado. Tienen treinta minutos para reflexionar sobre lo que han hecho y hacer las paces con las deidades a las que rindan pleitesía.

Y con esto, desapareció.

Miré a Sherri, tratando de decir algo, un adiós, una disculpa, una declaración de amor... no lo sé. Más allá, Marcus parecía petrificado. La mirada de Sherri se cruzó con la mía y también pareció a punto de decir algo, pero las paredes reaparecieron de nuevo y ya no pude verlos.

—¡No! —grité, pero estaba solo.

Si Sherri gritó a su vez, jamás llegué a oírlo.

Treinta minutos. No es mucho, pero estos treinta minutos en concreto han durado una eternidad. Decidí usarlos para grabar esto en mi teléfono. No sé si alguien lo oirá alguna vez, o qué trato de comunicar, caso de que lo escuchen. Simplemente quiero dejar registrado lo que realmente pasó.

Quedan veinte segundos. Curiosamente, no tengo miedo. Al parecer, he aceptado la situación y siento una paz interior que me había eludido todos estos años. En todo caso, me invade una sensación de anticipación. Solo puedo pensar en una cosa.

Me pregunto dónde iré a parar.

En un bar de poca monta en otro mundo, aunque mucho más cercano al nuestro de lo que podría parecer, una máquina que se parece sospechosamente a un microondas suelta un pitido. Un corpulento cocinero con barba de días y frente sudorosa se inclina sobre la máquina, se limpia las manos en el sucio delantal y luego presiona el botón frontal del aparato. Los muelles de la puerta saltan y esta se abre. El cocinero introduce la mano y saca un plato de humeante casquería.

Tras recorrer con la vista el local abarrotado, pregunta a voz en grito:

—¿Quién ha pedido hígado?

PostScriptum

Me lo pasé muy bien escribiendo este relato. Stewart Hotston me pidió un cuento para una antología que estaba preparando. En principio rechacé el ofrecimiento, pues estaba ocupado, como casi siempre, y además se trataba de un proyecto que solo pagaba royalties, no adelanto, y hacía mucho tiempo que había dejado de participar en ese tipo de iniciativas.

Pero Stewart me cae bien y además se me había ocurrido una idea totalmente loca que incluía al futbolista español Juan Mata, a George Foreman y su parrilla «reductora de grasa» y un plan para conquistar el mundo usando comida rápida. Así que cambié de idea y escribí «Mata Gusa».

EL FUSIL

¡Maldita sea!

Dos tiros y el condenado cacharro se había encasquillado. Había apretado el gatillo con suavidad y había notado ligeramente el retroceso mientras las vainas eran expulsadas. Y luego... nada. El mecanismo quedó trabado e inútil bajo su dedo.

Se agachó tanto como pudo, consciente de que su vida dependía ahora de aquella depresión superficial que le hacía de trinchera. El golpeteo de las balas cuando se clavaban en el borde de su mísero refugio y las nubecitas de arena que levantaban se lo recordaron con contundencia. Se tapó la cabeza y cerró los ojos hasta que el polvo se asentó.

—¿Estás bien, Carter? —Era el sargento desde un agujero cercano, cavado tan a prisa como el suyo.

—¡El fusil se ha encasquillado! —gritó él como respuesta.

—¡Puedes arréglalo!

Lo fundamental era no dejarse ganar por el pánico. Se concentró y el ruido de la batalla a su alrededor pareció disminuir. Sabía lo que tenía que hacer: expulsar el cargador, hacer saltar la vaina que había causado la interrupción de tiro, y volver a poner el cargador para que el fusil volviera a funcionar. Así lo especificaba el manual.

Una vez más resultó que el manual se equivocaba y que su diagnóstico era totalmente inadecuado. Quien hubiera escrito la maldita cosa no había tenido en cuenta el destrozo que la arena, fina como polvo, podía causar cuando se infiltraba en el interior del mecanismo. ¡A la mierda la ingeniería de precisión! Echó a un lado el inútil fusil y manoteó intentando desenfundar la pistola. Mejor aquello que nada, aunque no era gran cosa. En fin, era cuanto tenía.

Se acurrucó todo lo que pudo mientras un rayo de energía chisporroteaba sobre su cabeza y transformaba un trozo de arena a sus espaldas en cristal fundido que burbujeó y goteó sobre la improvisada madriguera. Le lanzó una mirada de refilón y una parte minúscula de su mente se preguntó si merecería la pena guardarlo. Una vez enfriado sería un buen pisapapeles y, quién sabía, a lo mejor hasta podía venderlo como un auténtico suvenir de guerra.

Por fin consiguió desenfundar la pistola, aunque no se atrevió a moverse aún. ¿Cobardía o un milagroso ataque de sentido común? Solo podía pensar en lo absurdo que parecía todo. ¿Un arma de proyectiles de pequeño calibre? ¡Por el amor de Dios, el enemigo tenía armas de energía!

Por lo menos las balas habían dejado de repiquetear contra el borde de la trinchera. El tira y afloja de la batalla parecía haberse movido de momento a alguna otra parte.

—¿Sargento?

No hubo respuesta.

—¿Hay alguien?

El silencio fue la única respuesta que obtuvo su lastimera llamada.

Sintió que se le revolvían las tripas y se apoyó contra la tierra. Luego, se obligó a sí mismo a incorporarse y consiguió relajar la mano agarrotada que amenazaba con aplastar la empuñadura del único arma que le quedaba. Palmo a palmo fue poniéndose en pie y atisbó por el borde.

El panorama que lo esperaba estaba lejos de ser tranquilizador. De hecho, cualquier plan que hubiera podido tener para después de la guerra le pareció una quimera en aquel momento.

A lo lejos se oyó un débil tiroteo y sonó el estampido de una explosión, pero a su alrededor todo estaba en calma. ¿No quedaba nadie más? ¿Por eso el foco de la batalla se había desplazado?

Vio tropas que se acercaban. Eran los estilenos, cuyo uniforme de guerra moteado era casi idéntico al suyo. Ambos habían sido diseñados con el mismo propósito: confundir a los observadores y proporcionar camuflaje en aquel árido terreno. Tras la infantería divisó varias formas enormes; sin duda hovertanques y vehículos personales acorazados. A su izquierda, un grupo de sus propias fuerzas, la UPAF, aún presentaba una resistencia enconada, pero no había la menor duda de hacia qué lado se decantaba el resultado de la batalla.

Estaba considerando la idea de enterrarse aún más en la arena y hacerse el muerto cuando el suelo tembló con una vibración sorda, un ruido que reverberó por todo su cuerpo y le aplastó las tripas. Más que oírlo, lo sintió.

¡Una explosión! Pero antes de que hubiera completado el pensamiento, el suelo se alzó bajo sus pies, golpeó con violencia su maltrecho cuerpo y lo lanzó hacia lo alto en medio de una masa de arena y guijarros.

En algún momento tomó tierra de nuevo mientras su consciencia huía, sobrecogida de terror.

Despertó con el cuerpo convertido en un amasijo de dolor y moratones. Agradeció la sensación, pues significaba que aún seguía con vida. Se sentó precavidamente mientras se sacudía la arena y el polvo del pecho y la cara y escupía la tierra que se le había metido en la boca. Aquel sencillo gesto envió puñaladas de dolor por la muñeca izquierda y el hombro. Trató de no hacerles caso y examinó lo que le rodeaba.

A su alrededor no había más que silencio y muerte.

Al parecer la batalla había terminado, o al menos se había trasladado, aunque no oía sonido alguno que le indicase que aún continuaba por las cercanías. Tras estirarse y flexionar las extremidades un rato llegó a la conclusión de que, sorprendentemente, no tenía nada roto. Estaba molido y dolorido, tenía las articulaciones torcidas y los músculos magullados, pero había sobrevivido más o menos intacto.

Necesitaba un refugio, pero había dos prioridades más urgentes: agua y un arma. Su pistola no estaba por ninguna parte, pero incluso de haberla visto habría buscado algo que le diera un poco más de seguridad, algo más contundente. Por suerte, el campo estaba tachonado de montículos pardos y tostados, cadáveres de los que, con un poco de suerte, se podría conseguir una cantimplora y un arma.

Echó a andar a trompicones hacia la izquierda, hacia un grupo de árboles raquíticos que circundaban una loma baja. De la que iba espantó a un ruidoso grupo de cuervos. Los grandes pájaros negros no habían perdido la ocasión de alimentarse y se estaban cebando en los cadáveres. Algunos echaron a volar indignados y se pusieron a dar vueltas, mientras que otros se limitaron a apartarse de su paso dando grandes saltos aleteantes para volver al festín una vez hubo pasado.

Intentó con todas sus fuerzas no prestarles atención ni ver lo que comían y fue examinando con la mirada un cuerpo tras otro, con cuidado de no mirarles el rostro. Estaba seguro de que muchos de ellos no le serían desconocidos.

Al fin dio con una cantimplora que estaba a su alcance, se hizo con ella y bebió con avidez. Al retirar la cantimplora sus ojos cayeron sobre el fusil.

Estaba junto a la mano extendida de un soldado y, fuera lo que fuera, desde luego no parecía material estándar. El diseño era elaborado y complejo, lleno de protuberancias y salientes que se fundían sin solución de continuidad con la recámara y el largo y liso cañón.

Parecía intacto. Al agacharse para examinarlo con más detalle vio parpadear una luz y oyó una voz que decía:

—¿UPAF o estileno?

Boquiabierto, se quedó inmóvil mientras se preguntaba si la explosión lo habría afectado más de lo que creía.

—Espero una respuesta.

Se lamió los labios, dudando entre responder, retroceder a toda leche o darle una patada a aquella cosa. Al cuerno.

—Soy UPAF —dijo.

—Bien. Entonces puedes usarme.

—¿Puedo qué? ¿Qué demonios eres?

—Soy un fusil inteligente, el más reciente desarrollo en tecnología de armamento avanzado.

—¿Y qué haces exactamente?

—Te ayudo a matar enemigos. Muchos.

Aquello no pintaba mal.

—Suena interesante.

Una vez decidido, sonrió con gravedad y alzó el fusil, sorprendido de lo fácil que le resultaba.

—¿Te das cuenta de lo poco que peso? —comentó el fusil como si le hubiera leído el pensamiento—. Me han fabricado con una nueva aleación, completamente revolucionaria.

Carter gruñó:

—Mira qué bien.

Era un soldado aislado tras una batalla, rodeado solo de muertos. Pese a estar en un lugar solitario y desolado, el tacto y peso del fusil le levantó el ánimo de un modo sorprendente. Cierto, quizá lo que llevaba en brazos no fuera lo más estimulante del mundo, pero al menos era algo. Echó a andar con ánimo renovado, olvidados ya los dolores que tan terribles le habían parecido unos segundos antes.

Mientras se acercaba a un parche de césped verde y ralo, el fusil volvió a hablar:

—No dejes de moverte. Tres soldados enemigos se esconden en esos árboles allá enfrente. Si se dan cuenta de que los has visto te matarán.

Entrecerró los ojos y trató de divisar algo en la línea de árboles, pero no vio nada.

—Así que vales para algo más que para matar, ¿eh?

—Claro. Los sensores térmicos y los receptores de audio de precisión vienen de serie. Cuando te avise, apunta a los árboles a las once en punto y lanza un barrido rápido hasta que llegues a las doce.

Agarró la empuñadura, preparado para disparar el fusil.

—¡Ya!

Al oír la orden, Carter alzó el fusil y disparó. No se molestó en agacharse, aún tenía el cuerpo demasiado magullado, así que plantó los pies en el suelo y se mantuvo firme. Una ristra de balas cayó sobre la espesura y cortó arbustos y ramas mientras creaba una deliciosa nube de madera astillada y brotes desmenuzados. Mientras barría el área con el fusil tal como este le había indicado, un grito de angustia le confirmó no solo que allí había realmente enemigos sino que le había dado al menos a uno.

—Suficiente —dijo el fusil tras unos segundos. Su voz parsimoniosa se oía con claridad por encima del estrépito de las balas.

Carter relajó el dedo en el gatillo y la matanza se detuvo. Las últimas hojas y astillas cayeron al suelo y el único sonido que llegó a sus oídos fue el eco de los últimos disparos.

—¿Los tres? —preguntó.

Aunque era lo que sugería el que no hubieran respondido al fuego, no pudo evitar sentirse aliviado cuando el fusil le confirmó:

—Los tres.

Carter empezó a trotar en dirección a los árboles, ansioso por ponerse a cubierto; el sonido de los disparos era como un faro en medio de aquel silencio y atraería a cualquier sileno en las cercanías. Además, tenía ganas de echar un vistazo a lo que había hecho.

Pero mientras corría el fusil le habló de nuevo.

—Échate un poco a la derecha. Hay minas terrestres justo enfrente.

¡Minas! Su nuevo compañero estaba demostrando su valía. Un ejército equipado con fusiles inteligentes como aquel acabaría con los estilenos para siempre. Recordó el rifle de pacotilla que lo había dejado tirado al poco de empezar la batalla. Ni punto de comparación.

Podía ser justo lo que hacía falta para cambiar el equilibrio de fuerzas y el curso de aquella maldita guerra que no se terminaba nunca. Carter no se había sentido tan optimista en mucho tiempo, quizá desde que se alistó, cuando la idea de librar la guerra aún hinchaba su pecho de orgullo patriótico, antes de que perdiera todo su brillo enfrentada a la sucia realidad de la sangre, el cansancio, el sudor y el dolor.

—Más rápido —le urgió el fusil—. Se acercan soldados.

Carter aceleró el paso y cubrió la escasa distancia que le faltaba tan rápido como su agotado cuerpo se lo permitía. Se zambulló entre los árboles, dio media vuelta y reptó sobre el vientre, haciendo a un lado zarzas y tallos para atisbar desde la maleza en espera del enemigo.

—¿Cuántos? —quiso saber—. ¿Dónde?

—Dos de ellos se mueven hacia aquí desde el fondo de la cresta.

Los vio en ese momento, dos figuras vestidas con el anodino y molesto uniforme de combate pardo y tostado. Aún estaban a cierta distancia y se movían con precaución, pero no parecía que lo hubieran visto. Apuntó pero no disparó todavía, sino que alzó el rostro y esperó, dando tiempo así a que se fueran acercando más y más.

Habrían cubierto la mitad de la distancia cuando el silencio se vio interrumpido por varios gritos y disparos. Los dos soldados se detuvieron, se intercambiaron algunas palabras rápidas y empezaron a subir por la empinada ladera.

—Dispara o se nos escaparán —le urgió el fusil—. A esta distancia calculo que no fallarás.

Carter no podía estar más de acuerdo. Dejó salir el aire y oprimió suavemente el gatillo. Pilló a los dos totalmente por sorpresa y los abatió con un torrente de balas antes de que hubieran podido reaccionar, seguramente antes de que supieran qué pasaba. Hizo blanco en ambos varias veces y no se molestó en comprobar si estaban muertos. Sabía que así era.

Dejó escapar un alarido de victoria. Aquel era el mejor fusil que había tenido en su vida, a años luz de cualquier otro. Hacía que matar resultara sencillo. Casi fuera de sí, se puso en pie y salió de la maleza.

—Vamos a ver qué hay al otro lado de la colina.

—Combate —le informó el fusil innecesariamente, incapaz de comprender lo retórico del comentario. Al parecer tenía sus limitaciones, después de todo.

Carter avanzó hacia la cima. A su paso, tierra y piedrecitas rodaban hacia abajo y los pies luchaban por afianzarse. Impulsado por la reciente victoria, no sentía cansancio alguno, solo el ansia de matar más estilenos, de vengar a los amigos y camaradas que yacían muertos en el campo de batalla a sus pies.

La colina era poco más que un estrecho banco de suelo elevado, totalmente fuera de lugar en aquel terreno. Sin duda era de naturaleza artificial y supuso que se trataba más de un subproducto que de una construcción hecha a propósito. Quizá habían estado excavando en aquella zona.

En cuanto alcanzó la cima vio que descendía en una empinada pendiente hasta el fondo de un estrecho cañón en el que estaba teniendo lugar una batalla furibunda. Las balas caían sobre la pendiente inferior de la colina mientras ambos bandos luchaban por la victoria. Eran armas ligeras, no había tanques ni armas pesadas, gracias a Dios.

—Los estilenos están a tu izquierda, la UPAF a tu derecha —le informó el fusil.

—¿Cómo lo sabes? —preguntó—. No soy capaz de distinguirlos.

—Hay varios indicadores, como el calibre de las armas de cada bando. ¿Vas a quedarte mirando mientras discutimos o vas a enfrentarte al enemigo?

Carter no necesitaba más estímulos. Guiado por el deseo de venganza, aprovechó la ventaja táctica que le daba la posición elevada y cargó a la carrera colina abajo sin dejar de disparar. El estileno más cercano alzó la vista, sorprendido por aquel repentino ataque procedente de un lugar inesperado. Los que ocupaban la parte baja de la ladera murieron casi inmediatamente; uno, dos, tres, todos cayeron sin darse cuenta realmente de lo que pasaba.

—Hay dos granadas en mi armazón —le informó el fusil—. Las dispara el botón que está sobre la guarda del gatillo. Te sugiero que uses una.

Carter alzó ligeramente el fusil y, con el dedo que tenía en el gatillo, encontró el botón mencionado. Al pulsarlo, una parte aparentemente sólida del armazón del fusil se soltó y fue lanzada a lo lejos, para caer entre las líneas enemigas, donde estalló con efectos devastadores.

Las balas silbaban a su alrededor y batían la ladera de la colina alrededor de sus pies mientras seguía con la carga. No le importaba. Llevaba el fusil y se sentía invencible. Rugía desafiante mientras corría; la adrenalina se desparramaba por sus venas y el ansia de sangre lo había vuelto frenético. Un soldado tras otro cayeron bajo la salva de balas que salía de su inagotable fusil.

Su aparición totalmente inesperada fue el factor decisivo. La granada había abierto un agujero en el corazón de las líneas enemigas y ya no podían mantener la posición. Al darse cuenta de que el terreno estaba perdido, los supervivientes dieron media vuelta y huyeron. Aquellos que decidieron quedarse cayeron muertos donde estaban.

Carter llegó al fondo del cañón y se obligó a detenerse. De nuevo se encontraba rodeado por la muerte. Alzó el fusil y lanzó una ráfaga final contra los soldados en fuga. Comprobó satisfecho que la figura más cercana se estremecía y caía.

Los uniformes de ambos bandos parecían idénticos desde lejos, pensó, mientras contemplaba cómo huían las tropas vencidas. Solo de cerca era posible diferenciarlos. Echó un vistazo a los caídos a su alrededor y de pronto sintió una punzada de pánico.

—Un momento —exclamó—. Son tropas de la UPAF.

—En efecto —replicó el fusil.

—Pero dijiste que…

—Mentí.

Carter contempló como se acercaban los soldados estilenos y, de pronto, el primero de ellos abrió fuego. Murió sin comprender del todo lo que pasaba.

El cabo primero avanzaba con cautela, atento a cualquier sonido. Había polvo por todas partes, pero aún quedaba luz suficiente para poder ver. Sobre él un ave de presa nocturna dejó escapar un grito lastimero. Se dio cuenta de que, a su espalda, uno de los dos soldados se estremecía ante el sonido. Eran novatos y sus torpes pasos lo hacían estremecerse. Pero eran su responsabilidad; todo lo que quedaba de su pelotón, de hecho.

Los tres habían sido apartados del resto de las fuerzas y habían sido abandonados en la caótica retirada tras la debacle ocurrida en la batalla. Se habían ocultado durante toda la tarde, cuerpo a tierra, mientras esperaban la llegada de la noche. Cuando el sol empezó a ponerse, la impaciencia pudo con él y decidió que había llegado el momento de moverse.

Tendrían que desplazarse con mucho cuidado, el lugar estaba lleno de patrullas estilenas.

Aquel pequeño cañón había sido el escenario de una batalla feroz, quizá una escaramuza secundaria. Los cadáveres de los caídos se esparcían a su alrededor. De vez en cuando, algo se alborotaba a su paso y pequeñas y furtivas siluetas huían de los cuerpos. El cabo primero prefirió no mirar demasiado de cerca.

De pronto algo en el suelo le lanzó un guiño. Quedó completamente inmóvil al ver la lucecita roja, tratando de decidir si sería una mina o algún otro tipo de trampa letal, pero a pesar de la penumbra se dio cuenta de que una especie de fusil, tirado junto a uno de los caídos de la UPAF.

—¿Eres UPAF o estileno? —dijo una voz tranquila y agradable.

Tragó saliva y contempló el fusil.

—¿Esa cosa ha dicho algo o me estoy volviendo loco? —preguntó uno de los soldados tras él.

—Espero una respuesta —dijo el fusil en el mismo tono de antes.

El cabo primero se agachó y recogió el arma, asombrado de lo ligera que resultaba. Nunca había visto nada como aquello.

—UPAF —respondió finalmente.

—Bien. Entonces puedes usarme.

—Ya veremos. Quizá cuando averigüe qué demonios se supone que eres.

— Soy un fusil inteligente, el más reciente desarrollo en tecnología de armamento avanzado —informó amablemente el fusil.

—¿De veras? ¿Y para qué se iba a molestar nadie en hacer un fusil inteligente?

—Para que pueda matar al enemigo con mayor eficiencia.

El cabo primero sonrió. Miró a sus compañeros y vio la misma expresión en sus rostros.

—Ahora sí que nos entendemos —dijo. El día había sido un completo desastre, ya era hora de cambiar las tornas—. Muy bien, fusil, vamos a matar enemigos.

POSTSCRIPTUM

Tengo la vaga intención de escribir algún día una novela que hable de una guerra interestelar en un futuro distante; sin extraterrestres, solo humano contra humano. Me gustaría contar la historia desde el punto de vista de la gente normal, no de los generales y caudillos, sino de los soldados en las trincheras, los tenderos en los territorios ocupados, el espía que vive sumido en el temor perpetuo de ser descubierto, el ingeniero que intenta evitar que una nave dañada se haga pedazos...

He escrito y vendido diversos momentos de ese proyecto que quizá nunca llegue a realizarse (aunque confío en que sí) y este relato es uno de ellos.

TURISMO BÉLICO

—Lo peor eran las tormentas. Las caídas de la electricidad, la escasez de alimentos, la indignidad de tener que hacer cola para todo, hasta para el agua y el pan... con todo eso podíamos lidiar. Al fin y al cabo, era una guerra. El miedo constante a las explosiones y el ruido de disparos casi incesante, la destrucción de edificios y carreteras eran algo terrible, horroroso, pero sorprendentemente te las apañas para vivir con ello si no te queda más remedio. Pero que el tiempo se ensañara con nosotros fue la gota que colma el vaso. Nunca habíamos visto llover de esa manera, de aquel modo implacable, aporreando la ciudad como si el mismísimo Dios nos hubiera abandonado y se hubiese unido al bombardeo. En cuanto a los rayos...

La narración de la mujer se vio interrumpida de pronto por el estruendo de un trueno y la intensa penumbra fue sacudida como por una descarga eléctrica. Alguien, creo que Gretchen, soltó un grito de sorpresa y hasta yo misma me sobresalté. El dramático momento, perfectamente orquestado, no fue sino el anuncio de la sonora llegada de una intensa lluvia y una serie de retumbantes truenos, aunque estos fueron menos clamorosos que el primero.

La mujer siguió con su relato. La imagen de su enjuto rostro aún dominaba la habitación, pero ahora podíamos ver al fondo el paisaje de una ciudad distante, iluminada por los relámpagos y las manchas rojizas de los incendios.

—Fue lo más cerca que estuvo nuestro espíritu colectivo de quebrarse —dijo—. Hasta las muertes parecían más tremendas en medio de aquella tormenta implacable. Deshacerse de los cadáveres se convirtió en una pesadilla logística y emocional. Alguien afirmó que el tiempo enloquecido era indicación de un daño grave en la ionosfera, que en algún enfrentamiento aéreo se habían lanzado armas de destrucción masiva que habían desatado energías terribles, causando así el desequilibrio de la atmósfera. Todo eso no nos importaba lo más mínimo. ¿Qué importancia tenía para nosotros, no digamos el planeta, sino el barrio de al lado? Nuestro mundo se reducía a un puñado de calles y a luchar para seguir vivos un día más.

El rostro de la mujer se desvaneció. La perspectiva cambió y nos precipitamos hacia la ciudad asediada hasta que estuvimos al nivel del suelo y empezamos a recorrer las calles. El ruido de la lluvia se intensificó y se le unió el tableteo de las armas de fuego y el repiqueteo de pies a la carrera. El efecto 3D era mucho más evidente ahora y bastante más convincente. Hasta se percibía un ligero olor a humo y humedad, y sentimos una oleada de calor procedente del incendio que había tras nosotros. Lo único que estropeaba la suspensión de la incredulidad era la ausencia de auténtica lluvia. Sombras alargadas se movían por las paredes de los edificios desmoronados a nuestra izquierda; sin duda, personas que huían. Alguien gritó y una de las sombras se estremeció a mitad de un paso, alzó los brazos y cayó al suelo.

En el aire frente a nosotros vimos de nuevo el rostro de la mujer, sobreimpreso a la escena callejera. Sus ojos mostraban un cansancio enorme que acentuaba sus palabras:

—A Danilo, mi hermanito, lo mataron durante los primeros días del bombardeo. Y a mi hermano mayor, Toma, casi hacia el final.

Hablaba de un modo tan desapegado que hacía que fuera incluso más estremecedor.

—Toma se había unido a la milicia; nadie duraba mucho tiempo en la milicia. La inminencia de su muerte se convirtió en una sombra que nublaba cada nuevo día y acechaba mis sueños por la noche, hasta que finalmente ocurrió. Mi madre enfermó poco después. Para entonces ya no quedaban medicinas, se habían agotado meses atrás. Hicimos lo que pudimos, pero lo único que teníamos eran nuestras oraciones, nuestro amor y nuestras palabras de consuelo. No dejó el lecho en sus dos últimas semanas de vida y murió un día antes del alto el fuego. Mi padre nunca se recuperó. Ninguno de nosotros se recuperó, realmente.

Un texto de apoyo apareció bajo el rostro de la mujer: JASNA PETROVIĆ. SUPERVIVIENTE.

—Me llamo Jasna Petrović y soy una de las pocas afortunadas.

Y con eso, se desvaneció. La banda sonora se había reducido al mínimo durante su declaración final y ahora la escena fue apagándose también a medida que volvían las luces. Nos quedamos parpadeando, mirándonos unos a otros en una habitación vacía.

De un modo desmañado que ni siquiera me molestaré en calificar de «insensible», alguien empezó a aplaudir. Me di cuenta, dolida, de que se trataba de Alex.

—¿Qué pasa? —preguntó al notar mi mirada—. Ha sido un show cojonudo.

—Joder, Alex, no me fastidies. —No suelo usar tacos, pero se lo había ganado.

Hacía ocho meses que había dejado la universidad y aún estaba tratando de decidir qué hacer con mi vida. Alex me sacaba siete años; trabajaba en finanzas corporativas para una empresa con oficinas en cinco planetas y tenía un apartamento en uno de esos edificios con los que mis amigos y yo solíamos soñar. Se le daba muy bien organizar equipos y solía decirle en broma que sus palabras favoritas eran «unión» e «incentivo».

De la que echaba un vistazo alrededor me fijé en una mujer de mediana edad que estaba totalmente inmóvil mientras los demás no dejaban de parlotear. Era como una isla de tranquilidad en un mar de inquietud. Alta, esbelta, con un vestido color borgoña y aspecto de inteligente mujer de negocios, miraba frente a sí como si aún pudiera ver la terrible secuencia aunque el resto de nosotros fuéramos incapaces a causa de la luz brillante.

—Venga, Ginny, ya sabes que no es real —dijo Alex mientras reclamaba mi atención—. Lo sabes, ¿no? No es más que una actriz pagada que interpreta un papel. Su interpretación fue de primera, así que demostré cuánto me gustaba.

No estaba nada segura de aquello. Los ojos de la narradora, su voz, la exposición, todo me había parecido totalmente real y sincero. Claro que Alex habría dicho que de eso se trataba, precisamente.

Dio media vuelta para hablar con Gretchen y Hassan, una pareja con la que habíamos intimado al llegar. Consulté mi enlace y una búsqueda en la base de datos local me reveló que había habido al menos siete Jasnas Petrović en Serna durante la guerra. Con un aleteo de los dedos sobre la pantalla en mi muñeca invoqué un desfile de imágenes. Detuve una secuencia en la que la Jasna en cuestión podría haber sido nuestra narradora, aunque parecía mucho más joven y estaba sonriendo, algo que en ningún momento había intentado durante la exposición. Afiné la búsqueda para dar con imágenes de esa Jasna en concreto y con gran satisfacción descubrí que era real.

Que su historia y sus penalidades habían sido reales, pensase lo que pensase Alex.

Podía haberlo comprobado en su propio enlace de haber querido. Pero, evidentemente, no tenía el menor deseo de hacerlo; se sentía demasiado a gusto con sus propias y erróneas conclusiones. ¿Para qué arriesgarse a erosionar su ostentoso cinismo con algo tan inconveniente como la verdad?

—Si son tan amables de seguirme, damas y caballeros —dijo Malcolm, nuestro guía, un tipo hábil, cordial, vestido de blanco—, les mostraremos armamento de la época de la guerra. Una colección única de auténticas piezas de artillería y armas de fuego que fueron usadas durante el asedio y que se recuperaron y restauraron cuando terminaron las hostilidades.

—Eso ya es otra cosa —dijo Alex con una sonrisa luminosa, asumiendo que ambos compartíamos su entusiasmo.

Enseguida se puso a hablar animadamente con Gretchen y Hassan y ninguno notó que me quedaba ligeramente retrasada.

Todo el mundo conoce más o menos la historia de este lugar. Aunque el resto de la ciudad fue reconstruido y reformado en la posguerra, una parte bastante grande de Serna se había dejado tal cual, en ruinas... lo cual no era cierto, sino parte de la ilusión. En realidad la habían reconstruido a imagen y semejanza de su aspecto durante la guerra. «A pesar de las apariencias todos los elementos del parque se han integrado estructuralmente», como recalcaba machaconamente la publicidad que habíamos estado mirando antes de hacer la reserva. Era un campo de batalla totalmente seguro y saludable.

Serna se convirtió en el primer parque temático bélico y un término poco usado acabó volviéndose común: turismo bélico.

Nuestra ruta nos sacó de la sala de proyección a través de un pasillo en el que se veían diversos expositores con diferentes objetos. Me detuve ante uno: el juguete un niño, un osito de peluche naranja y mugriento al que le faltaba un ojo y que tenía el lado izquierdo del rostro cubierto de hollín.

Al sentir mi cercanía, un comentario de audio empezó a explicarme que el oso había sido extraído de las ruinas de un edificio desmoronado durante las tareas de limpieza. Nadie sabía el nombre de su dueño o siquiera si habría sobrevivido, aunque se habían recuperado también numerosos cadáveres en el lugar.

Me di cuenta de que había alguien a mi lado y me di la vuelta, solo para encontrarme a la mujer del traje borgoña. De cerca parecía más joven de lo que había pensado al principio, aunque su rostro parecía el de alguien que ha pasado por muchas cosas, así que resultaba difícil determinar su edad.

Nos sonreímos la una a la otra y dijo:

—Tuve un osito como ese, justo antes de la guerra.

—¿Estaba usted en...? —pregunté, incómoda.

—Sí, vivía en Serna cuando empezó el asedio. Tenía once años.

No supe qué decir; lo único que me venía a la cabeza eran lugares comunes.

Por suerte, Alex llegó al rescate.

—Venga, Ginny, vamos, que llegan las armas grandes.

Así que se había dado cuenta de que no estaba con ellos. Me despedí de la mujer con un gesto y fui para allá.

Las «armas grandes» resultaron ser enormes y amenazadores bloques de metal de color verde y gris, siniestros y fríos; piezas de armadura de camuflaje que parecían recién pintadas; largos cañones de boca enorme; tanques autopilotados, planos y compactos pero poderosos; torretas giratorias; generadores de campo; mallas de difusión térmica; tableros de proyección; rifles de pulsos; diferentes lanzadores de misiles; un montón indiscriminado de diversas minas terrestres; algunas bombas «inteligentes»; un racimo de proyectiles de artillería en la esquina más alejada, dispuestos según su tamaño de modo que las puntas crearan una delicada curva; y hasta un par de drones de ala chata en cuyo arrogante logo en 3D se podía leer «Vehículo Aéreo No Tripulado».

Alex se puso a los mandos de uno, que empezó a girar alocadamente y dio varias vueltas bajo su inexperto control.

Gretchen trató de contemporizar mientras Alex hacía el payaso, pero yo no estaba de humor. A pesar de que el testimonio de Jasna Petrović me había conmovido profundamente, empezaba a dudar que aquel viaje hubiera sido buena idea. Alex y yo llevábamos seis meses juntos y aquella era la primera vez que viajábamos como pareja. Había estado intentando que me fuera a vivir con él las últimas semanas, pero en aquel momento la idea no podía convencerme menos.

No era culpa de Alex; era por Serna y por todo lo que aquel lugar representaba.

Todo el tinglado se mantenía en pie gracias a un equilibrio sumamente delicado. Al principio, los beneficios del parque habían ayudado a estimular la economía local y habían contribuido en alto grado a la recuperación de la ciudad. Pero en los últimos tiempos, la economía local había pasado a depender casi por entero del flujo de visitas y de los trabajos que proveía el parque. Había usado aquello para justificar el viaje ante mí misma: no estaba explotando a los nativos, sino ayudando al desarrollo de la comunidad. Pero ahora que estaba allí me sentía un poco sucia. No conseguía quitarme de la cabeza que todo aquello no era más que puro voyerismo morboso.

—Creo que me voy al hotel. Necesito descansar y darme un baño —le dije a Alex de la que dejábamos atrás las armas.

—¿Cómo? ¿Por qué?

—Estoy un poco cansada.

—Venga, Ginny, no puedes dejarme así. Ya sabes que no es lo mismo si no estás. —Mentiroso—. Además, las entradas nos han costado un pastón —es decir, le habían costado a él un pastón—, no podemos desperdiciar la experiencia. Venga, ya descansarás luego. Te daré un masaje y todo. —La mirada lasciva que acompañó sus palabras indicó con claridad lo que realmente quería decir.

Debería haberme ido a pesar de sus objeciones, pero sabía que entonces se pasaría toda la tarde cabreado e insoportable, así que me quedé. Para mantener la paz, podríamos decir con cierta ironía, visto donde estábamos.

Afuera hacía calor, aunque no era molesto. Nuestro grupo se subió al minibús, un vehículo metálico en forma de pastilla, con los laterales de cristal. Acabé sentada junto a Hassan, y Alex y la explosión de rizos rubios de Gretchen se sentaron enfrente.

No había conductor; el vehículo era automático y eléctrico y se desplazaba por un carril. Malcolm se quedó junto al parabrisas y siguió con su entretenido parloteo mientras cruzábamos las derruidas calles, silenciosas y ominosas. Estaban totalmente vacías, excepto por un autobús idéntico al nuestro que vimos a lo lejos. Prestaba atención solo a medias mientras Malcolm nos hablaba de la escuela, ahora en ruinas, a la que había ido de niña la famosa cantante Andjela y de la iglesia en la que había caído un proyectil en medio de la misa. Todos sobrevivieron gracias a que la bomba, que se empotró en medio del púlpito, no llegó nunca a detonar.

El autobús se convirtió en un mar de manos alzadas y de enlaces activos mientras todo el mundo tomaba imágenes de diversos lugares, balanceándose al unísono como briznas al viento mientras Malcolm les señalaba diversos lugares a un lado y a otro de la calle. La excepción era Alex, que agachaba la cabeza y sin duda usaba su enlace para comprobar los resultados de la jornada de fútbol.

Muchos de los edificios junto a los que pasamos estaban quemados o tenían las paredes marcadas por líneas de agujeros de ametralladora, picaduras empotradas para siempre en su interior. La calle estaba moteada de cráteres de bombas y baches, difíciles de distinguir unos de otros. No pude evitar preguntarme si en algunos lugares habrían sido realmente restaurados. No hice el menor intento de mirar más de cerca.

No era la primera vez que me descubría pensando qué demonios hacía allí, en aquel viaje. En aquella relación.

Cuando el autobús por fin paró y salimos me di cuenta de que Gretchen flirteaba con Alex, y descubrí que no me importaba lo más mínimo.

Por suerte, la recreación de Serna durante el asedio no incluía el almuerzo, del que disfrutamos en un amplio patio rodeado de diferentes locales de comida rápida a precios de escándalo y varias tiendas de suvenirs. El lugar estaba abarrotado. Mientras estábamos en el autobús las nubes se habían disipado y la temperatura había aumentado considerablemente. Alex fue a por algo de beber y un tipo ligeramente gordo de mejillas sonrosadas y frente sudorosa intentó darme conversación. No creo que Alex lo notara. Volvió con un par de vasos de agua con sabor a frutas en los que había más hielo que otra cosa y que bebimos con ansia por las pajitas coloreadas.

Gretchen y Hassan hacían cola en uno de los establecimientos y Alex desapareció en busca de los servicios de caballeros cuando divisé de nuevo a la mujer del traje borgoña. Me dejé llevar por un impulso y me acerqué a ella. En lo que es un caso de manual de transferencia, le pregunté:

—Perdone, espero que no le importe la pregunta, pero ¿por qué ha venido?

Su sonrisa me aseguró que no le molestaba lo más mínimo.

—Para recordar —me dijo—. El tiempo lo amortigua todo, cierra las heridas y hace que los recuerdos pierdan consistencia. Y no quiero olvidar nunca lo que fue el asedio, lo que tuvimos que pasar... los horrores que el ser humano es capaz de infligir a sus semejantes.

Su respuesta me llegó hondo. En apariencia ella era la que menos motivos tenía para estar allí, pero en realidad era la única de nosotros cuya presencia en aquel lugar tenía algún sentido.

Después del almuerzo nos reagrupamos y nos llevaron a un teatro con aire acondicionado, mucho mayor que la sala de proyecciones donde habíamos visto al fantasma de Jasna Petrović. Nuestro grupo era simplemente uno de los muchos que había allí.

Me aseguré de sentarme junto a la mujer del traje borgoña, aunque me dije a mí misma que solo lo hacía porque estaba sola y le gustaría tener cerca un rostro conocido. En realidad, creo que fue su cercanía la que me ayudó a mí.

Durante casi una hora asistimos a una conferencia del profesor Nosecuántos, un eminente historiador social pagado por el parque. Fue entretenido, sus descripciones eran vívidas y las diferentes metáforas que usó, vistosas y eficaces, pero me di cuenta de que Alex se impacientaba. No quería oír hablar de la cruda realidad de sobrevivir a un asedio, ni de las paupérrimas condiciones de vida, la disentería o el valor de los civiles sometidos a presión. Nunca lo reconocería, pero el único motivo para venir había sido para ver las armas y las explosiones. Para Alex, Serna era el juego de guerra definitivo y podía jugarlo en un lugar donde realmente había habido una guerra.

Su combinación de entusiasmo infantil y autoconfianza arrogante me había parecido atractiva no hacía mucho, incluso irresistible. En aquel momento, me preguntaba por qué.

El día siguiente debería haber sido el momento culminante del viaje, la razón principal por la que Alex había estado tan ansioso por venir. Íbamos a descubrir cómo había sido vivir allí durante la guerra; íbamos a ser parte de una recreación histórica. Formaríamos nuestra propia unidad de la milicia local y jugaríamos a la guerra de guerrillas entre los edificios desmoronados y los restos apilados, defendiendo la ciudad de un feroz ataque de las tropas invasoras. Ya había decidido que no iba a acompañar a Alex; tenía intención de hacer mis maletas aquella misma tarde y volver a casa.

La conferencia del profesor terminó cuando un anciano frágil se subió al estrado. Fue presentado como uno de los supervivientes del asedio de Serna. Aplaudimos.

Mientras el aplauso iba muriendo, Alex se inclinó hacia mí y dijo:

—Bah, todo eso fue hace un montón de tiempo. Ya no le importa a nadie.

Miré a la mujer del traje borgoña. Sé que Alex pretendía que sus palabras me llegaran solo a mí, pero había hablado demasiado alto y ella lo había oído, sin duda.

Nuestra mirada se cruzó. Por un momento, vi el dolor en sus ojos. Se recuperó enseguida y hasta se las apañó para sonreír.

Tuve la sensación de que éramos las dos únicas personas reales en toda la sala.

PostScriptum

Estaba seguro de haber inventado la expresión «turismo bélico», hasta que me dio por consultarlo en Google y descubrí que en realidad ya era un término aceptado. Hay algo morboso en el deseo de visitar antiguas zonas de guerra o lugares donde tuvieron lugar matanzas masivas, pero al mismo tiempo una parte de mí comprende esa atracción.

Dado que los parques temáticos de cualquier tema concebible surgen como setas hoy en día, me pareció lógico que en algún momento el emplazamiento de alguna famosa matanza se convirtiera en uno de ellos. Como contraste con el escenario me propuse escribir una historia intimista, el relato de una relación que se hace añicos a medida que uno de sus componentes empieza a ver al otro de un modo totalmente distinto…

NIÑAOSCURA

Jus se alegraba de irse de Marte. La presencia humana en aquel lugar era demasiado reciente y las cúpulas y las viviendas demasiado espartanas. Además, todo tenía un aspecto desconcertantemente provisional, como si la mudanza de la Tierra a su vecino más cercano fuera temporal y todo pudiera desmantelarse en cualquier momento.

Había supuesto que Marte se parecería más a la Luna, quizá algo más frío, como mucho, pero se había equivocado por completo. La humanidad llevaba tanto tiempo en la Luna que casi era como si fuera nativa del lugar. Hasta tenían ratas y cucarachas, por el amor de Dios, y no hablemos de los grafitis. Si aquello no era prueba suficiente de que la humanidad había llegado para quedarse, entonces no sabía qué podía ser.

Marte era completamente distinto. El planeta entero daba una sensación claustrofóbica, como una ciudad bajo asedio. Jus, que sentía de forma especial el estrés que eso causaba en todo el mundo, había estado contando impaciente las horas y los minutos que faltaban para irse.

Le habría gustado volver a la Luna, pero en vez de eso lo enviaban a un lugar que parecía incluso menos alentador que Marte. Una estación en la misma frontera del territorio más alejado que la humanidad había reclamado como suyo, el cinturón de asteroides.

El hombre había llegado a Marte y había seguido adelante hasta llegar al cinturón interior, donde se había detenido. Había numerosas razones para ello, tanto políticas como fiscales o logísticas, y la mayoría sonaban extremadamente plausibles cuando las declamaban los expertos en encandilar a las multitudes. Pero lo cierto es que ninguna daba una explicación convincente.

Había rumores. Se había encontrado algo en el cinturón de asteroides, algo que había hecho que los que dirigían el cotarro detuvieran la expansión.

Jus estaba a punto de descubrir qué era.

Niñaoscura estaba sola.

Su único estímulo era un sonido repetitivo, metódico e implacablemente tintineante. El ruido del agua que goteaba en algún lugar cercano. Aparte de eso, no había más que silencio. Ni la menor brisa o aroma rompía aquella quietud absoluta. A su alrededor la oscuridad era total.

Privada de luz y de la posibilidad de ver, se concentró en su propio interior y tocó lo único que estaba a su alcance. Las manos apoyadas en las rodillas y las rodillas encogidas contra la barbilla. Podía sentirlas, pero eso era todo. A sus ojos no llegaba nada.

Tras un rato empezó a mecerse poco a poco adelante y atrás, con las encogidas rodillas como si fueran un contrapeso de su tronco superior. La sensación resultó tranquilizadora, así que siguió con ello…

—¿Es ella?

Jus contemplaba desde un ventanal una sala pequeña, de aspecto impoluto, como un laboratorio o una habitación de hospital. Estaba claro que se había construido alrededor de una cama individual en la que había una mujer en posición supina. Notó que era joven y atractiva, o lo habría sido de no ser por la maraña de tubos y sensores que tenía conectados en la cabeza y por todo el cuerpo.

McCreedy se acercó y se quedó a su lado. Como de costumbre, los ojos de Jus se vieron involuntariamente atraídos por la desordenada pelambrera naranja que le coronaba la cabeza, como si fuera la cresta de un gallo desafiante. Pero solo fue un vistazo de refilón antes de centrar de nuevo su atención en la joven inmóvil.

—Es ella —confirmó McCreedy en voz baja.

—¿Y el artefacto?

—Ahí mismo, en la mesa, a su lado.

Una vez supo dónde mirar, se preguntó cómo podía habérsele pasado por alto la pequeña esfera metálica.

—Parece tan inofensiva, como una baratija o algo así.

A McCreedy se le escapó una risa que se cortó a la mitad y acabó por sonar como un gruñido.

—Menuda baratija.

—¿Está seguro de que es un arma?

—No, pero parece lo más probable. —Se quedaron allí un rato más, cada uno perdido en sus propios pensamientos, hasta que McCreedy respiró hondo y dijo—: Vamos, es hora de que lo pongamos al día como Dios manda.

Jus le lanzó una última mirada a la joven y luego siguió a McCreedy. Al otro lado de la ventana había un pequeño despacho donde los esperaba Johnson.

Casi todo lo dijo McCreedy:

—Se encontraron las ruinas en uno de los asteroides mayores. De pura casualidad. Parece haber sido una especie de edificio, creemos que tal vez una pequeña estación. Al menos no descubrimos signo alguno de sistemas de propulsión ni cualquier otra cosa que indicase que era una nave.

»Al analizar la roca de los alrededores determinamos que el daño tuvo lugar hace unos dos mil quinientos años, pero no sabemos lo antigua que es la propia estructura. El material es totalmente desconocido y aún estamos intentando dar con un modo adecuado de datarlo.

—¿Saben lo que le pasó? ¿Qué fue lo que lo destruyó?

—Ni idea. —A Jus le pareció que aquello era una verdad a medias, pero lo dejó estar. Que McCreedy se quedase con sus secretos de momento—. El único objeto intacto que encontramos, o al menos así parece, fue el artefacto.

Jus examinó las imágenes con detalle. Era una superficie metálica mate, grabada con una serie de finas marcas, evidentemente artificiales a juzgar por su diseño, aunque no había manera de saber si se trataba de algún tipo de lenguaje o eran puramente decorativas.

—Como ha visto, no hay nada en el objeto que llame la atención, aparte de su origen. No es más que una esfera de metal tallada. No sabemos si está hueca; la composición del metal nos es desconocida y obtener imágenes del interior ha resultado, bueno, más bien difícil. Lo más que hemos podido determinar es que se trata de algún tipo de mecanismo.

—Y que es duradero —interrumpió Johnson—. No puedo imaginar nada que nosotros hayamos fabricado que siga funcionando después de dos mil quinientos años.

—Eso suponiendo que aún funciona —señaló Jus.

—Algo hace, eso seguro —dijo McCreedy—. El estado de la doctora Lees es prueba de ello. Por supuesto, no hay manera de saber si eso indica que el artefacto funciona correctamente.

—¿Han intentado abrirlo?

—No.

A pesar de la rápida negativa, Jus no terminó de creérselo.

—Tiene que entender fue muy al principio de nuestras investigaciones cuando la doctora Lees...

—Sucumbió —finalizó Johnson la frase mientras McCreedy aún luchaba por encontrar un término más delicado—. Se desplomó sin más mientras examinaba el objeto.

—Quizá sea una pregunta estúpida, ¿pero están seguros del todo de que la esfera fue la responsable? —preguntó Jus.

—Por completo. La única reacción que ha mostrado desde su colapso fue cuando intentamos apartar la esfera de ella. En ese momento empezó a sufrir espasmos similares a los de un ataque epiléptico. Estamos seguros de que hay algún vínculo, aunque somos incapaces de comprender su naturaleza. Quizá nos veamos obligados a abrir la maldita cosa por la fuerza, pero estamos intentando evitarlo por tres razones. La primera es la posibilidad de que eso mate a la doctora Lees.

Un sentimiento muy loable, pero Jus no terminaba de tragarse que las autoridades detuvieran la investigación del primer artefacto extraterrestre jamás encontrado porque les preocupara la salud de un solo individuo en coma.

—La segunda es el consenso de que es un arma, un modo de aislar y atrapar la mente del enemigo, de un criminal o de lo que sea. El ejército está muy interesado, y le preocupa que cualquier intento de forzarla pueda dañar los mecanismos internos.

Ah, el ejército, sí. Al menos aquello sonaba cierto.

—La tercera es que si el artefacto es un arma, podría no gustarle que trampeáramos con ella y no tenemos la menor idea de los mecanismos de defensa que pudiera tener. Así que aunque no descartamos el uso de un poco de vandalismo controlado, lo dejamos como último recurso.

Autopreservación y ventajas militares. Sí, aquellos dos motivos sonaban razonables.

—Muy bien. ¿Qué me dicen del estado de la doctora Lees tras el colapso?

—De momento, estable. Hemos detectado actividad cerebral, pero solo en los niveles autónomos. Lo suficiente para que el cuerpo respire y la sangre circule, no más. El resto... ya no está. Y ahí es donde entra usted.

Jus estaba tendido en una camilla junto al cuerpo inmóvil, con el artefacto al otro extremo de la mujer. Lo habían movido un poco a petición suya. Quizá no representase diferencia alguna, pero dado que la distancia parecía ser un factor, se le ocurrió que un pequeño desplazamiento tal vez debilitaría el control que ejercía sobre ella, aunque fuera una fracción. Necesitaba cualquier ventaja que pudiera obtener, por pequeña que fuese.

Desde su llegada a la estación se había estado preparando minuciosamente y estaba listo, al menos todo lo que podía.

Entonces, ¿por qué la memoria empezaba a fallarle justo antes de empezar? ¿Por qué era incapaz, tendido junto a la mujer en coma a la que iba explorar, de recordar el detalle más importante de todos?

—Su nombre —dijo con ansia— ¿Cuál es su nombre?

—Sara —respondió alguien.

Sí, claro, Sara. Deslizó el dato en el lugar apropiado del armazón que había construido en su mente, la imagen mental de la personalidad que yacía junto a él.

—Sara.

Se convirtió en el foco, y la palabra se volvió dominante en sus pensamientos mientras entraba en ella y hacía su trabajo.

Jus era telépata. Bueno, casi. Era lo más cerca que la humanidad había logrado estar del mito del superhombre mental. A pesar de numerosas falsas expectativas, la auténtica telepatía aún estaba fuera del alcance de la humanidad, pero se había confirmado la existencia de una habilidad psíquica algo más pasiva, la empatía. Algunos individuos eran altamente sensibles y sintonizaban con facilidad con las emociones y estados de ánimo de los demás; un proceso que iba más allá de la pura respuesta física a los indicios visuales y que incluía una reacción mental hacia las emociones y pensamientos más intangibles.

Se había identificado y separado el grupo de genes responsable y luego se lo había manipulado. Al mismo tiempo, se habían erradicado aquellos otros que se comportaban como bloqueadores e inhibidores naturales de la habilidad.

Jus era el resultado.

En casos muy concretos y escasos era capaz de un contacto mental más proactivo, una forma limitada de telepatía, pero solo con aquellos que tuvieran al menos dos de los genes empáticos.

Su habilidad era la última esperanza de llegar a la doctora Lees. Era portadora de buena parte de los genes. Hasta se había sugerido que aquel era el motivo por el que había sucumbido al artefacto cuando a nadie más le había ocurrido.

Cierto que desde su colapso la esfera había sido siempre manipulada con manoplas y que pocos se le habían acercado, lo que posiblemente también tendría algo que ver.

Mientras Jus entraba en un estado de trance, se concentró en su nombre, repitiéndolo como un mantra.

Sara…

Sara…

Sara…

Percibió astillas de luz, como si vagara a la deriva en un mar de luz rota y se moviera de un modo totalmente imposible a través de cegadores y afilados fragmentos de discontinuidad. Era imposible mirarlo, igual que lo era dejar de hacerlo.

Sara…

Sara…

De pronto cruzó el resplandor y el brillo abrasador y se internó en lo que había al otro lado: una oscuridad total y completa.

Sara…

Niñaoscura estaba sola.

Hasta que de pronto, aunque era imposible, algo empezó a cambiar allí donde nada podía cambiar. Se sintió confusa al principio ante la perturbación, la ruptura de la desapacible armonía, de la existencia y la blancura sin fin que era su mundo. Pero el sonido fue creciendo poco a poco y la obligó a aceptarlo como real, a acoger aquel elemento nuevo y abrazarlo como parte de su universo, un nuevo aspecto de la oscuridad. Pero el sonido siguió creciendo, insistente, exigente, inevitable.

«Sara…»

Dejó de mecerse.

—Vete —le lanzó a las tinieblas.

«Sara.»

El sonido parecía ahora amenazadoramente cercano. La había encontrado.

—¿Qué eres?

«Un amigo.»

Examinó la palabra mentalmente, escudriñándola y desentrañándola. «Amigo». Sonaba vagamente familiar.

—¿Qué es «amigo»?

«Alguien con quien hablar. Alguien con quien compartir. Alguien que impide que estés sola.»

Poco a poco, procesos mentales que no había usado en mucho tiempo regresaron a su memoria y le hicieron responder:

—Alguien que habla de ti, alguien que te delata.

«¿A quién?»

Eso le dio un momento. Dio vueltas a la pregunta mientras lidiaba con ideas que, más que nuevas, parecía haber olvidado hacía tiempo. Se rindió a la evidencia de su propia soledad.

—¿Amigo?

«Estoy aquí.»

Ahora lo sentía, una presencia nebulosa, como la sombra de una personalidad.

—¿De dónde vienes?

«De casa.»

Otra palabra llena de connotaciones familiares que le provocó un sentimiento cálido y acogedor. Intentó pensar, intentó ir más allá de la oscuridad, más allá de su soledad… pero fracasó. Y cuando centró de nuevo su atención en el exterior, Amigo se había ido.

Jus se incorporó. En las comisuras de los labios una sonrisa pugnaba por salir, una indicación de alivio por haber vuelto, pero también un reflejo de triunfo. Lo primero que vio fue una mata enredada de pelo naranja.

—¿Y bien? ¿Ha contactado? —quiso saber McCreedy.

Jus asintió.

—En cierto modo.

—¡Maravilloso! ¿De qué modo?

Jus suspiró mientras intentaba encontrar las palabras adecuadas, que relejaran de algún modo lo que había experimentado.

—Está encerrada en un lugar que es pura oscuridad —dijo al fin—. Mentalmente, me refiero. No hay nada más allí, nada más. No hay ni luz ni sonido, salvo por… —¿Qué había sido? ¿Qué había oído justo en el umbral de su conciencia?—. Agua —comprendió—. Sí, el sonido del agua al gotear. Es su único estímulo. —Se estremeció sin querer—. Está totalmente aislada, pero algo me echó de allí.

Recordó de nuevo la fuerza irresistible que había agarrado su mente y la había expulsado, lanzándola veloz hacia la consciencia justo cuando empezaba a lograr algo. ¿Había sido la propia Sara? No lo creía. Así que tenía que haber sido la esfera.

—Pero contactó con ella —insistió McCreedy, ignorando todo lo demás.

—Sí.

—¿Puede traerla vuelta?

De nuevo Jus hizo una pausa mientras elaboraba su respuesta.

—Eso creo. Hubo reacción clara por su parte; me percibió e incluso intercambiamos unas pocas palabas.

Se puso en pie.

—Deme media hora. Necesito comer algo y repasar de nuevo su expediente. Tengo que encontrar algo alrededir de lo que establecer el foco; una imagen poderosa, tal vez un recuerdo de su infancia, algo que me sirva de disparador. Necesito que se mire a sí misma, que recuerde que es humana.

—¿Va a intentarlo tan pronto? ¿Tan seguro está de que puede?

—Sí. El progreso que logré fue real. Quiero trabajar sobre eso antes de que se desvanezca. Golpear mientras el hierro está caliente, digamos.

—Como quiera. Usted sabrá lo que hace.

Jus seguía cansado, pero volvió tal como había dicho. Presentía que era importante que regresara pronto. En aquella oscuridad había algo que minaba la voluntad y devoraba el alma. Cuanto más tiempo pasase allí Sara, más difícil sería recuperarla, estaba seguro de ello. Estaba decidido a restablecer el vínculo que había creado antes de que se desvaneciera de su mente.

Mientras se tendía junto a la figura encogida de Sara sus ojos se vieron atraídos hacia el artefacto, que descansaba inocuo al otro lado de la cama. Pese a las garantías de McCreedy de que aún no habían intentado abrirlo por la fuerza, se preguntaba si no lo habrían intentado y fracasado.

No importaba gran cosa y no tenía tiempo para distraerse con ello. Era el momento de concentrarse, de cruzar y establecer contacto con Sara Lees.

Sara...

Sara...

De nuevo se vio rodeado de luz rota, deslumbrante, antes de entrar en un vacío oscuro y agotador.

Sara...

Igual que había hecho antes, lanzó el nombre frente a él, buscando, escarbando en busca de una respuesta, del menor tirón, de la pequeña sacudida que anunciaba el contacto.

Sara...

Sara...

Nada. Pese a todos sus esfuerzos la oscuridad permaneció impenetrable e imperturbable y el vacío intacto.

¿Cuánto tiempo llevaba intentándolo? Era difícil de decir, el tiempo no significaba gran cosa allí. Dejó de llamarla y se detuvo mientras centraba sus pensamientos y reunía toda su fuerza. O Sara era incapaz de responderle o ahora elegía no responder...

Sara...

No estaba dispuesto a rendirse, a enviar las ondas de sus pensamientos de vuelta a la oscuridad. Siguió llamando durante lo que parecía una eternidad, al principio cada vez más desesperado y luego con resignación. No llegó a percibir el menor indicio de otra alma humana.

Al fin se detuvo, derrotado, y dio media en dirección al mundo exterior. Dejó que su concentración se disolviera e inició el proceso que lo devolvería al mundo consciente.

Fracasó.

No vio indicio alguno de luz, no vio a McCreedy y Johnson revoloteando ansiosos a su alrededor. Tan solo oscuridad eterna.

El pánico cayó sobre él. Intentó calmarse; seguramente era su cansancio lo que le impedía volver. Así que se tranquilizó y lo intentó de nuevo, pero volvió a fracasar.

De pronto notó algo, justo al borde de sus percepciones mentales. No era Sara, sino algo fantasmal, tenue y completamente ajeno. Se fue antes de poder localizarlo.

Fue entonces cuando empezó el sonido, tan débil al principio que apenas lo oyó, casi más un eco que un auténtico ruido. Pero en cuanto fue consciente de él, en cuanto su atención se enfocó en él, ya no le cupo la menor duda. Era el tintineo monótono e inexorable del goteo del agua.

En todo su vida jamás había oído algo tan aterrador.

Flexionó las rodillas y obtuvo una pizca de confort con aquel pequeño contacto humano, aunque fuera el suyo. Al cabo de un rato empezó a mecerse poco a poco hacia delante y hacia atrás. La sensación le resultó tranquilizadora, así que siguió.

Niñoscuro estaba solo.

Era un McCreedy más viejo el que estaba ahora junto a la cama, con la mata de pelo naranja veteada de gris, aunque igual de alborotada que siempre.

Hablaba con Carlton, el último de una interminable lista de burócratas que siempre hacían las mismas preguntas, o como mucho variaciones sobre el mismo tema. Junto a McCreedy estaba Henke, una mujer diminuta y escalofriantemente eficiente que se había unido al proyecto después de que un amargado Johnson lo dejara hacía más de un año.

El proyecto había cambiado mucho, se había ido reduciendo a medida que otros acontecimientos lo volvían menos importante. Se había descubierto otro emplazamiento extraterrestre en mejores condiciones que el primero, y finalmente la humanidad había conseguido quitarse de encima la parálisis inducida por los rastros históricos de la presencia alienígena en el sistema solar. La expansión había comenzado de nuevo tras algún retraso y la humanidad llegaba hasta las lunas de Júpiter.

El proyecto ya no era noticia. Los fondos se habían ido reduciendo poco a poco y McCreedy sabía que era cuestión de tiempo que cerrasen el complejo del todo.

En el pabellón había solo una cama, allí donde antes había habido dos. Sara Lees había pasado a mejor vida una tarde mientras los monitores mostraban como iba cesando toda actividad cerebral. Tal vez, de algún modo, había sido una victoria para ella; quizá un paso deliberado por su parte, una huida de la oscuridad, del infierno desolado en el que había caído.

Los monitores mostraban que Jus seguía con vida. Su cordura era otra cuestión, no había modo de que los monitores pudieran confirmarla.

—¿Seguro que va a funcionar? —preguntó Carlton.

Los ojos de McCreedy se posaron en Henke. Sabía lo que él habría respondido, pero esperaba que ella pudiera ofrecer mayores garantías.

—No —respondió Henke, cortante. Al cuerno las garantías—. Pero no podemos hacer mucho más. Se muere.

—Debería funcionar —murmuró McCreedy.

—Debería —aceptó ella—. Pero es tecnología extraterrestre. —El recordatorio era exclusivamente para beneficio de Carlton—. Creemos saber lo suficiente traerlo de vuelta, pero...

Tras una pausa pensativa, Carlton se limitó a decir:

—Adelante.

McCreedy soltó un suspiro de alivio. Era la autorización final que necesitaban.

Irónicamente el descubrimiento no había surgido de sus investigaciones, sino de lo encontrado en la segunda estación. Su sistema informático, mucho menos dañado, había permitido que el equipo desplazado allí evitara muchas de las frustraciones y callejones sin salida con las que él y su gente se habían enfrentado.

De algún modo los extraterrestres habían adaptado el asteroide para incrementar la capacidad de computación de su ordenador por medio de un realineamiento de la estructura cristalina de la roca, lo que les daba una enorme capacidad de almacenamiento y proceso. Los expertos aún trataban de comprender del todo el concepto. McCreedy no tenía la menor intención de intentarlo.

Se había descifrado, no sin dificultades, una pequeña parte del lenguaje extraterrestre y poco a poco los antiguos sistemas habían empezado a soltar algunas migajas de los secretos que contenían. La mayor parte de las grandes preguntas seguían sin respuesta: quiénes habían sido aquellos arcanos visitantes del sistema solar, de dónde habían venido, qué había destruido sus estaciones y, sobre todo, si aún estarían por allí. Pero entre los fragmentos de información que se habían recuperado se encontraron varias referencias al artefacto.

McCreedy y su equipo empezaron por fin a tener pistas de la verdadera naturaleza de la esfera.

—No, no era ningún arma —murmuró McCreedy, como si hablase consigo mismo.

—No —asintió Henke, ignorante de la naturaleza retórica del comentario. Hablaba de un modo tranquilo, desapegado. ¿Era McCreedy el único que encontraba la verdad tan humillante?—. Un juego —añadió ella en el mismo tono—, un puzle mental. Cómo escapar de la oscuridad.

—El juguete de un ejecutivo. —McCreedy suspiró—. Una fruslería para romper la monotonía de la rutina diaria... significara eso para ellos lo que significara. Su propósito no era más que ofrecer unos minutos de diversión. Para aliviar el estrés.

Se estremeció sin querer, lo que hizo que tanto Henke como Carlton lo miraran ceñudos.

—Me acaba de pasar una idea por la cabeza —dijo, tratando de explicarse, sin apartar la vista de la figura en el lecho frente a ellos—. Pero si uno de sus juguetes puede hacernos eso, si puede hacérselo a dos mentes tan increíbles como la de Sara y la de Jus, ¿qué pasaría si hubiéramos dado con un arma de verdad? ¿Qué nos habría hecho eso?

Ninguno respondió. Al parecer no tenían respuesta. Ni la tenía nadie más, McCreedy estaba seguro de ello.

PostScriptum

Escribí la versión original de este relato hace mucho tiempo. Para que os hagáis una idea, en la escena final se comparaba el artefacto con un cubo de Rubik, nada menos. Nunca me satisfizo por completo y la guardé sin intentar publicarla. Por alguna razón, me volvió a la memoria cuando empecé a considerar en serio la idea de dedicarme profesionalmente a la escritura, así que lo desenterré y lo reescribí a fondo, hasta que conseguí una versión que me satisficiera.

Mi intención original había sido crear un relato en el que no se comprende correctamente la funcionalidad de un artefacto alienígena a causa de la imaginación limitada de sus descubridores humanos. Me pareció que el sistema solar interior era el escenario natural para el relato, especialmente el cinturón de asteroides, potencial fuente de sorpresas.

El relato fue reimpreso en la antología de 2014 MindSeed, *creada como un homenaje al escritor anglo-alemán Denni Schnapp, que había muerto en trágicas circunstancias. Se pedían relatos de «ciencia ficción* hard *centrados en la biología, la exploración, la interacción, la naturaleza de la inteligencia y la comunicación con lo desconocido.» Me pareció que «Niñaoscura» encajaba perfectamente, y los editores también lo pensaron. Le di un último repaso al relato antes de enviarlo, así que si no ha quedado como debe, no lo hará nunca.*

SIN CONTRATIEMPOS

—¿De verdad te gusta eso?

En el equipo de música sonaba Fleetwood Mac, una de esas recopilaciones de «lo mejor de» que se nutría sobre todo de su disco clásico *Rumours*.

—Claro. ¿A ti no?

Ella no respondió y apartó la vista, pero su desdén era evidente.

Ben decidió no apagar la música. Era su coche y allí se escuchaba lo que él quisiera, coño. Pero su resolución empezó a vacilar casi inmediatamente. No era de los que hacen caso omiso de los deseos de un invitado y, además, se dio cuenta de que ya no le estaba prestando atención a la música. La actitud de la muchacha le había amargado el momento. Dejó que sonara otra canción y luego, sin una palabra, extendió la mano y apagó el reproductor. Ella no le dio las gracias, pero estaba seguro de que en su fuero interno se sentía agradecida.

Ben aún estaba un poco perplejo por la presencia de aquella chica... eh... aquella mujer en el coche. No había tenido la menor intención de recoger a una autostopista, ni por asomo.

No era más que otro ejemplo de que el día había estado yendo de mal en peor. Aún era pronto para saber si el viaje al norte había sido una completa pérdida de tiempo, pero la reunión con Archibald no había ido nada bien, de eso estaba seguro. El tipo era avispado y algunas de sus preguntas habían pillado a Ben con el pie cambiado, cosa que hacía tiempo que ningún cliente conseguía.

Para empeorarlo, había caído aquella maldita niebla. Anochecía enseguida en aquella época del año y la reunión había tenido lugar más tarde de lo que a Ben le hubiera gustado. Ya era casi de noche y aún no había conseguido llegar a la A1. Oscuridad y niebla, una combinación perfecta para convertir el viaje en una mierda. Tal vez tendría que haberse quedado a pasar la noche; seguramente la empresa le habría abonado la factura del hotel, siempre que no se pasara con el precio. Pero no, Sarah se habría preocupado; además, quería llegar fresco y animado a la oficina al día siguiente y apuntarse un tanto. Era el mayor de todos los comerciales y no podía evitar sentirse amenazado cuando sentía en la nuca el aliento de los jóvenes cachorros, sus supuestos colegas. Sabía los chistes que contaban de él a sus espaldas, especialmente el cabrón arrogante de Gilbert.

Con niebla o sin ella, se iba a casa. Todo iría bien en cuanto enlazara con la A1(M).

Repasó mentalmente varias veces la reunión con Archibald, especialmente todas aquellas respuestas que debería haber dado y no dio. Estaba haciendo exactamente eso cuando la joven apareció literalmente de la nada. En un segundo conducía por una carretera vacía y al siguiente la tenía justo enfrente. No era que la hubiera ocultado la niebla, de eso estaba seguro. Un momento antes ella no estaba allí.

Clavó el pie en el freno y giró el volante todo lo que pudo, agradecido de que no hubiera nieve además de niebla. Por el rabillo del ojo vio que la chica saltaba a la cuneta de la que pasaba él y evitaba el golpe por los pelos.

El coche se detuvo al fin. No la había atropellado, ¿verdad? Miró por el retrovisor. Estaba tirada boca abajo en la cuneta, totalmente inmóvil. *¡No, joder!*

Se desabrochó el cinturón de seguridad, saltó del coche y echó a correr hacia donde estaba la joven. *No, mierda, no, esto no me está pasando a mí.*

Al llegar junto a ella vio que se movía un poco. En toda su vida se había sentido tan aliviado. La joven se agitó y se puso en pie poco a poco.

—¿Está usted… se encuentra bien?

Ella alzó la vista y lo miro.

—Creo que sí, aunque no gracias a usted. ¡Podría haberme matado, coño!

El pelo negro estaba totalmente enmarañado, tenía un piercing en el lado derecho de la nariz y el maquillaje oscuro resaltaba lo que seguramente eran los ojos más hermosos que Ben había visto en su vida. Era pequeña, menuda; fácil de confundir con una niña. ¿Cuántos años tendría? ¿Diecinueve? ¿Veinte?

—Lo sé, perdóneme. De verdad que lo siento.

—¿Lo siento? Joder, ¿pero a qué velocidad iba, coño? Hay niebla, por si no se había dado cuenta.

Ya podía soltar algún taco menos.

—Sí, lo sé, tiene usted razón. —¿Por qué se sentía tan a la defensiva? No era él quien había estado paseándose por la noche en medio de una carretera cubierta de niebla vestido de cuero negro—. De todos modos, ¿qué hacía por aquí? —preguntó, sin embargo.

—Me peleé con mi novio. Me echó del coche.

—¿Aquí?

—Claro. El muy cabrón. ¿Y a usted qué le importa?

—No, nada... Oiga, ¿adónde iba?

Ella vaciló, insegura.

—A Londres.

¿Londres?

—Bueno, llevaba usted la dirección correcta, pero le espera una caminata de mil demonios.

—Ya. Esperaba que alguien me recogiera. —La mirada que le lanzó fue bastante explícita.

—Puedo acercarla, si le parece. —¿Había dicho eso, en serio? Las palabras habían salido de su boca sin que él hubiera podido impedirlo. Sarah lo iba a despellejar.

—Vale.

Así había acabado con aquella mujercita taciturna, agresiva y hosca en el asiento de al lado. Algo de lo que cada vez se arrepentía más.

La conversación había sido... digamos que difícil:

—¿Cómo se llama? —preguntó.

—Karen.

—Muy bien. Hola, Karen. Soy Ben. —Silencio—. ¿De dónde eres?

—No es asunto tuyo.

En ese momento se dio por vencido.

Concentrado en conducir, no se dio cuenta de lo que hacía ella hasta que oyó el clic del encendedor. Luego el olor del cigarrillo recién encendido le llegó a la nariz y estuvo a punto de saltar del asiento. Hizo cuando pudo para no perder el control del volante.

—Lo siento —dijo, aunque era evidente que no—, pero vas a tener que tirarlo. Este es un coche de no fumadores.

Ella lo contempló un instante antes de bajar la ventanilla y lanzar el humeante cigarrillo al exterior. Ben dejó escapar un suspiro de alivio. Intentar explicar el olor del humo en la tapicería habría sido una pesadilla.

¿A quién subiste al coche? A una mujer, ¿verdad?

Decidió que los acontecimientos de aquella tarde iban a merecer una cuidadosa reconstrucción. De hecho, lo mejor sería que no mencionara en absoluto haber recogido una autostopista.

Así que una chica que estaba por casualidad en el arcén, ¿eh? Me importa un pimiento que casi la atropellaras. ¿Es que eso te convierte de pronto en su chófer personal?

No, mejor no decir nada. Tampoco había gran cosa que decir, en realidad. Dejaría a la muchacha un poco más cerca de Londres de lo que la había encontrado y ahí acabaría todo. Él se iría a casa con la conciencia tranquila y no habría pasado nada.

Animado por la decisión que acababa de tomar y por la promesa de mejores condiciones para conducir en cuanto llegase a la A1(M), a un par de minutos, volvió a encender la música. Ah, ¿que a ella no le gustaba? A él sí.

Pese a su bravuconada, era intensamente consciente de la presencia de la joven. No cabía duda de que tenía un cierto atractivo de un modo desamparado y algo desaliñado, pero se esforzó en no pensar en ello. Tendría la mitad de su edad, como mucho.

Stevie Nicks estaba a punto de terminar *Rhiannon* cuando el servicio de carreteras interrumpió la música con una actualización del estado del tráfico. A Ben le bastó con oír la primera noticia:

> HAY GRANDES RETENCIONES EN LA A1(M) A CAUSA DE UN ACCIDENTE EN CON MÚLTIPLES VEHÍCULOS. EL CARRIL SUR ESTÁ CORTADO ENTRE LAS SALIDAS TREINTA Y TREINTA Y SEIS, Y EL ATASCO LLEGA A LA TREINTA OCHO. EXISTE UN DESVÍO POR LA A638, PERO ES UNA RUTA MUY CONGESTIONADA. LA POLICÍA INFORMA A LOS CONDUCTORES DE QUE SE PREVÉN RETRASOS DE HASTA TRES HORAS.

Ben contempló incrédulo la radio. En circunstancias normales estaría a tres horas de casa, como mucho. Ahora había que añadir media más por la niebla y otras tres por el atasco... No llegaría hasta primera hora de la mañana.

—¡Joder!

No podía tirarse conduciendo toda la noche, no después de la mierda de día que acababa de tener.

Aún estaba tratando tomar una decisión cuando la suerte, por una vez, vino en su ayuda. De entre la niebla emergió un cartel que anunciaba un motel a aquel lado de la A1. Seguramente habría dado directamente a la carretera tiempo atrás y había acabado convirtiéndose a uno de esos negocios a los que el progreso deja abandonados. Lo cual era perfecto, porque no sería muy caro, y cada vez veía más claro que iba a tener que quedarse a pasar la noche.

Hasta que no aparcó no recordó a su pasajera. De algún modo se las había apañado para no pensar en ella.

—Mira —le dijo—, no voy a poder seguir esta noche. Entre la niebla y lo de la A1 cortada... Si quieres irte...

Ella meneó la cabeza con fuerza.

—¿Con esté tiempo? Ni que fuera idiota. No estaba en medio de la carretera por gusto cuando me encontraste. Y quizá no tenga tanta suerte la próxima vez.

Se dio cuenta de que estaba intentando sutilmente hacerlo sentir culpable, pero no podía negar que tenía razón y, además, sentía cierta responsabilidad hacia ella. No era más que una cría, a pesar de su actitud desafiante.

—¿Tienes dinero?

Un nuevo meneo de la cabeza.

Claro que no. ¿Qué iba a hacer? Sus jefes no iban a abonarle dos habitaciones, desde luego... Consideró la idea de dejar que se fuera o incluso sugerirle que se quedara en el coche, pero no habría estado bien. Además, no podía fiarse de ella en el coche, a menos que le confiscara antes los cigarrillos.

—Vale. Conseguiré una habitación para los dos... Con camas separadas, tranquila. No va a pasar nada. ¿Te parece bien?

Ella se encogió de hombros.

—Supongo.

No estaba nada seguro de que fuera buena idea, pero estaba cansado y de mal humor y aquella era la opción más sencilla. A menos, claro, que se quedara él a dormir en el coche, pero ni de coña. Al fin y al cabo, iba a ser su habitación. La intrusa era ella, no él.

—Primero tengo que llamar a mi mujer y explicarle lo ocurrido. —Ella ni se movió. Ben señaló hacia la puerta—. Si eres tan amable...

Tras un momento de duda, Karen soltó un suspiro, se desabrochó el cinturón, abrió la puerta y salió del coche. Ben respiró hondo y se preparó para una llamada telefónica complicada.

Karen encendió otro cigarrillo y se apoyó en el coche. Mientras fumaba se preguntó si de verdad él creía que el débil aislamiento de la ventana del coche iba a impedir que oyera hasta la última palabra de su conversación. Bueno, al menos la parte de él. Su mujer daba la impresión de ser una zorra insegura y estirada.

—No, cariño, claro que no lo hago a propósito... Pues claro que quiero ir a casa... De verdad, con este tiempo... Sí, estaré ahí por la mañana, tan pronto como pueda, en serio... Nada del otro mundo, un motel... Claro que paga la empresa... Sí, me encantaría estar allí para hacerlo en persona. Te llamo mañana de la que salga... Bueno, si salgo demasiado temprano te llamo de camino, ¿vale? Te quiero.

Karen se preguntó si su mujercita le habría dicho «yo también.»

Menos mal que había acabado. Se estaba quedando helada allí fuera. El movimiento dentro del coche le indicó que se disponía a salir, así que se echó hacia delante y se alejó un par de pasos. Había fumado dos tercios del cigarrillo. Tomó una última calada y tiró lo que quedaba, para luego aplastarlo con la suela del zapato.

El encargado ni siquiera alzó la vista cuando Ben le pidió una habitación de dos camas, pero seguro que sonreía cuando se fue. La tentación de ponerse a la defensiva y decir algo del estilo de «es mi hija» era muy fuerte, pero la resistió.

La habitación era exactamente como había esperado: pequeña, exigua, funcional y con muebles baratos. Pero al menos tenía dos camas, separadas por una mesita de noche atornillada a la pared. Se desvistió de prisa mientras Karen tomaba una ducha; se dejó puestos los calzoncillos y se metió en la cama de la derecha, la que estaba más cerca de la puerta. Subió la sábana de modo que solo asomaran los hombros y la cabeza y dudó si apagar la luz o dejarla encendida.

Decidió lo segundo, pues supuso que ella la necesitaría cuando terminase. Ben no había estado a solas con una mujer que no fuera su esposa en un dormitorio desde... bueno, desde hacía tanto que ni se acordaba. Cuando cesó el ruido de la ducha lo encontró de mal agüero y se puso repentinamente nervioso.

¿Dónde mirar? ¿Sería mejor si se hacía el dormido?

La puerta del baño se abrió y Karen salió con una toalla enrollada alrededor. Joder, sí que estaba bien. Todas sus buenas intenciones se escurrieron por el desagüe. No podía dejar de mirarla. Ella llegó al espacio entre las dos camas y lo miró mientras se mordía el labio, como si estuviera tomando una decisión. Luego, soltó el extremo de la toalla y dejó que se deslizara hasta el suelo.

Ben contuvo la respiración y se limitó a mirar. Nunca había deseado tanto a nadie: pechos perfectos y pequeños, vientre plano, cintura estrecha...

—Estoy casado —dijo, sin convicción.

—Ya, pero tu mujercita no está por aquí, ¿no? Yo sí.

Se inclinó hacia adelante y lo besó; sus labios eran frescos y su aliento cálido. No tomó la decisión consciente de responder al beso, pero antes de que se diese cuenta se lo estaba devolviendo y extendía la mano para posarla sobre sobre piel de ella, todavía húmeda.

Sintió como Karen apartaba las sábanas mientras sus labios dejaban los de él y no pudo evitar un escalofrío cuando se deslizaron aleteantes por su cuello y su pecho. La mano de Ben se enredó en su pelo húmedo mientras los dientes y la lengua de Karen jugaban con su pezón izquierdo. Se puso rígido cuando las yemas de los dedos de la joven se desplazaron bajo sus calzoncillos.

Era electrizante.

¿Aquel gruñido era suyo?

—Espera —dijo mientras la apartaba.

Se las apañó para quitarse a toda prisa el reloj y el anillo de boda y los dejó en la mesita de noche junto al teléfono. Luego la acercó de nuevo.

Ben, tumbado en la oscuridad, disfrutaba de la euforia posterior al coito. La pequeña silueta de Karen se enroscaba a su lado. Estaban apretujados precariamente en la cama individual, ella se había dormido y tenía la cabeza apoyada en su brazo derecho. Era increíble. Lo habían hecho dos veces. ¡Dos veces! ¿Cuánto hacía de la última vez que había conseguido algo así?

Estaba claro que no podía dejar que se fuera. No iba a dejar a su familia, por supuesto, era su deber, pero una vez Karen había entrado en su vida no estaba dispuesto a dejar que desapareciera. Su encuentro había sido cosa del destino, y el acto amoroso, una revelación. Había olvidado lo maravilloso que podía llegar a ser el sexo. Era como si lo hubieran sacado de un estado de semi parálisis y le hubieran abierto los ojos a un mundo totalmente nuevo.

Se verían en secreto. Quizá podía ayudarla a buscar un sitio donde quedarse, y luego pasarle dinero con regularidad para hacer frente a las facturas, una paga. Podría apañárselas si trabajaba duro y volvía a hacerse con las comisiones que solía ganar antes. No pensaba ser despótico ni exigente. Si ella quería tener otros compañeros de lecho, no había problema; después de todo, no estaba en posición de exigir fidelidad. Le bastaba con que ella estuviera allí cuando él la necesitase…

Mientras todos aquellos planes se arremolinaban alrededor de su cabeza, Ben empezó a deslizarse en brazos del sueño.

Karen esperó a que lo regular de la respiración le confirmase que se había dormido, e incluso entonces aguardó un poco más. Más o menos una hora después, segura de que él estaba en lo más profundo del sueño, apartó con cuidado el brazo y dejó el lecho. Una rendija en la cortina dejaba pasar la luz de la farola de la calle. Aquella escasa iluminación no le venía mal, aunque tampoco era necesaria. No era ninguna novata en aquel juego y sabía exactamente dónde estaba su ropa. Tras vestirse en silencio se puso a trabajar de forma tan rápida como metódica y se hizo con todo lo que quería antes de irse.

Fue el timbre del teléfono lo que sacó a Ben de un agradable sueño. Los recuerdos de lo ocurrido la noche anterior aún poblaban su mente en duermevela. Ella no estaba en la cama y en la otra no parecía haber dormido nadie, pero no vio nada raro en ello. Seguramente estaba en el baño, o tal vez era de esa clase de personas a las que les gusta estirar las piernas a primera hora. Sin duda se había ido de puntillas para no despertarlo. Aún tenía mucho que aprender sobre ella y estaba ansioso por descubrirlo.

Tanteó en busca del teléfono, se lo llevó al oído y respondió con un soñoliento «Hola» sin pararse a mirar quién lo llamaba.

—¡Pensé que ibas a llamarme!

¡Sarah! Se despejó por completo de repente.

—Lo siento, creo que me quedé dormido. Ayer fue un día complicado y me temo que conducir por la niebla ya fue demasiado.

De todos modos, ¿qué hora era? Le echó un vistazo a la mesita de noche, donde había puesto el reloj, y se quedó helado.

—Vale, muy bien, pero, ¿cuándo vas a llegar a casa? ¿Y qué les digo a los de la oficina si llaman? ¿Ben? Sigues ahí?

No respondió. Oía su voz, pero era incapaz de distinguir las palabras. El reloj no estaba. Tampoco el anillo de boda. En aquel preciso instante todos los alegres planes que había trazado se hicieron añicos y algo murió en su interior.

—¿Ben?

Su anillo de boda. ¿Cómo coño iba a explicar aquello?

—¡Ben! ¡Ni te atrevas a pasar de mí!

—Cállate, Sarah.

Colgó.

Objetos de los que se pudiera deshacer con facilidad, ese era el quid de la cuestión. Había vaciado la cartera de Ben, pero no había tocado las tarjetas de crédito; eran demasiado fáciles de rastrear, como también lo era el teléfono, pero había cogido el reloj, que parecía caro, y el anillo de boda, que tenía pinta de ser de oro. No es que fuese gran cosa, pero todo contaba.

Ben había sido su tercer primo en aquella zona y el primero con el que había tenido que follar. Tampoco le había importado, y había estado bien, un poco rápido, pero razonablemente atento. Había tenido peores polvos.

Tenía tiempo para un último golpe ante de reunirse con los demás para el reparto. Parte de la diversión era intercambiarse chismes y reclamar el territorio entre fanfarronadas, pero prefería tener un botín algo más abultado antes.

La mañana no era muy clara; era evidente que al sol no le apetecía mucho salir. Aún había restos de la niebla del día anterior, aunque ni la mitad de espesa, pero hacía frío y se notaba la humedad en el aire. Decidió que la niebla sería lo primero en desaparecer. Se concentró para empezar en un pequeño detalle, una valla cercana, y echó a andar hacia ella mientras iniciaba un proceso que ya le resultaba tan natural como respirar. Se imaginó que la valla se hacía más pequeña y achaparrada y al momento esta empezó a cambiar, ajustándose a su visión y empequeñeciéndose a trompicones, como si estuviera viendo una sucesión de fotografías. El efecto se extendió y abarcó cuanto la rodeaba. Con cada paso se aceleraba el ritmo del cambio y el mundo empezó a transformarse para adaptarse a su voluntad. Le encantaba aquel proceso, el modo en que cruzaba de una realidad a otra y elegía de entre un número infinito de mundos paralelos que a menudo divergían solo en par de detalles. Reconocer las numerosas similitudes entre un lugar y otro le gustaba casi tanto como percibir las diferencias.

Esta vez fue un monovolumen, una cosa grande y roja con gruesas ruedas y la parrilla del radiador enorme. Tenía una abolladura superficial en la defensa y la pintura parecía vieja. Se las apañó para golpear el alerón delantero con la palma abierta mientras saltaba a un lado, incrementando así la sensación de que el vehículo la había golpeado. Con Ben no había podido a causa del brusco viraje que le había dado al coche.

Mientras yacía boca abajo en el suelo oyó el quejido de las yantas. La puerta del coche se abrió y Karen se esforzó en mantenerse inmóvil.

—Dios mío, ¿te encuentras bien? —Era una voz femenina, ni vieja ni joven.

El ruido de pasos se acercaba con rapidez. Se sacudió y gimió en el momento adecuado.

—Estás herida. ¿Te he dado? —Una mano se le posó en el hombro mientras se sentaba poco a poco entre temblores.

Sobre los treinta. Ojos bonitos. Vetas de gris que asomaban aquí y allá en el pelo castaño largo y suelto. Labios carnosos sin rastro alguno de pintura de labios. Ropas desaliñadas que ocultaban una figura bastante agraciada. Anillo de boda; por tanto, casada, respetable y seguramente con uno o dos hijos. Pero bonita. Evaluó a la víctima en un parpadeo y decidió que el mejor modo de llevar las cosas era fingirse desvalida y vulnerable.

—Creo... me parece que sí.

Se llevó la mano a la frente para incrementar el efecto dramático.

—Lo siento muchísimo. Saliste de ninguna parte. No te vi... No pude parar.

Se fijó en las pupilas de la mujer, en el modo en que le temblaban las aletas de la nariz y en la rapidez con la que respiraba. No estaba simplemente preocupada, se sentía atraída por ella, aunque seguramente ni se daba cuenta de ello y, de habérselo dicho, se habría sentido totalmente confusa.

Aquello iba a ser divertido.

—¿Cómo te llamas, querida?

—Emma —respondió en voz baja. Siempre le había gustado el nombre de Emma—. Lo siento, no sé en qué estaría pensando... La verdad es que ni siquiera sé qué estaba haciendo. Tenía la cabeza en las nubes. Mi novio acaba de dejarme... perdí el hijo que llevaba... —Se echó a llorar y su cuerpo se estremeció mientras los lagrimones le resbalaban por el rostro y sacudía los hombros.

—Pobrecita. Vamos, vamos, querida, no llores.

La mujer la cogió para consolarla y de repente estaban abrazándose, la cabeza de Emma metida en el hueco del cuello de la otra, frotándose contra él.

Las lágrimas no paraban, pero en lo más hondo estaba sonriendo.

PostScriptum

Cuando Jonathan Oliver de Solaris me invitó a participar en la antología End of the Road *(historias raras protagonizadas por personajes típicos de la carretera) se me ocurrieron un par de posibilidades, pero fue esta la que llegó a buen puerto.*

Un año antes había ido a visitar a Stephen Baxter a Northumberland. De la que volvía, la radio informó de que la A1(M) estaba cerrada a causa de un accidente, de que había atascos de tráfico de varios quilómetros y de que algunas salidas estaban sobrecargadas y con retrasos de tres horas. Una perspectiva horrible. Cuanto más cerca estaba, más impaciente me volvía, a medida que pasaba el tiempo y por la radio no decían nada. Por suerte, cuando estaba a poco más de un cuarto de hora del atasco despejaron la carretera.

De esta experiencia surgió «Sin contratiempos», a medida que me imaginaba a alguien en una situación similar, pero en la que el atasco se mantenía… aunque aquel acabaría por ser el menor de sus problemas.

LA RISA DE LOS FANTASMAS

Nadie se acordaba ya de los gurkhas. Nadie excepto Anthony.

Era del todo comprensible, por supuesto. Eran demasiado caros de mantener y el gobierno británico los había disuelto hacía años. Además, ¿qué sentido tenía mantener presencia militar en Brunéi hoy en día? Sí, bueno, estaba el petróleo pero, ¿aparte de eso?

Fue el Sultán el que quiso que se quedaran. Confiaba en ellos más que en sus propias topas y, por alguna razón, su cercano vínculo a Gran Bretaña y al ejército de Su Majestad aún los imbuía de prestigio en aquella parte del mundo. Así que decidió pagarlos de su propio bolsillo.

¿Cómo iban a rechazar una oferta como esa?

Allí estaban. Una fuerza militar letal y sumamente eficiente que formaba parte del ejército británico, contratados en un país extranjero y pagados por otro. Peculiar, como poco. No era raro que los hubieran pasado por alto.

Gran Bretaña había retirado del extranjero la mayor parte de sus tropas para defender la soberanía de la isla, pero todo sucedió tan rápido que algunas unidades no pudieron responder a tiempo. La principal prioridad de los americanos había sido precisamente eliminar las unidades más remotas y, aunque todas lucharon hasta el último hombre, la superioridad numérica y armamentística acabó por inclinar la balanza. Aún había rumores de tropas británicas empeñadas en una guerra de guerrillas en ciertas zonas, pero la mayoría se habían rendido rápidamente o habían sido aplastadas.

La guerra había terminado a todos los efectos. Gran Bretaña cayó en poco más de dos semanas. Los franceses, como era de esperar, no perdieron el tiempo y enseguida presentaron varias ofertas para beneficiarse del trabajo de reconstrucción.

Brunéi era el único lugar en el que una fuerza militar de considerable tamaño había pasado desapercibida. Los americanos se fiaban de la información proporcionada por la CIA, lo cual había resultado providencial. Los gurkhas no aparecían en la mayoría de las listas de efectivos regulares (no estaban en nómina, por ejemplo) y, al parecer, algún listillo de la Agencia de Inteligencia los había pasado por alto al hacer el recuento.

Anthony, que había sido el enlace oficial con los gurkhas durante su estancia en Brunéi, volvió a pensar en ellos en cuanto se inició la invasión. Había asistido a lo ocurrido desde cierta distancia; ya no había guerras privadas y todos los movimientos eran seguidos y radiados por la prensa y cada discusión se discutía y diseccionaba públicamente. Usó su posición y sus contactos para rellenar los ocasionales huecos que se les escapaban a los medios de comunicación.

Nadie se acordaba de los gurkhas de Brunéi.

Decidió actuar por su cuenta y tuvo mucho cuidado de evitar los canales oficiales, pues no quería comprometer a nadie y no tenía forma de saber si aún funcionarían.

Salió de Singapur justo antes de que esta fuera barrida y todos los diplomáticos británicos de cierta categoría fueran puestos bajo custodia armada por «su propia protección».

Su mujer y dos hijos, uno de ellos poco más que un bebé, ya se habían ido y estaban con su suegra. Era malaya y con ella estarían a salvo.

Mientras esperaba en el aeropuerto, vio en las noticias un comunicado del presidente americano. Anthony estaba demasiado lejos para pillar palabras concretas, pero el contenido del mensaje parecía evidente. No tenía la menor duda de que esparciría sus mentiras con la misma convicción y profunda sinceridad que tan famoso lo habían hecho.

Volver a Brunéi fue extraño. Como entrar en otro mundo, un tranquilo paraíso donde las convulsiones del exterior carecían de sentido y no parecían reales. La tentación de quedarse allí y desaparecer era demasiado intensa y tuvo que rechazarla con todas sus fuerzas. Habría podido hacerlo, estaba seguro. Aún tenía allí numerosos amigos, tanto nativos como expatriados. Habría podido retomar su vida anterior y desaparecer, dejando que el mundo se las apañara por sí mismo.

Pero, ¿por cuánto tiempo? Hasta que la realidad destrozara el paraíso, algo que ocurriría tarde o temprano.

No, no tenía el menor sentido hacerse el avestruz y pretender que no estaba pasando nada. Anthony se dirigió al pueblo de Seria, muy cerca de la capital, donde estaban acantonados casi setecientos gurkhas. Llevaba su kukri, el puñal de combate curvo y letal que tan terrible reputación tenía en todo el mundo. Nunca lo había usado; era un regalo de los oficiales del regimiento gurkha, una muestra de amistad y respeto. Estaba preparado para apelar a ambos si era necesario.

No lo fue. Lo escoltaron directamente al despacho de un gurkha en uniforme de coronel, que lo reconoció al instante y sonrió al verlo. Era Prakash, un viejo conocido, gracias a Dios.

Le contó que los gurkhas habían sido pasados por alto durante aquellas semanas. No había habido órdenes, ni indicación alguna, ni nada de nada. Algunos habían desertado y vuelto a Nepal cuando quedó claro que la causa británica estaba perdida, pero la mayoría se quedó. Eran un pueblo feroz y honorable.

Impotentes y llenos de frustración, habían asistido consternados al desarrollo de la guerra sin saber cómo actuar. Estaban tan complacidos de ver a Anthony como él a ellos y nadie puso en duda su autoridad. Estaban listos para salir en cuanto lo ordenara.

Por qué sentían aquel patriotismo hacia un país que no era el suyo resultaba un misterio para cualquiera que lo examinara. Después de todo, los británicos habían usado a los gurkhas como carne de cañón durante décadas, lanzándolos a lo más encarnizado del combate una y otra vez, orgullosos de que fueran parte del ejército británico… al menos hasta que resultaban heridos o se retiraban.

Un ex gurkha recibía una pensión de miseria y no disfrutaba de los beneficios habituales de los soldados regulares. Los políticos, si se los presionaba lo suficiente, daban algunas explicaciones al respecto. Por lo que Anthony recordaba, eran dos:

1. El gobierno de Su Majestad no podía permitirse el enorme gasto que conllevaría.
2. Los niveles de vida eran totalmente distintos en Nepal, así que el paquete habitual de beneficios parecía inapropiado y fuera de lugar.

Quizá el segundo argumento tuviera cierto valor, pero seguía sonándole a Anthony a pura racionalización por conveniencia y no explicaba la lealtad a toda prueba de las tropas. Le parecía un milagro.

El primer momento de tensión tuvo lugar en el aeropuerto mientras embarcaban. Un oficial de Brunéi llegó de pronto en un jeep sin capota con un puñado de soldados regulares y les ordenó que se detuvieran. Tras él había dos camiones, de los que estaban descendiendo más tropas.

Era una imagen surrealista. A un lado, un escuadrón de soldados claramente nerviosos que habían sido reunidos de prisa y corriendo y tenían pinta de querer estar en cualquier otro sitio. Frente a ellos, un regimiento de gurkhas, armados hasta los dientes y ansiosos por entrar en combate.

Lo irónico era que la paga de ambos bandos salía del mismo bolsillo.

Al final se les permitió irse sin necesidad de usar la violencia. Por muchos espumarajos que echase, al oficial de Brunéi no le quedó más remedio que aceptar que poco podía hacer para detenerlos. Igual que poco podía hacer Anthony para impedir que los de Brunéi informaran a los americanos. Confiaba en que no lo hicieran, pues las relaciones entre Brunéi y Gran Bretaña siempre habían sido buenas... claro que nunca antes se había presentado así por las buenas un oficial británico para quitarles a los gurkhas.

Y había que tener en cuenta los satélites americanos. Anthony sabía muy bien lo eficaces que eran, igual que conocía sus limitaciones. Los yanquis no podían pasarse cada segundo escudriñando hasta el último rincón del planeta y en aquellos momentos tenían muchas otras cosas de las que preocuparse. O eso esperaba.

No parecía descabellado una vez se consideraba que, con toda su tecnología y recursos, los americanos habían pasado por alto un considerable grupo armado de gurkhas.

Gracias a Dios por la CIA.

Una vez en vuelo, Anthony se detuvo a considerar lo que estaba haciendo y ponderar con exactitud qué lo había llevado a tomar aquel curso de acción. Era diplomático, no soldado, las únicas batallas en las que había participado se libraban con palabras e ingenio y no con balas y misiles. Anthony era bien considerado en sus propios círculos, pero sus credenciales difícilmente lo identificaban como alguien apto para lo que estaba haciendo.

Había sido culpa de un noticiero que se había convertido en la proverbial gota que desborda el vaso. Era una retransmisión en directo desde Londres; incluso ahora podía ver con claridad la imagen del general Weiskopf a los pies de St. Blair, los ojos ocultos bajo las gafas de sol, que a su vez estaban medio tapadas por el reluciente casco de camuflaje, con el barboquejo desatado meneándose a un lado y al otro cada vez que la papada se movía al son de sus palabras. El general anunciaba al mundo libre que él y sus muchachos «se sentían orgullosos de haber sido fundamentales en la liberación de las oprimidas gentes de Gran Bretaña.»

Recalcó con fuerza que él mismo había sido testigo de las lágrimas que derramaban en las calles tanto hombres como mujeres al paso de las tropas americanas. Una muestra inequívoca de gratitud y alegría, al menos según el general.

Hablando con exactitud, lo único que se había «liberado» eran Gales e Inglaterra, pero a los americanos les costaban más aún que a los ingleses diferenciar entre Inglaterra y Gran Bretaña en conjunto.

No se quitaba de la memoria las tremendas imágenes de los regimientos de highlanders en sus kilts, cargando contra las barricadas del Parlamento como si fueran berserkers.

A Anthony siempre le habían caído bien los escoceses. Demonios, algunos de sus mejores amigos eran escoceses.

No tenía ni idea de lo profundo que era el resentimiento de los escoceses contra los ingleses. Sabía que existía, pero siempre lo había tomado como una simple rivalidad benigna, pura palabrería, nada que sintieran de verdad. Fue todo un golpe descubrir cuánto significaba para algunos.

Por el contrario, mientras Escocia se ponía del lado de los americanos, Gales se mantuvo firme al lado de Inglaterra y el Reino Unido, y en consecuencia sufrió los peores bombardeos. Irlanda del Norte se mantuvo al margen, pero tenían sus propios problemas, al fin y al cabo, como el resurgir del nuevo Ejército Republicano Irlandés.

Pese a su nombre, el NIRA tenía poco que ver con el antiguo IRA. Pero eso son fruslerías que nunca les han importado a los oportunistas. Según los rumores, aún sin confirmar, estaba financiado desde los Estados Unidos.

Los pensamientos de Anthony volvieron al presente. Si alguien de Brunéi había contactado con los americanos, que así fuera. Llevaba a sus gurkhas al único lugar en el que los americanos jamás osarían pensar. Pretendía que intentaran lo impensable y consiguieran lo imposible.

Alguien tenía que vengar a Gran Bretaña.

Se preguntó cómo lo retrataría la historia. ¿Héroe o despiadado terrorista? Seguramente dependería de quién la escribiera, como siempre.

Al iniciar el viaje, Anthony no tenía claros sus planes; no sabía muy bien qué iba a hacer con los gurkhas, aparte de llevárselos antes de que alguien más lo hiciera. Pero en el vuelo desde Singapur empezó a ocurrírsele una posibilidad y para cuando aterrizó en Brunéi tenía un plan completo y elaborado.

Aquella situación era monstruosa y alguien tenía que hacer algo. Si no recordaba mal las viejas fábulas, el mejor modo de matar a un monstruo era cortándole la cabeza.

Es decir, matar al presidente de los Estados Unidos de América.

El tráfico aéreo entre Estados Unidos y el resto del mundo se había incrementado durante el nuevo milenio. Por supuesto, la incertidumbre causada por la guerra lo había disminuido un poco, pero no demasiado. Después de todo, la guerra estaba lejos.

Las defensas aéreas americanas estaban en alerta, pero con tal volumen de tráfico era de ilusos esperar que se pudiera distinguir entre civiles inocentes y una amenaza potencial. Todo el mundo comete errores. Dos días atrás un avión civil había caído en la costa de Florida y no había habido supervivientes. El comunicado oficial lo había achacado a un fallo mecánico, pero había rumores de que en realidad lo había abatido por error el sistema de defensa aérea americano.

La prensa sensacionalistas había desempolvado aquella vieja y conocida expresión, «fuego amigo», y la había plantado en los titulares.

Sí, América se mantenía alerta... más o menos. El problema era que la mentalidad americana era incapaz de aceptar la amenaza como algo real. Al fin y al cabo, la guerra había acabado, ¿no? Los británicos habían perdido. ¿Quién en su sano juicio iba a invadir América?

Vale, sí, estaba Pearl Harbor, pero había sido un golpe rápido y, además, había sido en Hawái. Cierto que era parte de Estados Unidos, pero no era realmente América, ¿verdad?

Y, por supuesto, el 11-S. Mucho más fresco en la memoria, pero el tiempo lo curaba todo y, aunque Estados Unidos no olvidaba, el paso de las décadas había suavizado considerablemente el trauma producido. Picaba como una vieja herida, siempre presente, pero no especialmente molesta.

Nadie había invadido nunca de verdad los Estados Unidos.

Hasta el momento.

Tras discutir las posibilidades con sus oficiales, Anthony decidió que lo mejor era aterrizar en Canadá cerca de la frontera estadounidense. Algo muy conveniente, teniendo en cuenta la situación de su objetivo.

El presidente estaba pasando un tiempo en uno de sus retiros favoritos. No Camp David, sino una extensa casa de campo en el condado de Aroostook, Maine, Nueva Inglaterra.

Se desplazaban sobre todo de noche y cruzaron la frontera en pequeñas unidades que se reagruparon una vez estuvieron en suelo estadounidense. Durante el día se escondían en lo profundo del bosque, donde la mayor amenaza eran los turistas y excursionistas, pero eran cuidadosos y habían un montón de lugares donde ocultarse.

Solo hubo un incidente, una familia de excursionistas (madre, padre, hija adolescente y niño pequeño) cuyo perro había escapado, un incidente lamentable pero no para ponerse histéricos. Siguiendo las órdenes de Anthony, los suyos actuaron rápida y eficientemente. No era ningún monstruo, pero sabía que el factor sorpresa era fundamental y no podía arriesgarse a que los descubrieran. Pese a que las sabía necesarias, aquellas ejecuciones lo turbaron. Se consoló con el pensamiento de que en una misión como aquella el daño colateral era inevitable... Además, ¿cuántos inocentes habían muerto en el Reino Unido las pasadas semanas? Pese a eso, fue un alivio que los encontrase una unidad diferente a la suya y se enterase de las muertes una vez ocurridas.

Vivían de lo que les daba la tierra, lo que no era fácil con un grupo tan numeroso, pero si alguien podía hacerlo, eran los gurkhas. Una vez, Anthony había pasado cuatro días en la jungla de Brunéi con una unidad de gurkhas durante un ejercicio de entrenamiento.

Llevaban raciones de supervivencia, pero la segunda noche prepararon la comida usando solamente raíces, brotes y hojas recogidas de la selva, sazonadas con especias que llevaban consigo.

Curiosamente, fue una de las mejores comidas que Anthony había probado en su vida.

Maine no era Brunéi, pero los gurkhas parecían tener un instinto especial para encontrar comida.

Lanzaron el ataque dos noches después de haber cruzado la frontera. El retiro del presidente estaba en lo profundo de un bosque, rodeado de un complejo arbolado. Había numerosa presencia militar, pero parecían bastante relajados. Había agujeros en la seguridad por todas partes, en parte porque el lugar no era muy sencillo de proteger, pero sobre todo porque nadie esperaba que pasase nada.

Siguiendo su costumbre, se deshicieron en pequeñas unidades y cruzaron el perímetro como fantasmas.

Anthony iba con un pelotón dirigido por un cabo primero, Pala, con el que había trabado buena relación en los últimos días. Pala y sus hombres le habían sido asignados como guardaespaldas. Anthony no sabía si aquello era un honor o un castigo.

Hacía cuanto podía, pero era evidente que no se le daba tan bien como a su escolta. Fue inevitable que su torpeza atrajera la atención de un centinela. Sin embargo, no fue a él a quien descubrió el soldado, sino a un gurkha que se expuso deliberadamente para que el resto del pelotón pudiera ponerse a cubierto.

El centinela se aproximó al agazapado gurkha, con las lentes de visión nocturna sin poner y el fusil abatido.

—Eh, sargento, mire lo que he encontrado —susurró en voz bastante alta y mirando hacia atrás—. Un enanito jugando a los soldados.

Aún estaba sonriendo cuando el gurkha lo evisceró. En cuanto al sargento, no dijo nada, sobre todo porque estaba muy ocupado en aquel momento haciéndose cortar la garganta. Ninguno de los dos había visto al segundo gurkha que se acercaba por detrás.

Era la primera vez que Anthony veía un kukri en acción y comprendió enseguida por qué se había ganado la terrible reputación que tenía.

Siguieron su camino, con los gurkhas al frente para asegurarse de que no habría más sorpresas. Cuanto más avanzaban, más fuerte era la seguridad. Anthony tuvo que pasar dos veces sobre los cuerpos inmóviles de soldados americanos antes de que la mole de la casa de campo apareciera entre los árboles.

Qué extraño, parecía que la puerta frontal no estaba vigilada. Pero era una ilusión que solo duró hasta que sus hombres le dieron paso. El interior estaba lleno de numerosos cuerpos apilados de cualquier manera, algunos con uniforme y otros no. Eran los centinelas que había echado en falta, tanto militares como del servicio secreto.

Apartó la vista y se centró en lo que le rodeaba, impresionado. La entrada daba a un enorme recibidor techado de altas paredes, en las que cada cierto trecho había luces que iluminaban débilmente el lugar. Una lujosa araña de cristal, apagada, colgaba del techo como un pendiente grotesco. Sus ojos se vieron atraídos sin poder evitarlo por la escalera que se dividía elegantemente hasta morir en un rellano que la cerraba por los extremos. Había numerosas puertas a ambos lados, todas cerradas.

A sus espaldas, en el exterior, le llegó el ruido de disparos, justo lo que había estado medio esperando medio anticipando durante toda la misión. Lo sorprendente era que se las hubieran apañado para llegar tan lejos sin que los descubrieran. De un modo extraño, fue liberador oír por fin el sonido que había estado esperando todo aquel tiempo, por más que volviera la situación más tensa y urgente.

De una de las puertas le llegó un ruido apagado, sin duda una reacción a los disparos. Un gurkha se deslizó veloz junto a la puerta y se movió para agarrar a la persona que salía por ella.

Una sirvienta: bonita, joven y esbelta. Llevaba el equipamiento completo de doncella, incluida la cofia y el delantal y parecía totalmente fuera de lugar junto al gurkha en uniforme de camuflaje, como si fuera una extra que se hubiera fugado del decorado de un capítulo de la señorita Marple y se hubiera metido en la película equivocada.

Mientras todo esto pasaba por la mente de Anthony, una mano se posó en la boca de la chica y un kukri destelló.

Tal vez se debía a la tensión del momento o tal vez a que se estaba acostumbrando a la violencia, pero no sintió la muerte de la joven tanto como la de la familia de excursionistas. Además, seguro que era del servicio secreto.

Los disparos sonaban más cerca. El cabo primero Pala y sus hombres salieron para tomar posiciones defensivas y guardar la entrada.

Otro gurkha le señaló una puerta en concreto mientras alzaba un dedo para indicarle que había un solo hombre al otro lado. Anthony se arriesgó a abrir una rendija y mirar dentro. Era el presidente. Caminaba de un lado a otro, claramente impaciente.

Tras un frenético intercambio de signos, los gurkhas accedieron a regañadientes a esperar en el recibidor. Anthony abrió la puerta y entró solo en la habitación.

Era grande. En el extremo más lejano había una enorme mesa de madera oscura, rodeada de varias sillas de respaldo alto. El fuego crepitaba en una impresionante chimenea a su izquierda.

Las paredes estaban decoradas por varias pinturas. Los rostros de gente que llevaba mucho tiempo muerta, preservados al óleo, lo miraban desde los formales retratos.

El presidente dio la vuelta en su dirección, tal vez alertado por el sonido de la puerta, pese a que había tenido todo el cuidado posible.

—¡Ya era hora, hombre! —exclamó, para luego seguir paseando.

Sin estar seguro de con quién lo había confundido, a Anthony le llevó un momento evaluar a aquel individuo. Delgado, aunque un poco más bajo de lo que parecía en los noticieros, de cejas pobladas y pelo escaso, veteado de gris en la proporción adecuada para hacerlo parecer distinguido. Vestía un traje que sin duda había sido caro y elegante, pero que ahora parecía desaliñado, como si lo hubiera llevado durante días.

—Lamento haberlo hecho esperar, señor presidente —contemporizó Anthony.

—¡Menudas narices las vuestras! ¿No os dais cuenta de que tengo que dirigir un país?

Llegó al extremo de la habitación, dio media vuelta y siguió caminando sin dejar de gesticular.

—No me malinterpretes, la comida es de primera y está bien alejarse de todo de vez en cuando. Sé que sois gente ocupada, y que tenéis mucho que atender con vuestras corporaciones y todo eso, pero eso no os da derecho a tratarme de ese modo. ¡Un mes! Eh, no soy un prodigio de puntualidad, pero esto… Unas horas, pase; venga, un día… pero ¿un mes?

Se detuvo y golpeó el pecho de Anthony con el dedo.

—Soy alguien importante, ¿sabes?

Afirmación que, a la vista de las circunstancias, parecía bastante cuestionable.

¿Un mes? ¿Entonces el presidente llevaba allí desde antes del inicio de la guerra?

Anthony recordó los noticieros; vio de nuevo aquel rostro sincero y sabio dirigiéndose al pueblo americano y, por extensión, al mundo entero, explicando en tono severo por qué la invasión de Gran Bretaña era lamentablemente necesaria.

Un engaño. ¿Generado por ordenador, un actor, una combinación de ambos? En realidad no importaba, pero tenía curiosidad.

En todo aquel tiempo, el hombre cuyo rostro había sido copiado, el presidente de los Estados Unidos, que muchos tomaban por el hombre más poderoso del planeta, había estado allí, en aquel remoto y agreste retiro, esperando una reunión que no iba a tener lugar jamás. El pobre diablo no tenía la menor idea de lo que pasaba; seguramente ni sabía que había habido una guerra.

Anthony fue consciente de pronto del desacostumbrado peso de su cinturón, del que colgaba una pistola. Había ido hasta allí decidido a cortarle la cabeza al monstruo, pero lo único que había encontrado era un hombre de paja. Pese a todo, tenía que seguir adelante, ¿no? Había que vengar de algún modo a Gran Bretaña, dar un golpe por toda la gente honrada del mundo y por los gurkhas que estaban sacrificando sus vidas para darle aquella oportunidad.

—Lo siento, señor presidente.

En el momento mismo en que apretó el gatillo se le pasó por la cabeza que quizá les estaba haciendo un favor a los verdaderos mandamases al convertir en mártir a aquel títere que ya había sobrevivido a su utilidad.

El rostro del presidente se tiñó de asombro, luego pareció conmocionado y finalmente solo incrédulo. Murió sin comprender qué ocurría.

En las paredes, los ojos de los presidentes muertos contemplaban a Anthony desde sus retratos de pesados marcos como si lo estuvieran juzgando. Anthony dejó que la pistola cayera al suelo; sentía el brazo tremendamente pesado y no podía sostenerla más. Contempló el cuerpo encogido en el suelo e intentó encontrarle sentido a todo lo ocurrido. Mientras lo hacía, los disparos sonaron cada vez más cerca y mucho más intensos. Seguramente ya estaban dentro de la casa.

No faltaba mucho.

De algún modo, sintió que el fantasma de Bin Laden soltaba una carcajada.

POSTSCRIPTUM

Mi cuñado Philip trabaja para el Ministerio de Exteriores. Cuando lo conocí acaba de volver de una misión de un año en Brunéi, donde entre sus responsabilidades estaba la de ser el enlace con los gurkhas allí acantonados. Fue una gran fuente de información y de anécdotas sobre los gurkhas, y lo guardé todo en la memoria, convencido de que algún día me sería útil para un relato.

Algunos años más tarde, en 2003, el gobierno de Tony Blair involucró a Gran Bretaña en la invasión de Irak, a las órdenes de los americanos. Me sentí indignado y me pareció, en lo más hondo de las tripas, que era una decisión errónea en todos los sentidos posibles. La idea para un relato surgió de esa reacción y se combinó a la perfección con la información que me revoloteaba en la cabeza acerca de los gurkhas. La indignación y frustración que me embargaban fueron el origen de «La risa de los fantasmas».

Está escrito con rabia y contiene bastantes elementos anti americanos. Teniendo en cuenta que la mayor parte de los lugares a los que podía venderlo eran americanos, siempre me pareció que el relato tenía pocas posibilidades de publicarse. Pero Farah Mendlesohn solicitó originales para una antología que se iba a llamar Glorifying Terrorism *y que pretendía ser una protesta contra las implicaciones que se desprendían de ciertas cláusulas de las recientes leyes antiterroristas. Me pareció el lugar idóneo para el relato, como así fue.*

ESCUADÉLICO

Era curioso que no se hubiera acuñado un término específico para los expertos en tiburones. Lo más parecido que Debra había encontrado era «ictiólogo», que significaba simplemente «experto en peces». También estaban otros términos como «biólogo marino» y... eh... bueno, «experto en escualos».

Debra suspiró y decidió aparcar la cuestión de momento.

Odiaba ir a una entrevista sin un titular en mente, una etiqueta. Cierto que su elección podía cambiar una vez la entrevista hubiera concluido y ella hubiese podido reproducir la grabación y la hubiera escuchado de forma analítica, decidiendo qué incluir y qué no, qué aspectos debían ser enfatizados y cuáles quedarían como una simple mención de pasada. Pero se sentía incómoda yendo allá sin tener en mente nada de nada. Desnuda, en cierto modo.

Vaciló un momento antes de salir del coche, mientras estudiaba una última vez el perfil del entrevistado en su libro de notas con la esperanza de que se le ocurriera algo en el último minuto.

Ryan Turner, treinta y siete años, natural de Cambridge, Reino Unido. Licenciatura en Biología Marina y Oceanografía en la Universidad de Plymouth.

Tras la universidad, Turner se había dedicado a viajar durante seis meses: Tailandia, Malasia, Singapur, China, Hong Kong y Australia. La experiencia debió de gustarle, porque poco después de volver a casa se trasladó de nuevo a Australia, donde estuvo trabajando en la conservación de la Gran Barrera de Coral (al parecer en mucho mejor estado de lo se suponía) para volver al Reino Unido dieciocho meses más tarde. No se especificaban los motivos. Empezó a trabajar para la televisión, inicialmente como técnico, en diversos documentales sobre la naturaleza. Varios de ellos formaban parte de series de prestigio y algunos habían sido premiados. De ahí pasó a estar delante de la cámara y su aspecto curtido y su profunda voz se hicieron cada vez más populares, a medida que su reputación como el principal experto en tiburones de las ondas iba quedando firmemente establecida.

Debra se saltó la lista de programas y los diversos libros que Turner había escrito. No podía evitar la sensación de que algo se le estaba escapando, de que algo faltaba en aquel perfil. Toda aquella información apenas iba más allá de lo superficial. El currículum detallaba sus impresionantes logros profesionales, pero no daba la menor pista de que Ryan Turner, presentador de televisión y biólogo marino, ocultara durante todo aquel tiempo un insospechado talento como artista.

Lo había comprobado y sabía que Turner no había estudiado en ninguna escuela de arte ni recibido educación formal en ese sentido, al menos que ella hubiera podido descubrir, ni había mostrado jamás la menor inclinación o aptitud hacia la pintura. Sin embargo, no hacía ni dos días ella misma había podido comprobar en una de las principales galerías de Londres el alcance y el incisivo y apasionado potencial de sus creaciones.

No era la única. Cuando los gigantescos y casi psicodélicos lienzos de Turner empezaron a salir a la luz, pillaron por sorpresa a la escena internacional del arte. El hecho de que la identidad del artista fuera desconocida no vino tampoco mal; a todo el mundo le encantan los misterios. Los cuadros estaban firmados en la esquina inferior derecha, pero nadie sabía quién se ocultaba bajo el opaco seudónimo de «Carcha». Las redes sociales se hicieron eco de la noticia e internet se llenó de conjeturas, con lo que el misterio no tardó en bajar de las rarificadas alturas del arte para aposentarse en la imaginación del público. Hasta salió en las noticias nacionales, cuando una famosa estrella pop admitió que se sentía «halagada» de que su nombre se vinculase al del enigmático artista. Sus negativas no detuvieron las especulaciones.

El momento de salir a la luz estuvo perfectamente orquestado y coincidió con el anuncio de la primera exposición de Carcha.

¿Ryan Turner? ¿En serio? Nadie lo había visto venir.

La videncia retrospectiva es algo maravilloso, así que no se tardó mucho en establecer la conexión. Biólogo marino: tiburones. Carcha: abreviatura de *Carchariniformes*, orden taxonómico que incluye al pez martillo y a los tiburones de los arrecifes. Añadamos a eso los títulos de sus obras, muchos de los cuales podían interpretarse como referidos al mar: «Frente de Tormenta», «Marco Riente» (¿Mar corriente?) o «La Red», que todo el mundo había asumido como una referencia informática, claro. En realidad era de lo más obvio.

Además, ¿cuánto hacía desde la última vez que Turner había salido en la tele? Poco más de un año, ¿no? No era raro que hubiera desaparecido de la luz pública; sin duda estaba totalmente concentrado en su obra.

Las noticias de la primera exposición de Turner en una de las principales galerías de Londres sacudió la red como una descarga eléctrica. Las invitaciones a la noche de inauguración estaban entre las entradas más caras de la ciudad, así que Debra, periodista freelance que acababa de empezar su carrera, no tenía la menor esperanza de hacerse con una. Sí, había publicado un par de artículos de cierta relevancia, pero había periodistas mucho más ilustres que ella en la cola.

No había contado con Dominic. Amante ocasional, amigo perenne, apuesto y misterioso, había estado entrando y saliendo de su vida una y otra vez, siempre desplazándose por la delgada línea que separa lo escandaloso de lo aceptable. Era divertido y mordaz, atractivo, enormemente inteligente, bisexual, impredecible y, sobre todo, increíblemente bien conectado.

—¿Te interesa una invitación para lo de Turner la noche de apertura? —le había preguntado mientras tomaban un café durante uno de sus encuentros, no por irregulares menos bienvenidos. La pregunta surgió así por las buenas, sin preámbulo alguno y sin ninguna relación con nada de lo que habían estado hablando. Decía mucho del estatus de Carcha el que Debra ni se parase a preguntar «¿qué Turner?». Solo podía tratarse de uno.

—¿Me tomas el pelo?

Él sonrió, claramente encantado con la reacción que había provocado, y dijo:

—No, aunque todo tiene un quid pro quo en esta vida.

Se acostaron, claro, era lo menos que podía hacer por él.

Debra había elegido la indumentaria de la noche de la exposición con mucho cuidado; un vestidito negro con cierto toque gótico pero no demasiado descarado. Complementos sencillos de plata (pulsera, hebilla del cinturón y de los zapatos) aunque se permitió el lujo de unos pendientes de oro blanco. Además, los zapatos en sí mismos eran para morirse; auténticos Jimmy Choo con tacones de diez centímetros que no se habría atrevido a llevar normalmente, pero que en una noche como aquella la hacían sentir de maravilla. Como era de esperar, la mayoría de los asistentes iban envueltos en prendas de diseño de la cabeza a los pies, una de las razones por las que ella no... bueno, eso y el precio, claro.

Había visto la obra de Carcha online y en alguna revista, pero aquello no la había preparado para encontrarse con ella cara a cara. Y sí, se lo podía calificar de encuentro, incluso de descubrimiento. Era la mejor forma de describir el regocijo que causaba posar los ojos por primera vez sobre aquellos enormes y asombrosos lienzos. Los susurros casi reverentes de los presentes eran prueba evidente de que no era la única que se sentía de ese modo.

A base de prueba y error descubrió que lo mejor era no acercarse demasiado. Por supuesto, no había nada malo en aproximarse para examinar brevemente los detalles más finos del pincel, pero al hacerlo se corría el riesgo de perder lo esencial. Solo abarcando de una sola mirada toda la composición se podía apreciar por completo el impacto emocional del cuadro. Eso fue lo que hizo una y otra vez mientras otros espectadores, más distinguidos, se echaban hacia adelante para examinar más de cerca una pintura en concreto, solo para retroceder de inmediato, como si algo los obligara a hacerlo.

—No es solo un nuevo modo de pintar —le decía a su compañero en tono confidencial un tipo apuesto de perilla y corbata—. Es una disciplina artística totalmente nueva.

Las composiciones no tenían nada de tradicional. Recordó a su finado abuelo, que se las había dado de amante del arte, y supuso que el viejo habría arrugado la nariz y habría calificado desdeñosamente toda la exposición de «arte abstracto mal ejecutado». Pese a todo los cuadros se las apañaban para reflejar el mundo y la vida de un modo mucho más preciso y certero de lo que lo habría hecho una obra minuciosamente híper realista.

Debra fue de un lado a otro de la galería sin hacer caso del resto de los invitados, la atención centrada en un cuadro tras otro. Ninguno de ellos la afectaba del mismo modo que los demás, aunque a veces le parecía detectar ciertos paralelismos, una curiosa resonancia en los temas. «Profundidad» y «Horizontes», por ejemplo. El primero se era un entrelazamiento de diversos tonos: azules y grises oscuros y, si se miraba más de cerca, morados y verdes oscuros; una combinación que parecía crear una textura que sobrepasaba la bidimensionalidad de la superficie del lienzo. En cierto modo, obsesionaba al espectador y lo obligaba a mirar cada vez con más atención y a descubrir nuevos detalles, como si de algún modo la pintura desapareciera y bajo ella asomasen ocultos misterios. Pasar demasiado tiempo contemplando «Profundidad» era arriesgarse a perder la orientación y quedarse con la idea de que, mientras se estaba mirando el cuadro, la realidad había dado un sigiloso paso a un lado y había dejado detrás al espectador.

«Horizontes» tenía un efecto similar, con sus sutiles estrías de azul pálido, blanco y plata que llevaban la vista al centro de la composición solo para encontrar un corazón que se consumía en un fuego anaranjado sin llamas. Pero allí donde «Profundidad» parecía atrapar al espectador en un abismo negro sin salida, «Horizontes» lo elevaba hacia el distante sol en un viaje interminable, un sueño placentero del que era imposible cansarse.

Sin embargo, su obra favorita, o al menos aquella de la que no podía apartar la mirada, era «Escuadélico», un intenso caos de colores en colisión que se mezclaban de un modo sorprendentemente armónico; un paisaje de belleza no buscada que surgía de las cenizas de la anarquía. El cuadro era tan inquietante como fascinante, en buena medida porque no comprendía cómo conseguía aquel efecto. Pasó largo rato mirándolo, intentando descubrir sus claves e incapaz de irse.

—Sorprendente, ¿verdad? —dijo una voz a su espalda.

—Sí, sí, por completo —respondió ella antes de darse cuenta de que reconocía la voz.

Volvió la cabeza.

Ryan Turner resultó ser un poco más bajo de lo que había imaginado, pero por lo demás era tal como esperaba. Atractivo y sin rastro de esa afectación típica de las celebridades, como si estuviera aún sin pulir. Su sonrisa y los ojos azul pálido casi lo hacían irresistible. Una vez pasado el veloz examen, hizo todo lo posible para convertir su expresión de desconcierto en una sonrisa. No estaba segura de haber tenido éxito.

—Lo siento, no pretendía interrumpirla —dijo él—. La vi tan quieta, tan absorta…

—No, tranquilo. —Dios, ¿dónde se había metido la periodista ahora que la necesitaba?—. Aunque sin duda estaba absorta. Esto es… increíble.

—Gracias. «Escuadélico» es seguramente mi favorita de toda la exposición. Algunos de los otros cuadros son un poco menos… arriesgados. Pero este, no sé, hay algo inquietante en él.

—Sin duda. Pero ¿los otros no le parecen arriesgados, en serio? —Meneó la cabeza—. Ni uno solo de ellos elije el camino fácil y si parecen poco arriesgados es solo en comparación a este. Compárelos con cualquier otra cosa que se pinte hoy en día y verá que están a años luz de ellos.

Él se echó a reír.

—Gracias. Por su entusiasmo, pero también por esa afirmación tan sincera.

Se fue poco después, agarrado a una mujer de aspecto serio y profesional que había lanzado una sonrisa superficial en dirección a Debra para luego llevarse al gran hombre con un: «Ah, estás aquí. Tienes que conocer a…». Agente o representante, supuso Debra. O ambas cosas.

Estuvo a punto de irse. Había tenido la oportunidad de preguntarle a Ryan Turner por su inspiración, su técnica, su magia… y la había dejado pasar. No habría otra. En aquellos momentos Turner estaba rodeado de sicofantes y, por supuesto, de la flor y nata de la buena sociedad. Se las había apañado para escapar de aquel circo por un breve instante y había acabado a su lado. Y ella había dejado pasar aquel momento irrepetible sin decir nada que mereciese la pena. Lugares comunes, no había soltado más que lugares comunes.

El encuentro había tenido una cierta cualidad onírica. Repentino, espontáneo, breve. La decepción consigo misma por su ineptitud actuó como bálsamo contra el efecto de los lienzos y ya no pudo alcanzar el estado de ánimo de antes. Turner soltó un breve discurso, aunque las palabras le entraron por un oído y le salieron por el otro, como agua que se filtra entre la arena. Tal como había sospechado, no tuvo ninguna oportunidad de hablar con él de nuevo… al menos hasta que se preparaba para irse.

Había recuperado el abrigo del ropero y se dirigía hacia la puerta cuando se dio de bruces con él. No se veía por ninguna parte a su acompañante.

—Creo que es usted periodista —dijo.

—Sí. Freelance.

—¿Le gustaría entrevistarme?

—Sí, claro que sí. ¡Por supuesto! —Nadie lo había entrevistado, al menos desde que se había revelado como Carcha.

—Perfecto. En mi casa en Cornwall pasado mañana. ¿Le parece bien a las ocho de la tarde?

No le dio su dirección, pero no hacía falta. Era conocida públicamente y, después de todo, ella era periodista.

La casa estaba en la costa. Debra había salido con tiempo de sobra, pues no quería arriesgarse a un atasco o cualquier otro retraso. La ruta era bastante directa: a Bristol por la M4, luego Exeter por la M5 y finalmente a St. Austell por la A30 tras circunvalar Dartmoor. Había alquilado allí una habitación para pasar la noche y salió de Londres por la mañana, tan pronto como hubo pasado lo peor de la hora punta, y llegó a St. Austell a media tarde.

Ahora, a esperar.

Pese a la tentación, no había intentado vender la entrevista por adelantado ni de despertar el interés de algún editor.

—Fíate de mí, no hace falta —le había dicho Dominic cuando lo llamó para contarle la inesperada oportunidad que había surgido. Se dio cuenta de pronto de que, tras la muerte de sus padres, Dominic era la única persona con la que podía compartir aquellas cosas y eso la tranquilizó—. Espera a que hayas realizado la entrevista antes de ver dónde la colocas —le había aconsejado Dominic—. Así tendrás algo sólido con lo que tentar a tus editores. Con una entrevista con Ryan Turner van a estar revoloteando a tu alrededor como gaviotas peleando por los despojos de un barco. Me alegro un montón por ti, cariño.

Tenía razón, por supuesto. Incluso así, de camino a la casa de Turner se vio asaltada por las dudas. ¿Y si se había olvidado? ¿Y si la invitación no había sido en serio, o esperaba que ella llamase para confirmarla? No lo había hecho. Al no tener su número habría tenido que pasar por su asistente o su agente (la mujer seria y profesional o su gemela espiritual, tanto daba), que habrían podido poner obstáculos a su paso o interceptarla. Así que fue sin más para allá, sin nada a lo que agarrarse salvo al escurridizo hilo de una invitación sin confirmar hecha de prisa y corriendo.

La casa de Turner se alzaba sobre un promontorio rocoso y se llegaba a ella por un estrecho camino que al principio se le pasó por alto en aquella luz mortecina, oculto como estaba entre dos casas de campo. Pasó entre ellas, las últimas viviendas que cruzaba, y no tardó en descubrir que el serpenteante camino era una aventura en sí mismo, al menos para alguien acostumbrado a las carreteras urbanas, sobre todo cuando lo único que había a su derecha era una empinada caída hacia el mar. No había farolas, evidentemente, y Debra dio gracias de nuevo por haber salido lo bastante temprano para permitirse ir casi al paso por el camino.

La propiedad estaba situada al extremo de la península y a Debra le pareció maravillosa cuando por fin llegó tras un par de quilómetros de marcha titubeante. Esperaba algo más tradicional, teniendo en cuenta dónde estaba, un edificio anticuado de blancas paredes entre árboles venerables, tejado de teja y chimeneas de ladrillo, pero no era así para nada.

Los sensores la detectaron mientras se acercaba e iluminaron toda la casa. Las paredes, de cristal y piedra gris pulida, sin duda de aquella misma zona, se curvaban como si se adaptaran a las ondulaciones del terreno colindante. Cada piso, de techo plano, descansaba sobre el inferior y era algo más pequeño que este, como si fueran las capas de una tarda de bodas, y el conjunto parecía formar parte del propio promontorio. La hierba y las plantas trepadoras se desparramaban sobre el tercer piso, el último. Era una casa «verde», eco-amistosa, y encajaba perfectamente con el entorno pese a rechazar la tradición del lugar.

Tras un último vistazo al perfil de Turner, Debra se armó de valor, respiró hondo y salió del coche. A mitad de camino, el título de la entrevista la vino de pronto a la mente: CARCHA. El nombre del artista. No hacía falta nada más.

La puerta se abrió poco antes de que la alcanzara y Turner se asomó al umbral, sonriente y encantador, tal como lo recordaba de la galería.

—Llámame Ryan, por favor —dijo mientras le indicaba que pasara.

Se encontraba en un espacioso salón sin paredes, moderno y totalmente minimalista tanto en los muebles como en la decoración. Las paredes tenían ventanas que iban del suelo al techo, enormes láminas de cristal que sin duda proporcionaban vistas increíbles durante el día. De doble o triple capa, desde luego, porque dentro de la casa no se oía un ruido y la temperatura era agradable, a pesar del embate del viento, inevitable en aquel lugar.

Tomaron asiento y él sirvió las bebidas en dos elegantes copas; vino blanco extremadamente frío, ligero y delicioso. Al principio la conversación fue relajada, mientras Turner contaba algunas anécdotas de su vida como biólogo y su experiencia en la televisión. La razón de su visita, el arte, apenas si salió a colación.

Finalmente, dijo:

—Y ahora, la entrevista. Supongo que querrás grabarla.

—Si no te importa...

—Para nada. Y recuerda, no hay preguntas prohibidas. Pregunta cuanto quieras.

—Gracias. La verdad es que hay algo que me gustaría saber antes de empezar. ¿Por qué yo?

—Bueno... —Sonrió de nuevo, una sonrisa llena de confianza y seguridad.

—Podrías haber ganado una fortuna con cualquiera de las grandes revistas —insistió ella—. Tienes donde elegir, y vas y me elijes a mí.

—Me intrigaste —dijo sin más—. Quiero decir, en la galería. Sí, cierto, podía haber ido a una de las revistas, haber negociado una lucrativa exclusiva, pero... —Señaló a su alrededor—. Como ves, no tengo problemas de dinero. Tanto los libros como el trabajo en la televisión me dejaron bien provisto y, tras dejarlos y tomarme mi tiempo, no parece que les vaya mal a mis cuadros, al menos de momento.

Ella le siguió el humor y soltó una risita.

—Si tengo que elegir entre pasar unas horas en compañía de un reportero cínico y de vuelta de todo, más empeñado en denigrar que en investigar, o por aún, algún ansioso sicofante... Bueno, si tengo que elegir entre eso y una mujer inquisitiva, joven y hermosa como tú... —Se encogió de hombros—. Eres lista, descarada y ambiciosa y una oportunidad como está te beneficiará de forma sustancial, en lugar de ser una pluma más en un tocado ya sobrecargado. Soy un privilegiado, puedo hacer exactamente lo que me dé la gana, y no lo que diga el balance de mis cuentas bancarias. Y te prefiero a ti.

—Gracias.

—Además, Dominic te recomendó.

Aquello sí que la pilló por sorpresa.

—¿Dominic? ¿Conoces a Dominic? ¿De qué modo me recomendó, exactamente?

Turner se echó a reír.

—Nada obsceno, te lo aseguro. Sí, claro que conozco a Dominic, ¿y quién no? Simplemente me confirmó lo que ya sabía, que serías perfecta.

—¿Para qué? —¿Cuándo había hablado con Dominic, antes o después de la exposición? Su encuentro de hacía dos noches ¿había sido realmente la casualidad que ella había creído?

Él se echó hacia adelante, entusiasmado, ansioso, casi conspirativo.

—Para compartir lo que hago con el mundo. Para mostrar por qué mi obra es tan diferente. Te gustaría formar parte de eso, ¿no?

—Claro que sí —soltó de sopetón, llevada por el entusiasmo.

—¡Bien! —Se puso en pie—. Venga, te lo mostraré. Tengo la sensación de que esta relación va a ser sumamente beneficiosa para ambos.

Ella sonrió sin responder y tuvo la certeza de que el vestidito negro había tenido tanto que ver con su presencia allí como cualquier motivación altruista por parte de Turner.

—Vamos, vamos.

Cogió la botella de vino de la mesa y le hizo una seña de que lo siguiera.

Aún agarrada al vaso, se apresuró a ir tras él, mientras su anfitrión descendía a toda prisa un tramo escaleras cromadas que daban una enorme curva, demasiado breve y amplia para ser una espiral. Las escaleras los llevaron a otro piso que estaba claramente por debajo de la carretera.

Debra oyó el ruido del agua antes de verla. También lo olió; era el mar. Un enorme estanque ocupaba dos tercios de la lujosa habitación en la que había entrado. El nivel del agua estaría a treinta centímetros del suelo. En lugar de permanecer quieta y plana como en una piscina, la superficie se mecía continuamente. Se dio cuenta entonces de que aquello no era más que una galería o un entresuelo. A un lado, un tramo de escaleras mucho más modesto daba a un nivel inferior y Turner se dirigía hacia allá. Ella dudó un instante y aprovechó para mirar a su alrededor. Dos caballetes de diferentes tamaños se apoyaban contra la pared; había una mesa de trabajo baja y larga en cuyo centro reposaba un portátil y un grupo de cajones sueltos en un extremo que podrían haber contenido cualquier cosa: pinturas, paletas, pinceles... Junto a la mesa había un armario alto. Y dominando la pared sobre todo aquello vio una imagen familiar.

—Escuadélico —murmuró.

Turner se detuvo y miró hacia atrás.

—Ah, sí, lo pinté aquí. Lo he pintado todo aquí, en realidad.

Ella se dio cuenta de que había ventanas al otro lado del estanque, aunque en aquel momento estaban cubiertas por persianas. Quizá la habitación estuviera bajo la carretera, pero aquellas ventanas daban a alguna parte, tal vez al mar. Sí, podía imaginárselo; Turner sentado allí mismo contemplando el océano mientras el agua le lamía los pies y él remataba su última y más extraordinaria creación.

—No es más que una copia. Un escaneo del original —dijo mientras se acercaba ella—. Lo hice cuando se lo llevaron para la exposición de Londres, aunque lo recuperaré enseguida, en cuanto cierre la exposición. No es un cuadro del que vaya a separarme, aunque pretendo crearlos incluso mejores.

—Estoy segura —dijo ella, los ojos perdidos en la inquietante y obsesionante pintura.

—Pretendo empezar uno nuevo enseguida.

—¿Y se llamará...?

—Ah, eso sería dar demasiadas pistas. Podrás visitarme mientras trabajo en él, si quieres. Serías la primera persona en contemplar lo que hago, en involucrarse en el proceso creativo. ¿Crees que eso interesaría a tus lectores?

—¿Hablas en serio?

—Claro.

Se echó a reír y, tras poner la botella de vino y el vaso en la mesa, la tomó de la mano y la llevó hasta el siguiente tramo de escaleras. Ella no se opuso; ni se le habría pasado por la cabeza. Estaba contemplando un Ryan Turner distinto, un crío entusiasta y emocionado con el que no había contado a pesar de toda su investigación.

Los escalones se ceñían a la pared del estanque, que estaba hecha de cristal, lo que le recordó a Debra sus visitas de niña al acuario.

—Esto está mucho más profundo de lo que crees —le explicó Turner—. El tanque conecta directamente con el mar, aunque un sencillo sistema de esclusas impide que el nivel del agua dependa de las mareas.

—¿Y para que te has tomado tantas molestias? —quiso saber ella—. Debe de haber costado una fortuna.

Antes de que pudiera responder, una enorme sombra pasó más allá del cristal. Su mente se aferró a las posibilidades más habituales (un león marino, un delfín) pero las descartó casi inmediatamente. De un modo instintivo supo con certeza lo que era.

—¡Un tiburón! —exclamó.

—Sí —dijo él entre risas, encantado con su reacción—. El *charcharodon carcharias*, para ser exactos. El Gran Tiburón Blanco, el Rey del Mar. El pez más poderoso y más peligroso del océano.

Ella se lo quedó mirando.

—¿Y has traído uno hasta aquí?

—No lo traje. El gran blanco lleva décadas visitando estas costas, como te podrán decir muchos pescadores locales. Ya estaba aquí. Me limité a invitarlo a pasar.

—¿Por qué?

—Por mi obra, por supuesto. Ven, te lo enseño.

Tomó a Debra, que se dejaba llevar mansamente, y volvió a la habitación sobre el estanque.

—Este es mi secreto. —Le soltó la mano, cruzó la mesa y abrió y encendió el portátil—. Así es como pinto.

En la pantalla apareció una sucesión de imágenes, metraje en blanco y negro que correspondía, comprendió ella, al interior del estanque. No dejó de mirar, algo inquieta pero fascinada, cuando algo cruzó la pantalla.

—Los tiburones son criaturas fascinantes, ¿sabes? Han sido muy difamados —dijo Turner—. Si pudiera borrar algo de la conciencia colectiva será la maldita película de Spielberg. Ha hecho muy mal servicio a los tiburones y ha introducido el miedo hacia ellos en nuestra psique cultural, llenándola de prejuicios. Lo llamamos galeofobia, aunque bien podría llamarse también escualofobia.

—¿No crees que el miedo ya existía? —preguntó Debra—. ¿No crees que *Tiburón* y sus continuaciones y *El arrecife* y todas esas pelis de terror con tiburones que vinieron después no son más que un modo de aprovecharse con propósitos artísticos y comerciales de una condición que ya existía? Después de todo, los tiburones sí que matan gente.

—¿Arte? —resopló él—. Venga ya.

Debra era consciente del riesgo y lo último que quería era provocar su hostilidad y que la echara, pero era una periodista ante todo. Le habían mostrado un botón emocional que tenía que soltar o pulsar. Aunque tampoco era cuestión de arrinconarlo, así que sonrió.

—Tienes razón. He visto *Sharknado*.

—Los tiburones llevan en el mundo cientos de millones de años —dijo Turner sin hacerle caso—, desde mucho antes de que nada remotamente parecido a un animal colonizase tierra firme. Y han evolucionado a lo largo del tiempo. Quizá más lentamente que nosotros, pero también han tenido más tiempo para ello. Los primeros ejemplares que podemos identificar como tiburones aparecieron hace cien millones de años, ¿lo sabías? Y desde entonces se han diversificado sin cambiar demasiado en lo esencial, o eso es lo que nuestras percepciones nos han hecho creer.

—¿No lo ves así?

—No es la primera vez que nuestras percepciones nos engañan. Los «expertos» solo ven el panorama general. Hay unas cuatrocientas setenta especies de tiburones en el mundo y cada una ocupa su propio nicho. Su tamaño va desde el tiburón linterna, de menos de veinte centímetros, al tiburón ballena, el pez más grande del mar, que puede alcanzar los doce metros o incluso más. Sabemos muy poco de muchas de esas especies, pero suponemos que lo sabemos casi todo solo porque sabemos mucho de unas pocas de ellas. En nuestra arrogancia, extrapolamos a partir de nuestros limitados datos y asumimos que todos los tiburones son iguales. Te pondré una analogía. Si estuvieras estudiando en detalle la evolución de la mayoría de los grandes simios, como los gorilas, los chimpancés o los orangutanes, y supusieras que esa información es cuanto necesitas saber sobre la evolución de todos los simios, ¿cuán lejos del blanco estarías al aplicar lo que sabe a una sola especie, los humanos? Esa es la trampa en la que hemos caído. Hay una especie de tiburón que ha desarrollado su inteligencia mucho más que la de sus congéneres... mucho más, de hecho, de lo que podemos imaginar.

—El gran blanco —aventuró Debra.

—Así es. Cierto que el gran blanco nunca ha construido ciudades ni coches ni aviones, ni ninguno de los adornos con los que asociamos la civilización. Su intelecto no está orientado en esa dirección y carece de capacidad para ese tipo de tareas; no tiene pies, manos o dedos... pero no los necesita. Lo que necesita el tiburón es la inteligencia necesaria para mantenerse en la cima de la pirámide, para ser el predador dominante en un entorno siempre cambiante. Y posee esa inteligencia, sin la menor duda.

»¿Sabía que hay al menos un grupo de ballenas asesinas que se especializa en cazar tiburones, que incluso se alimentan de grandes blancos?

Debra meneó la cabeza.

—Las orcas enseñan a sus retornos y transmiten técnicas específicas de una generación a la siguiente. Este grupo en particular ha desarrollado métodos especializados para cazar tiburones, que normalmente no son parte de la dieta de la orca. Son pocas las veces que hemos podido ver cómo cazan un gran blanco, pero es algo increíble. Una vez ha ocurrido, todos los grandes blancos que hay por la zona desaparecen y no vuelven a esa parte del océano durante meses, hasta que las orcas se han trasladado. ¿Te das cuenta de lo que significa? Inteligencia, capacidad de comunicación. Se sabe desde hace años, pero ninguno de esos supuestos expertos han caído en lo que implica, siguen sin ver que ahí es donde está la inteligencia suprema del mar, igual que nosotros lo somos en tierra firme. Se suele asumir que son los delfines los más listos, pero son frívolos, caprichosos y traviesos.

Para encontrar una inteligencia bien afinada hay que irse a los tiburones y los grandes blancos la han llevado a un nuevo nivel de desarrollo.

Debra no había sabido qué esperar de la entrevista, pero desde luego no era aquello.

—¿Y haberte dado cuenta de eso es lo que te permite crear los cuadros? —preguntó, deseosa de aclarar el asunto.

—Sí, mira.

Se volvió de nuevo hacia el portátil y congeló la imagen de la que el tiburón pasaba frente a la cámara.

Debra entrecerró los ojos, tratando de descifrar la imagen plana y borrosa.

—¿Qué lleva en la cabeza?

—Una red neural. —Se inclinó sobre el teclado y la imagen en blanco y negro fue sustituida por un vívido paisaje de colores coalescentes, como si fuera una versión primitiva de uno de los cuadros de Carcha, un boceto inicial—. El tiburón lleva la red neural voluntariamente y ahora mismo se está comunicando directamente con el ordenador.

Debra se quedó contemplando la pantalla y, poco a poco, empezó a comprender.

—Los tiburones perciben el mundo de un modo muy diferente a nosotros —siguió él—. Tienen los mismos cinco sentidos que tenemos nosotros: vista, tacto, oído, gusto y olfato. Pero en el océano la luz y el sonido se mueven a distintos ángulos y velocidades que en el aire. Añadamos a eso que los tiburones tienen otros dos sentidos que apenas somos capaces de comprender: perciben los pulsos eléctricos y son conscientes de las vibraciones y los cambios de presión. Así que la percepción que un tiburón tiene de su entorno es totalmente distinta a la nuestra, mucho más refinada y completa, mucho más compleja.

—Y eso es lo que pintas —susurró Debra.

—¡Así es! —De alguna parte, quizá de uno de los cajones, Turner sacó una malla de finos cables dorados que se colocó en la cabeza mientras seguía hablando—. El ordenador graba cada imagen cambiante que el tiburón interpreta en su entorno y, cuando me pongo esto, puedo compartir las pautas a medida que se desarrollan. Mi pintura parte de una combinación de lo que experimento en directo y las imágenes que grabo. La obra de Carcha es la primera colaboración entre dos especies distintas: el ser humano y el gran tiburón blanco. El Rey de Tierra Firme y el Rey del Mar. Ese es el secreto de Carcha. Pero, ¿quién se lo habría creído?

Debra meneó la cabeza.

—No tengo ni idea.

Y él la había elegido a ella para contárselo al mundo.

—Claro que no, nadie la tiene. —Cogió la copa de Debra, que esta tenía aún en la mano derecha aunque se había olvidado de ella, y la rellenó. Luego cogió su propia copa y la alzó—. Un brindis. Por nuestra nueva relación y la obra que produciremos juntos.

Debra tomó un sorbo y luego bebió el resto de un trago, tranquilizada por el sabor y lo familiar del gesto. Turner se alejó de ella y se detuvo al borde del estanque.

—Ante nosotros se abre un nuevo mundo, uno con el que nadie ha soñado antes. Las pinturas no son más que el comienzo. Pronto empezaré a hacer vídeos, a crear experiencias interactivas…

Sin duda no antes de haberle sacado hasta el último céntimo posible a los cuadros. Aunque quién podía culparlo por ello. Debra se acercó a Turner y se puso a su lado. Se quedó mirando el agua junto a aquel visionario y se preguntó cómo sería ponerse la malla dorada. ¿Realmente lo ayudaría compartir la visión de un tiburón o era simplemente un toque teatral? Tal vez las imágenes grabadas eran toda la inspiración que necesitaba. De un modo u otro, estaba decidida a ponerse aquel casquillo de filigrana y averiguarlo por sí misma. Malamente podía llamarse periodista si no lo hacía. Contuvo un bostezo; las horas de carretera y la emoción de aquella tarde empezaban a hacer mella en su organismo. Mejor no seguir con el vino.

Sin una palabra, Turner le pasó el brazo por los hombros. Pillada por sorpresa, se puso tensa, pero no intentó soltarse. Era de esperar, visto cómo habían estado bordeando la seducción desde su llegada. No le importaba y, desde luego, no tenía la menor intención de echar a perder una oportunidad como aquella haciéndose la estrecha, así que giró la cabeza y rozó sus labios.

Para su sorpresa, fue un beso breve, que casi terminó antes de haber empezado. Mientras ella se abandonaba al beso, Turner se apartó de ella y al mismo tiempo la empujó. No fue un empujón suave; la pilló totalmente desprevenida y la lanzó por el borde del estanque. Soltó la copa y agitó los brazos, frenética, pero no pudo evitar la caída, cerca del centro. El grito de sorpresa se cortó con el golpe y el frío y empezó a hundirse a pesar de todos su esfuerzos. Pataleó como pudo y se arrastró de vuelta hacia la superficie, hasta que su cabeza asomó sobre el agua.

—¡Cabrón! ¡Ayúdame!

Él no hizo el menor caso de los gritos y se puso a hablar en el mismo tono tranquilo que había usado cientos de veces en televisión.

—Este cuadro será mi obra maestra, la culminación de todo. He estado trabajando en ello y serás el toque final que lo haga posible. Me preguntaste antes cuál iba a ser el título. Ya puedo decírtelo: «Frenesí».

Debra pataleó con desesperación hacia el borde del estanque al darse cuenta de que no estaba sola. Alzó el brazo e inició un crawl, algo que no había hecho desde la universidad. Todo su cuerpo se estremecía entre sollozos, pero se negaba a darse por vencida y sucumbir al miedo.

—He compartido las percepciones de los tiburones de modos muy distintos —añadió Turner, como si estuviera narrando un documental—. Pero el más glorioso e intenso aún está por venir. —Se agachó y cogió un palo del borde del estanque—. ¿Te imaginas lo maravilloso que va a ser, Debra? Compartir las emociones del más grande depredador marino mientras desgarra otro ser vivo e inteligente, apagar una vida mientras todos los sentidos se ven inflamados y realzados por la sed de sangre. Y luego pintar eso…

Extendió el palo y la empujó con él, alejándola del borde.

—No puedes hacerlo… Joder, por Dios, ¡ayúdame!

Se vio obligada a dejar de nadar para apartar el palo, pero eso la hizo hundirse de nuevo. El borde del estanque estaba casi al alcance de la mano y no se veía el menor rastro del tiburón. A lo mejor…

—¡No te vas a salir con la suya! —gritó mientras volvía a emerger y pataleaba desesperadamente hacia la seguridad que representaba el borde.

—Claro que sí. El camino de vuelta puede ser peligroso, sobre todo de noche y con una copa de más. Quedaré desolado, por supuesto, cuando la policía me cuente que ha sacado tu coche del mar al pie del acantilado. Qué tragedia…

El palo le dio de nuevo, ahora en el hombro izquierdo. La empujó de nuevo hacia el centro.

—Alégrate, Debra, estás a punto de ser parte de mi obra maestra, tal como te prometí. Serás inmortalizada. Hasta te lo dedicaré.

Guardó silencio mientras el agua la tragaba una vez más y una enorme mole oscura surgía de las tinieblas.

PostScriptum

Cuando Jonathan Green me invitó a escribir algo para la antología Shark Punk, *se me ocurrieron dos ideas casi de inmediato. El problema es que la historia que se empeñó en ser escrita en primer lugar era un cuento de terror psicológico ambientado en el mundillo del arte, pero lo que querían para la antología eran «relatos* pulp *con tiburones».*

«Escuadélico» no encajaba demasiado bien con esa idea, así que supuse que tendría que colocarla en otra parte. Me disculpé con Jon y le prometí pasar al papel la segunda idea, mucho más pulp, *tan pronto como mis otros compromisos me lo permitieran.*

Pese a todo, insistió en leer el primer relato.

—Nunca se sabe. A lo mejor me gusta —dijo.

Y así fue. Aceptó «Escuadélico» para la antología. A causa de eso el segundo relato, «Tibunero», aún no se ha escrito.

LA MELODÍA DEL PIANO

Kimberly Hobson volvía a casa, quizá del único modo que podía hacerlo.

La muerte de su madre la había dejado con un extraño vacío. Se sentía triste, pero solo cuando se daba cuenta de que aquello señalaba un punto de inflexión casi total en su vida. Ya no le quedaba nadie. Su padre había muerto en primer lugar, reclamado por un lento cáncer que lo hacía sentir como si lo estuvieran echando de su propio cuerpo. Esas habían sido sus palabras, y había en ellas un tono de frustración e injusticia que jamás olvidaría. Luego le llegó el turno a Ed, en un choque frontal con un camión hacía tres años. Ed, su hermano, siempre alegre, siempre disponible, su último vínculo con la infancia. Al menos había sido rápido, o eso le había dicho la policía.

Y ahora su madre, que en realidad nunca había sido un vínculo con nada. Su muerte había sido difícil de aceptar, no por ningún motivo emocional o profundo, sino porque Kim había dado por sentado que su madre viviría para siempre. Su padre la había calificado una vez como una fuerza de la naturaleza, aunque Kim siempre la había visto más como parte del paisaje, una roca que asomaba o una montaña que tapaba la vista, algo que se negaba a apartarse y que era imposible rodear.

Kim respiró con fuerza y echó a andar por el camino de grava. Había aparcado en la calle, un viejo hábito que no lograba romper ni siquiera ahora. Llevar el coche hasta la casa le parecía mal, como si estuviera prohibido.

¿Por qué todo aquello le daba ganas de fumar? Lo había dejado hacía años, pero su mano traicionera se deslizó hacia el bolso antes de que pudiera pararla. Cambió de idea y se puso a hurgar sin más, como si quisiera convencerse de que la idea de los cigarrillos nunca le había pasado por la cabeza. Tocó algo con los dedos; un paquete de chocolatinas.

Se detuvo mientras sacaba las chocolatinas y se quedó contemplando la casa, una presencia inquietante agazapada frente a ella, esperándola, la caja de Pandora de su pasado. Ojalá alguien hubiera venido con ella, alguien que le sirviera de apoyo y con quien pudiera compartir el vía crucis, pero no había nadie. Había extirpado a Paul de su vida hacía diez años; había sido un divorcio sencillo, pues no tenían hijos. Desde entonces había tenido citas ocasionales, había quedado y se había acostado con algún hombre que otro, pero aquella compañía pasajera no la había marcado de ningún modo relevante. Siempre se había apartado de cualquier cosa que amenazara convertirse en una relación; incluso Damon, que la había perseguido con obstinación una temporada.

Ninguno de ellos había estado tan cerca como Paul, y nadie más volvería a estarlo.

Lo cierto es que ni siquiera culpaba a Mandy. Era una zorra, lo había sido siempre, incluso en el colegio. Consumía hombres como si fueran cajas de cereales; los escogía, los vaciaba y, tras escupirlos, pasaba al siguiente.

—Eh, chicas, que viene Mandy, esconded a vuestros maridos.

No era algo que las demás mencionaran a sus espaldas, sino algo de lo que la propia Mandy se reía en público.

No, no todo era culpa de Mandy. En cuanto a Paul… Si iba a ponerle los cuernos, ¿tenía que ser precisamente con Mandy Gibson? Tan rubia, tan pechugona, tan condenadamente obvia.

Aunque lo cierto era que se sentía más molesta por todas las oportunidades que había dejado pasar que por la traición de Paul. Por ejemplo, Martin, del trabajo, alto y entusiasta. Quizá fuera un cliché, pero no le habría sido difícil dejarse llevar por el alcohol en la fiesta de la oficina y sucumbir a su encanto, a sus atenciones, a sus propios deseos. Se había resistido porque estaba casada, por Paul, y todo lo que se había llevado era un beso; bueno, y el roce de aquella impresionante erección contra su cuerpo. La tentación había sido intensa, como lo había sido el deseo de dejarse llevar sin pensar en nada más, de bajar la mano y acariciar aquel bulto, de agarrarse a él y pedirle que la tomara, que le diera placer. Pero en lugar de eso, se había soltado y retrocedido para decirle luego que no podía, que estaba casada y que aquello no debía repetirse nunca más. Se había mantenido fiel pese a su agitado corazón y su deseo feroz.

La abstinencia no había impedido el sentimiento de culpabilidad posterior, que la hizo esforzarse al máximo en ser la mejor esposa posible, aterrada ante la idea de que Paul pudiera siquiera sospechar la existencia de aquel único beso robado. Un maldito beso. Y mientras tanto su maravilloso marido había estado tirándose a Mandy con energía suficiente para calentar el puñetero infierno.

Eso fue lo que nunca pudo perdonarle, el hecho de que ella hubiera luchado con uñas y dientes para mantenerse fiel mientras él se cepillaba a la primera zorra que le había hecho una caída de ojos con sus cejas postizas.

Se metió una chocolatina en la boca y enseguida se arrepintió. Por muy chocolatina que fuera, no tenía comparación con un cigarrillo. El dolor de cabeza que la había estado rondando desde primera hora de la mañana empeoró de repente y se convirtió en un doloroso palpitar justo tras los ojos. Intentó no hacerle caso y se concentró en la chocolatina.

La casa era tal como la recordaba: de paredes rectas y planas, imponente y enorme, con un camino de grava. Alguien había arrancado la yedra del marco de la puerta y no la había repintado, dejando un negativo pardo de la presencia de la planta, como si de algún modo el color se hubiera desvanecido de la pintura y los ladrillos allí donde se habían posado las enredadera. Era la única discrepancia con la imagen que tenía en la memoria.

La puerta era la misma puerta de madera maciza a la que le habría venido bien una mano de barniz. La fría llave metálica que llevaba en la mano parecía extraña y fuera de lugar.

Seguía siendo difícil de aceptar que su madre estuviera muerta, a pesar del funeral, los abogados, la lectura del testamento y la abundancia de ropa negra. Era como algo que le estuviera pasando a otra mientras ella miraba.

Tendría que haberse sentido peor, pero lo cierto era que llevaba de luto por su madre los últimos nueve años. Se habían visto solo una vez en todo aquel tiempo, en el funeral de Ed, y no habían hablado más de dos veces desde entonces, así que el sentimiento de pérdida era mínimo. ¿Habrían sido distintas las cosas de haber muerto ella antes que su padre? Seguro que sí, siempre había sido la niña de los ojos de papá y seguramente se habrían mantenido unidos si él hubiera sido el progenitor que le quedaba. Su madre era una zorra fría y calculadora, una manipuladora con ideas muy claras acerca de cómo debía ser el mundo, empeñada en que la vida se acomodase a sus deseos en lugar de adaptarse ella a la realidad.

Especialmente en lo que se refería al marido de su hija.

Cuando Kim sospechó por primera vez que su madre había tenido algo que ver con la infidelidad de Paul, se puso frenética. Lo peor fue que ella ni confirmó ni negó su participación en el asunto, insistiendo una y otra vez en que era inconcebible que su hija la acusara de semejante cosa.

Solo que habría sido típico de su madre fingirse enferma aquel fin de semana, sabiendo que Kim iría a verla y se quedaría allí, para luego asegurarse de que Mandy sabía que Paul estaba solo y sugerir que quizá no sería mala idea que fuera a ver qué tal estaba. Eso era lo que había afirmado Mandy, y cuanto más pensaba Kim al respecto más convencida estaba de que la muy zorra decía la verdad.

A mamá nunca le había gustado Paul. No era el tipo de yerno que hubiera querido. Kim nunca llegó a saber a quién había elegido como reemplazo, porque para entonces ya no se hablaban.

La llave se deslizó en la ubicua cerradura Yale y Kim vaciló. De algún modo, se sentía más nerviosa de lo que se había sentido en toda su vida. Respiró hondo, giró la llave y empujó la puerta. Tras una breve resistencia del correo acumulado al otro lado, que se desparramó para formar un irregular felpudo ante su empuje, abrió la puerta y entró.

Si lo pensaba bien, tal vez no debería haberle sorprendido lo que ocurrió en ese momento. Después de todo, se había sentido receptiva desde el momento mismo en que había abierto la puerta. Parada en el umbral de aquella vieja casa, en el umbral de su infancia, se sintió expectante, como si se limitase a esperar a que los recuerdos cayeran sobre ella, la cubrieran, la arrastraran en una ola de nostalgia hacia la niña que había sido una vez, cuando ella y Ed corrían por el recibidor, riendo sin parar. La diversión; otro miembro de la familia al que le perdido la pista en los últimos años. ¿En qué momento había olvidado cómo divertirse?

Pero no fue eso lo que pasó, al menos no inmediatamente. Al principio la casa le pareció muerta, como si cualquier conexión con ella se hubiera marchitado tiempo atrás. Intentó sentir algo, conectar con aquel lugar que había sido su casa durante tanto tiempo, pero fracasó. De pronto oyó la música. No con claridad, de un modo penetrante, sino distante y apagada, como si alguien hubiera encendido la radio en otra habitación. Un piano. Se esforzó en escuchar y reconoció la melodía casi al instante. Una presa se rompió en su interior y se sumergió en un torrente de recuerdos. Aquella melodía... su melodía. Era pura música sin palabras. No necesitaba letra, el fluir rítmico y melódico de las notas hablaba con más emoción que cualquier verso.

Sollozó y descubrió sorprendida que las lágrimas le resbalaban por la comisura de los ojos. ¿Cómo podía haber olvidado aquella melodía?

Siempre había pensado que aquel tema obsesivo, ondulante, era algo que había oído, tal vez en la radio, un trozo de alguna canción que de algún modo había hecho conexión con su joven mente y se había quedado allí dentro, pero en todos aquellos años nunca había sido capaz de identificarla, no había logrado identificar aquella melodía tan sencilla como efectiva. Nunca la había oído, salvo en su propia cabeza.

Y curiosamente aquello había hecho que oyera aquella melodía con más frecuencia que cualquier otra pieza musical. La melodía del piano, como la había llamado a falta de un título concreto, había sido la banda sonora de su infancia.

Sonaba cuando jugaba, cuando leía, cuando salía de casa con la familia o los amigos. Mientras Barbie se cambiaba de modelito por tercera vez en tres minutos o tomaba asiento sin dejar de preguntarse por qué Ken no se fijaba en ella, Kim tarareaba la melodía para sí. Cuando las Pippa Dolls de Kim se acomodaban en su casa con mobiliario hecho con cajas de cerillas, tarros de yogur, plástico de envolver y limpiadores de pipas, todos ellos adaptados de diseños que habían salido en los últimos episodios de *Blue Peter*, era aquella música la que sonaba en el tocadiscos. Cuando Mary Lennox cuidaba de su Jardín Secreto, lo hacía con La Melodía del Piano de fondo. Y fue con aquella música absorbente que oyó llorar por primera vez a Colin Craven. Cuando Lucy salió del armario por primera vez y se vio en el reino mágico de Narnia solo podía haber una melodía que la acompañara.

Cuando una Kim adolescente paseaba por el sendero del bosque sin hacer caso de las burlas de Ed o sus gritos para se diera prisa, la

Melodía del Piano añadía nuevas texturas a la luz moteada del sol, al suspiro de las hojas en la brisa, al balido distante de las ovejas más allá de los árboles, a la canción esporádica de los pájaros, y al débil aroma del humo de leña traído por el viento. Sin la música la escena habría sido hermosa, pero habría estado incompleta.

La Kim adulta recorría en la penumbra un recibidor con alfombra y se imaginaba que era un mantillo de hojas y tierra lo que había bajo sus pies. Pero no necesitaba conjurar sus recuerdos de la Melodía del Piano. Sonaba en su cabeza, con tanta claridad y tan hermosa como siempre.

Se preguntó si su madre habría conservado el piano. Era de cola, quizá no un Steinway, pero desde luego no uno de aquellos teclados electrónicos de plástico con ritmos preprogramados y docenas de voces distintas. Era un piano de verdad, de palisandro pulido y hermosas curvas, con las palabras «John Broadwood e Hijos, Londres» escritas con elegante caligrafía sobre las teclas de marfil. No le importaba si era valioso o no, escaso o corriente. Era suyo y lo demás no importaba.

La primera puerta a su izquierda a la altura de las escaleras daba al comedor. La mano de Kim dudó un momento sobre el pomo, mientras se preguntaba qué recuerdos estarían agazapados al otro lado, pero se decidió y lo hizo girar. La habitación olía a esmalte rancio y humedad. ¿Cuántas veces la habrían usado en aquellos nueve años? ¿Una docena, menos? Lo dudaba. Cuando dejó a su madre, esta empezó a comer frente al televisor en la sala de estar con una bandeja apoyada precariamente en un cojín sobre las rodillas. En las escasas ocasiones en que la visitaban las amistades, la mesa de la cocina era suficiente. ¿El comedor? Solo para ocasiones especiales. El propósito de aquella habitación había ido disminuyendo y erosionándose con los años y el cambio en las costumbres, hasta quedar reducido a poco más que un símbolo de estatus. Un recuerdo nostálgico de días pasados, cuando todo el mundo se arracimaba alrededor en la inevitable comida familiar.

Kim se estremeció y cerró la puerta. Nunca le había gustado mucho el comedor, ni los muebles que tenía.

Pero la melodía no dejaba de sonar.

El pasillo se fue volviendo más oscuro a medida que se internaba en él. ¿Siempre había sido tan oscuro? Los recuerdos le decían que no. La melodía bailaba a su alrededor; sentía los pies más ligeros y el dolor de cabeza remitía.

Habían comprado el piano para ella. Bueno, no del todo, qué mejor símbolo de estatus que un piano de cola en casa, pero sí principalmente. Ed nunca se había molestado en intentar aprender a tocarlo. Kim quería, estaba desesperada por aprender para poder tocar su melodía, la melodía del piano.

Siguió caminando y dejó atrás el comedor, hasta que llegó al final del pasillo y se detuvo frente a la puerta que había allí. ¡La melodía nunca había sonado tan alta! Era como si, tras haber sido abandonada durante todos aquellos años, la propia melodía se asegurase de no volver a ser olvidada. Estaba muy cerca, al otro lado de la puerta.

De niña, a Kim le costaba mantener centrada su atención, algo que siguió atormentándola a lo largo de su vida, aunque a medida que se hizo mayor se fue haciendo menos problemático. Aprender a tocar el piano llevó su tiempo; requería dedicación y paciencia, cualidades de las que Kim carecía. Un día se rindió, exasperada por su torpeza para tocar el instrumento y enfadada consigo misma por darse por vencida. Era consciente de que solo su deseo de aprender a tocar la melodía la había hecho persistir tanto tiempo, hasta que le resultó evidente que nunca alcanzaría la maestría necesaria para dominar aquel maldito instrumento. Aquel descubrimiento condujo a largas sesiones en las que se sentaba al piano y tocaba grupos de dos o tres notas, intentando encontrar la secuencia adecuada, igualar los sonidos que producían sus torpes dedos con la cadenciosa belleza que resonaba en su cabeza. Pensó que lo tenía un par de veces, pero al final aquellas sesiones solo le acarrearon más frustración.

Nadie más en casa tenía el menor deseo de tocar el piano pero, por lo que Kim sabía, no se habían desecho de él.

Ahora podía oír la melodía con total claridad. No podía estar en su cabeza. Pocas veces Kim necesitaba la compañía de los demás, pero en aquel momento deseó que hubiera alguien con ella que le dijera «sí, también lo oigo». Pero estaba sola.

Sonaba como si alguien la estuviera tocando. Allí, en aquel preciso momento, alguien la tocaba al piano con una facilidad y seguridad que la llenaban de envidia. Y la música venía del otro lado de la puerta, de eso estaba segura. Respiró hondo y agarró el pomo. Al mismo tiempo, un espasmo de dolor sacudió su cabeza. ¿Qué demonios pasaba? Nunca había sido de las que sufren dolor de cabeza.

Y luego sucedió lo más extraño de todo. Fue como si el pomo de la puerta se deslizara, saltara, intentase evitarla y huir de su contacto. La ilusión desapareció casi al instante y cerró los dedos alrededor del pomo. Durante un instante se limitó a sujetarlo como si quisiera asegurarse de su realidad, de que el frío metal en su mano era sólido y no se iba a convertir en un espectro insustancial que se le escurriera por entre los dedos.

La música no paraba.

Kim giró el pomo y empujó la puerta abierta.

La luz inundó el pasillo y la hizo parpadear. De pronto comprendió por qué el lugar estaba tan oscuro, había sido a causa de aquella puerta. ¿La había visto cerrada alguna vez? Le parecía que no, salvo tal vez de noche durante el invierno, cuando se cerraba para mantener el calor de la casa. Salvo en esos momentos, la puerta siempre había estado abierta, de modo que la luz pudiera iluminar aquel extremo de la casa. Era asombroso que algo tan sencillo implicara cambios tan grandes.

La música seguía.

Entró en la habitación, aturdida por la luz y el sonido. Allí estaba su piano, exactamente tal como lo recordaba... y una niña, casi una adolescente, se sentaba en él y estaba tocándolo. Tocando su melodía.

Claro, ¿qué iba a tocar si no? Al fin y al cabo, la niña era ella misma a los... ¿doce años? No, a los once; recordaba el vestido y lo mucho que odiaba el diseño de flores brillantes contra el fondo oscuro del tejido. Curioso, ahora le pareció que era perfecto, que resultaba bonito de un modo recatado y adecuado, pero para su yo de los once años había sido la humillación definitiva tener que vestir aquella cosa sombría y triste, por más que su madre insistiera en calificarla de «adorable y elegante». Era el vestido que tenía que llevar cuando sus padres tenían invitados, gente de rostro sonriente y arrugado a la que Ed y ella debían saludar. Ah, cuánto los odiaba, a ellos y a su madre. A papá no, claro, pues era obvio que no se daba cuenta lo mucho que a ella le disgustaba todo aquello. Estaba seguro de que él lo habría impedido de haberlo notado. Lo cierto es que nunca intentó demostrar la veracidad de su teoría y jamás le preguntó nada.

Kim contempló en éxtasis como los dedos de su versión infantil bailaban por el teclado y tocaban la canción tal como ella siempre había deseado, tal como siempre había anhelado. Se sintió arrebatada de felicidad al darse cuenta de que sabía tocarla, de que siempre había sabido tocarla y de que la música estaba dentro de ella, que era parte de sí misma.

Parpadeó, se limpió las lágrimas y se dio cuenta de que aquel era el momento más feliz y orgulloso de su vida.

La niña que había sido alzó la vista, sonrió e invitó a Kim a sentarse a su lado con un fugaz gesto de la cabeza y un movimiento de los ojos. La mujer se sentó en el banco junto a su aparición del pasado y, tras seguirla cuidadosamente con la mirada unos momentos, se sintió lo bastante segura para unirse a ella. Tocaba sin esforzarse, sin dudas, como si la música fluyera a su través, haciendo que todo su cuerpo y toda su alma guiaran sus torpes dedos. Cerró los ojos y dejó que las lágrimas fluyeran libremente, un delicioso reguero de cosquillas que resbalaba por sus mejillas. En algún momento la niña se fue o desapareció y ella se quedó sola, tocando su melodía.

Era hermosa.

De pronto, el dolor de cabeza volvió, pero mucho más intenso. Jadeó, ciega de dolor. Los dedos vacilaron, la canción murió…

También ella.

Un mes después del fallecimiento de su madre, Kimberly Jeanette Hobson murió de un aneurisma cerebral. Fue encontrada en la habitación del piano de la antigua casa familiar y la amplia sonrisa en sus facciones se atribuyó al rigor mortis sobre los músculos del rostro.

Su funeral fue tranquilo, con menos de una docena de asistentes. Su ex esposo no pudo ir a causa de un compromiso de trabajo. Entre los pocos presentes había una vieja amiga de la fallecida: Mandy Gibson.

Mandy no sabía realmente por qué había ido; quizá porque siempre había lamentado haber arruinado su amistad con Kim y se sentía obligada a darle un último adiós, quizá a pedirle perdón con la sinceridad que no había sido capaz de pedírselo en vida.

La escasez de asistentes le pareció desoladora. Kim merecía algo mejor.

Durante el funeral, mientras el féretro desaparecía rumbo a su destino final, una deliciosa pieza musical empezó a sonar en los altavoces. Era una melodía sencilla para piano, llena de ritmo, melancólica y pegadiza, muy hermosa. Le pareció totalmente apropiada, no solo para la ocasión, sino para Kim en general. Mandy nunca la había oído antes, pero no tardó en darse cuenta de que la estaba tarareando mientras volvía a casa. Decidió que tenía que preguntarle a alguien qué música era aquella.

Nunca lo hizo, claro, aunque la melodía la acompañó toda su vida.

Decidió llamarla simplemente la Melodía del Piano.

PostScriptum

Fue Mark Deniz, escritor y editor, quien me pidió este relato. La idea era que trece autores escribieran un relato inspirado por una de las trece canciones del álbum favorito de Mark, Scenes from the Second Storey, *de God Machine.*

A mí me tocó el tema «La melodía del piano», una pieza instrumental sencilla pero muy pegadiza. Dado que no había letra alguna con la que trabajar, dejé que el tono emocional de la música me guiara, de modo que lo que era en esencia una historia sumamente sencilla quedó impregnada de melancolía, nostalgia y, en definitiva, calor humano.

Quedé bastante satisfecho con el resultado, que me pareció que tenía exactamente el toque conmovedor que buscaba. Fue reimpreso en mi segunda colección de relatos, Growing Pains *(2013) y en la primera reseña que se hizo del libro, «La melodía del piano» apareció mencionada como la favorita del reseñador. Quién soy yo para llevarle la contraria.*

En cualquier caso fue una de esas escasas ocasiones en las que lo escrito sobre la página estuvo a la altura de lo que tenía en mente al imaginarlo.

CRÉDITOS

«La llave» se publicó originalmente como «The Key» en *Nature* (agosto de 2006).

«La risa de los fantasmas» se publicó originalmente como «The Laughter of Ghosts» en *Glorifying Terrorism* (febrero de 2007), editado por Frank Mendlesohn.

«Cuán presto se va el placer» se publicó originalmente como «The Gift of Joy» en *TQR* (octubre de 2007).

«Niñaoscura» se publicó originalmente como «Dark Child» en *Oddlans Magazine* (marzo de 2008).

«El fusil» se publicó originalmente como «The Gun» en *Speculative Realms* (agosto de 2008), editado por Sasha Beattie.

«Muselina» se publicó originalmente como «Gossamer» en *New Horizons* 2 (enero de 2009).

«El asistente» se publicó originalmente como «The Assistant» en *Solaris Book of New SF* (febrero de 2009), editado por George Mann.

«Fantasmas de la máquina» se publicó originalmente como «Ghosts in the Machine» en *The Gift of Joy* (abril de 2009).

«De tiendas» se publicó originalmente como «Shop Talk» en *Warrior Wisewomen* 2 (junio de 2009), editado por Roby James.

«La melodía del piano» se publicó originalmente como «The Piano Song» en *Scenes From the Second Storey* (noviembre de 2011), editado por Mark Deniz.

«Dolores de crecimiento» se publicó originalmente como «Growing Pains» en *Hub*, nº 10 (octubre de 2009).

«Hasta el menor detalle» se publicó originalmente como «The Devil is in the Details» en *Vivisepulture* (diciembre de 2011), editado por Andy Remic y Wayne Hussey.

«Sin contratiempos» se publicó por primera vez como «Without a Hitch» en *End of the Road* (diciembre de 2013), editado por Jonathan Oliver.

«Turismo bélico» se publicó originalmente como «Wourism» en *Galaxy's Edge* (setiembre de 2014), editado por Mike Resnick.

«En el candelero» se publicó originalmente como «Trending» en *Daily Science Fiction* (noviembre de 2014).

«Mata Gusa» se publicó originalmente como «Whatsa Mata» en *Chip Shop Horrors* (mayo de 2015), editado por Stewart Johnson.

«Escuadélico» se publicó originalmente como «Sharkadelic» en *Shark Punk* (mayo de 2015), editado por Jonathan Green.

«Montepellier» se publicó originalmente como «Montpellier» en *Galaxy's Edge* (marzo de 2016), editada por Mike Resnick.

«Rosa del Segador» se publicó originalmente como «Reaper's Rose» en *Nightmare Magazine* (abril de 2016), editada por John Joseph Adams.

SOBRE EL AUTOR

Escritor y editor de ciencia ficción, fantasía y, en ocasiones, terror. Es autor de siete novelas en solitario, entre ellas la trilogía de fantasía urbana con toques steampunk *City of 100 Rows* (Angry Robot) y la serie de space opera *Noise* (Solaris); es coautor de otras dos, de ciencia ficción de corte militarista. Ha publicado en diversos medios más de sesenta relatos y ha coordinado cerca de treinta antologías.

Sus obras han sido candidatas al Premio Philip K. Dick en una ocasión y al BSFA en dos. Su última novela, *The Ion Raider* (NewCon Press), publicada en abril de 2017, es una continuación del space opera al estilo de Firefly *Pelquin's Comet*, que fue número uno en Amazon UK.

Ha publicado en inglés tres recopilaciones de relatos; las dos más recientes son *Growing Pains* (PS Publishing 2013) y *Dark Travellings* (Fox Spirit, 2016).

En 2006 fundó la editorial independiente NewCon Press, premiada múltiples veces. Afirma que su creación fue un puro accidente y no termina de creer que aún siga en pie once años después.

Fue vocal de la SFWA (Science Fiction Writers of America) y aún lo es de la BSFA (British Science Fiction Association), que presidió durante cinco años.

SPORTULA

Todos los libros tienen edición electrónica. Aquéllos marcados con (*) también han sido editados en papel.

1. (*) *El adepto de la Reina.* Rodolfo Martínez
2. (*) *El carpintero y la lluvia.* Rodolfo Martínez
3. (*) *El sueño del Rey Rojo.* Rodolfo Martínez
4. (*) *Laberintos y tigres.* Rodolfo Martínez
5. *Territorio de pesadumbre.* Rodolfo Martínez
6. (*) *Cabos sueltos.* Rodolfo Martínez
7. *Desde la tierra más allá del bosque.* Rodolfo Martínez
8. *Horizonte de sucesos.* Rodolfo Martínez
9. (*) *El abismo en el espejo.* Rodolfo Martínez
10. *La Ciudad, tres momentos.* Rodolfo Martínez
11. *Embrión.* Rodolfo Martínez
12. (*) *El jardín de la memoria.* Rodolfo Martínez
13. *Amistad.* Rodolfo Martínez
14. (*) *La ciencia ficción de Isaac Asimov.* Rodolfo Martínez
15. (*) *La sabiduría de los muertos.* Rodolfo Martínez
16. *Ferozmente subjetivo.* Rodolfo Martínez
17. (*) *Vintage '62: Marilyn y otros monstruos.* Varios autores. Selección de Alejandro Castroguer
18. *Occidente.* Chema Mansilla
19. (*) *The Queen's Adept.* Rodolfo Martínez
20. (*) *Akasa-Puspa, de Aguilera y Redal.* Varios autores. Coordinado por Rodolfo Martínez
21. *Sondela.* Rodolfo Martínez
23. *Bestiario microscópico.* Sofía Rhei
25. (*) *Este incómodo ropaje (Los sicarios del Cielo).* Rodolfo Martínez
26. (*) *Jormungand.* Rodolfo Martínez
27. *Más allá de «Lágrimas de luz».* Rafael Marín, Mariela González
28. *Roy Córdal, detective.* Rodolfo Martínez
29. *Lágrimas de luz.* Rafael Marín
30. *Este relámpago, esta locura.* Rodolfo Martínez
31. (*) *Lágrimas de luz. Posmodernidad y estilo en la ciencia ficción española.* Mariela González
32. *Nunca digas buenas noches a un extraño.* Rafael Marín
33. *El alfabeto del carpintero.* Rodolfo Martínez
34. *W. de Watchmen.* Rafael Marín

35. (*) *Porciones individuales*. Rodolfo Martínez
36. *Un agujero por donde se cuela la lluvia,* Rodolfo Martínez
37. (*) *Terra Nova. Antología de ciencia ficción contemporánea*. Varios autores. Selección de Mariano Villarreal y Luis Pestarini
38. *Danza de tinieblas.* Eduardo Vaquerizo
39. (*) *Las huellas del poeta.* Rodolfo Martínez
40. *Gabriel revisitado*. Domingo Santos
41. *Un jinete solitario*. Rodolfo Martínez
42. *La leyenda del navegante*. Rafael Marín
43. (*) *Bajo soles alienígenas*. Domingo Santos
44. (*) *Némesis*. Juan Miguel Aguilera y Javier Redal
45. *Los celos de Dios*. Rodolfo Martínez
46. *Náufragos (Stranded)*. Juan Miguel Aguilera y Eduardo Vaquerizo
47. *El teatro secreto.* Víctor Conde
48. (*) *Viaje a un planeta Wu-Wei.* Gabriel Bermúdez Castillo
49. (*) *Simetrías rotas*. Steve Redwood
50. *Memoria de tinieblas*. Eduardo Vaquerizo
51. *Elemental, querido Chaplin*. Rafael Marín
52. *Hal Foster, una épica post-romántica*. Rafael Marín
53. (*) *Más allá de «Némesis»*. Varios autores. Coordinado por Juan Miguel Aguilera
54. (*) *Terra Nova. An Anthology of Contemporary Spanish Science Fiction*. Compiled by Mariano Villarreal
55. (*) *Fieramente humano*. Rodolfo Martínez
56. *Peta Z. Varios autores*. Coordinado por Víctor Blázquez
57. *Drímar, el ciclo completo*. Rodolfo Martínez
59. (*) *Cuentos de la Tierra Vaga*. Enrique Lázaro.
60. *Teoría de la literatura de ciencia ficción. Poética y retórica de lo prospectivo*. Fernando Ángel Moreno
61. (*) *El signo de los cuatro*. Arthur Conan Doyle
62. (*) *14 maneras de describir la lluvia*. Daniel Pérez Navarro
63. (*) *Vintage '63: JFK y otros monstruos*. Varios autores. Selección de Alejandro Castroguer
64. *Principito debe morir*. Carmen Moreno
65. *Mercaderes de tiempo*. Víctor Conde
66. *Detective*. Rodolfo Martínez
67. *Garaje 451*. Manuel Miyares
68. *Los herederos de Julio Verne*. Gabriel Bermúdez Castillo
69. (*) *Jack Kirby. El cuarto demiurgo*. José Manuel Uría
70. *Adepta*. Felicidad Martínez
71. (*) *Bifrost*. Rodolfo Martínez

72. (*) *La boca del infierno*. Rodolfo Martínez
73. (*) *Horizonte lunar*. Felicidad Martínez
74. (*) *El hombre que cabía en una botella de anís del mono*. Antonio Romero
75. *El rey lansquenete*. Santiago García Albás
76. (*) *Entre las cenizas*. Manuel Miyares
77. *Empaquetados*. Varios autores.
78. *Tom Sawyer, detective*. Mark Twain
79. *Delirios de grandeza*. Santiago García Albás
80. (*) *Juglar*. Rafael Marín
81. (*) *Mobymelville*. Daniel Pérez Navarro
82. *La parte del ángel*. Santiago García Albás
83. (*) *Mundos en la Eternidad*. Juan Miguel Aguilera y Javier Redal
85. *El mundo de SIC*. Santiago García Albás
86. (*) *Los Premios Ignotus 1991-2000*. Varios autores. Coordinado por Rodolfo Martínez
87. *El cadáver que soñaba*. Rodolfo Martínez
88. (*) *La piedad del Primero*. Pablo Bueno
90. (*) *Crónicas de Tinieblas*. Varios autores. Coordinado por Eduardo Vaquerizo
91. (*) *Cybersiones*. Santiago García Albás
92. (*) *Los pingüinos también se ahogan*. Steve Redwood
93. (*) *El heredero de Nadie*. Rodolfo Martínez
95. (*) *Infierno nevado*. Ismael Martínez Biurrun
96. (*) *La máquina del tiempo*. H. G. Wells
97. (*) *Mariposas del oeste y otros relatos*. Varios autores. Edición y selección de Mariano Villarreal.
98. *La torre del elefante*. Robert E. Howard
99. (*) *Los rostros del pasado*. Rodolfo Martínez, Felicidad Martínez
100. (*) *Alucinadas*. Varias autoras. Edición de Cristina Jurado y Leticia Lara
101. (*) *Ecos*. Víctor Conde
102. (*) *Cat's Whirld*. Rodolfo Martínez
103. *La suerte del Dios Hambriento*. M. C. Arellano
104. (*) *A la deriva en el mar de las lluvias y otros relatos*. Varios autores. Edición y selección de Mariano Villarreal
105. (*) *La sonrisa del gato. Edición 20 aniversario*. Rodolfo Martínez
106. *Los Irregulares de Baker Street*. Varios autores. Edición y selección de Carmen Moreno
107. (*) *Antes de Akasa-Puspa*. Varios autores. Edición y selección de Juan Miguel Aguilera

109. *El muerto estaba de paso*. Rodolfo Martínez
110. (*) *La mirada extraña*. Felicidad Martínez
111. (*) *Castillos en el aire*. Varios autores. Edición y selección de Mariano Villarreal
112. (*) *Trafalgar*. Angélica Gorodischer
113. (*) *Castles in Spain*. Compiled by Mariano Villarreal
114. (*) *Alucinadas II*. Varias autoras. Edición de Sara Antuña y Ana Díaz Eiriz
115. (*) *La hora de los desterrados*. Pablo Bueno
116. (*) *Leyendas del Metaverso*. Varios autores. Edición y selección de Víctor Conde
117. *Mundos y demonios*. Juan Miguel Aguilera
118. (*) *Todo arde*. Raúl Silvestre
119. (*) *Sopa de elegidos*. Pablo García Maeso
120. (*) *Los archivos perdidos de Sherlock Holmes*. Rodolfo Martínez
121. (*) *Premio Avalón de Relato Fantástico*. Varios autores. Edición de Rodolfo Martínez
122. *Las astillas de Yavé*. Rodolfo Martínez
123. (*) *Fragmentos de la Tierra Rota*. Elaine Vilar Madruga
124. *Encuentro fortuito*. Christopher Kastensmidt
125. *Despertares*. Felicidad Martínez
126. (*) *Torres de Babel*. Ian Whates
127. (*) *Dark fantasies*. Varios autores. Edición de Mariano Villarreal

www.ingramcontent.com/pod-product-compliance
Lightning Source LLC
Chambersburg PA
CBHW021519240626
47154CB00002B/691
* 9 7 8 8 4 1 6 6 3 7 2 5 6 *